波光瀲灩
——20世紀法國文學

作者◎莫　渝

波光瀲灩──20世紀法國文學 *Contents*

附　錄

文學桂冠的光芒

——諾貝爾文學獎法國得主群

16世紀，法國國王查理九世（CharlesIX, 1550～1574）對詩人洪薩（Pierre de Ronsard, 1524～1585）說：「你我都戴冠冕，我的是王冠，你，卻戴桂冠。」不知當時，查理九世的口吻是趾高氣昂，抑隨和平易？權傾一時的政治冠冕儘管容易盛勢凌人，王宮貴族也常留下風流韻事的軼聞，畢竟，是詩文學的冠冕在觀照歷史，教養晚輩，輝映後世。

　　19世紀，瑞典阿爾弗雷德‧諾貝爾（Alfred Bernhard Nobel, 1833～1896）是一位成功的實業家（現在通稱：企業家）。因為發明黃色炸藥（1867年）、塑膠炸藥（1876年）及其他炸藥等，獲得專利，累積龐大財富。1896年，在義大利過世前，預立遺囑（1895年11月7日），聲明提撥約900萬美元與瑞典中央銀行配合，成立「諾貝爾獎基金」，頒贈物理、化學、醫學、經濟學、文學、和平等六個獎項，給與有貢獻的傑出人士。感應於年輕時期的寫詩熱誠與熱愛文學，在文學獎方面，他特別希望頒給「具有理想傾向的傑出創作者」。秉持這兩項原則，負責文學獎的機構──瑞典學院，於1901年頒發首屆文學獎，得主是法國詩人普綠多姆（Sully Prudhomme, 1839～1907）。實際上，當時，左拉（Émile Zola, 1840～1902）小說其及自然主義理論的聲譽正隆，俄國的托爾斯泰（Léon Tolstoï, 1828～1910）亦舉世聞名。左拉的龐大著作，雖具社會變遷史的歷程記錄，但整體內容偏向低層群眾的揭露，不為諾貝爾生前喜愛；托爾斯泰當年並未提出申請，因而容納科學精神，帶有理想傾向，巴拿斯派詩人普律多姆的詩作，脫穎而出。第一階段諾貝爾文學獎前12年，可以說是歐洲文學輪廓的展示，得獎人士中，德國佔4位，法國2位；1913年，由亞洲印度的泰戈爾（1861～1941）獲得。泰戈爾的入選，多少有英國（英語）的因素在內，此後，由理想主義的傾向，轉為世界性國際化的文學獎聚焦磁場。整整二十世紀，除1914年、1918年、1940到1943年，有6年未給獎外，另兩人合得的有4次（1904、1917、1966、1974年），這個百年文學大獎，總共98位獲此殊榮。而法國

贏得10次，倘若包括法語寫作的所謂外籍兵團3位，總計13次，居寰球之冠。這10位或13位，分別是1901年的普綠多姆、1904年的米斯特哈、1915年的羅曼羅蘭、1921年的法朗士、1927年的柏格森、1937年的馬丁·杜·加爾、1947年的紀德、1952年的莫里亞克、1957年的卡繆、1960年的佩斯、1964年的沙特、1985年的西蒙，外籍兵團為1911年比利時籍的梅特林克、1969年愛爾蘭籍的貝克特、2000年法籍華裔的高行健。全球法語區，大概就僅加拿大的魁北克和曾經法屬的非洲殖民地尚未有過機會。於此，抽樣對上述幾位略加介紹。

▲ 諾貝爾
（1833～1896）

1901年的普綠多姆（Sully Prudhomme, 1839～1907），儘管享有首屆文學獎光環，並未長期光芒四射。1949年，紀德編《法國詩選》，就沒有選普綠多姆的詩作。不過，他的幾首詩，如〈碎瓶〉、〈眼睛〉、〈銀河〉、〈天鵝〉等，仍在一般詩文集流傳、閱讀。

1904年的米斯特哈（Frédéric Mistral, 1830～1914），是淨化普羅旺斯語言和復興普羅旺斯文學傳統的大將。他與一群普羅旺斯的詩人文學家，於1854年在亞威農籌組「費利波希吉詩文社」（Félibrige），且劍及履及，採用十二綴音詩體，以普羅旺斯語言寫成長篇史詩《米累耶》（Mireille），1859年出版。1867年，又出版英雄史詩《卡楞達》（Calendal）。1860年，年輕作家都德由巴黎返鄉，曾拜會大他10歲的詩人米斯特哈。當時，都德20歲，米斯特哈30歲，都正值青春創作期。米斯特哈因反映自然之美及普羅旺斯人民的傳統精神，富有新鮮獨創

與靈妙情趣的詩作，以及普羅旺斯語言學家的輝煌成就，榮登文學殿堂。

　　1921年的法朗士（Anatole France, 1844～1924），在書卷中成長，培養他耽溺於文獻與珍本的趣味中，既可以從考古取材，充滿古典氛圍，也以懷疑立場，反對宗教。法朗士出版過詩集，更以《泰伊思》（1890）、《企鵝島》（1908）、《諸神渴了》（1912）聞名。1892年出版的《鵝掌女王烤肉店》是一冊歷史、哲理小說。書中充滿詼諧生動的情節，主角則是令人難忘的角色。身為教會人士，他博學而虔誠，多情卻好酒，具活生生的真實人生，稱得上道地的好老師。書出版後，法朗士也被譽為「好老師」。法朗士以優雅的文體，高潔的人性，加上純正法國人的氣質，締造了文學的成就。他也是著名的文學評論家，4冊《文學生活》（1888～1892）為印象批評的重要論著，影響了中文學界李辰冬教授的文學評論集《文學與生活》。

　　1927年的柏格森（Henri Bergson, 1859～1941），是哲學家，著有《物質與記憶》（1896）、《笑》（Le Rire, 1900）、《創化論》（L'Évolution créatice, 1907）、《精神能量》（L'Énergie spirtuelle, 1919）、《綿延與同時》（Durée et simultanéité, 1922）、《思想與動力》（La Pensée et le mouvant, 1934）等。法國柏格森的哲學體系，跟德國叔本華一樣，文筆瑰麗，思想豐富而活潑。青年普魯斯特在1891年間，曾經到巴黎大學旁聽柏格森的哲學，接受其「心理時間」的主張，遂展開其日後《追尋逝去的時光》寫作的時間觀。

　　1937年的馬丁・杜・加爾（Roger Martin du Gard, 1881～1858）出生於塞納河畔諾伊（Neuilly）一個富有家庭，1898年入巴黎大學文學系，兩年後，未通過考試，轉讀巴黎文獻學院，對史料與寫作發生興趣，至1913年，小說《約翰・巴華》（Jean Barois）出版，才受到注意。馬丁・杜・加爾崇拜巴爾札克、左拉、托爾斯泰等卓越的現實主義大師，他花近20年（1922～40年）完成的《提波

家史》（Thibault），共8卷，前7卷於1922至1936年前間陸續出版，第8卷1940年出版，是繼羅曼‧羅蘭《約翰‧克里斯朵夫》之後，又一部大河小說，內容描述反對戰爭，呼籲和平，書中，對勾心鬥角的人性，與現代生活的著筆，栩栩如生。馬丁‧杜‧加爾也是劇作家，著有農民笑鬧劇《勒魯先生的遺囑》（1914）、《大肚子》（1928）等。

1985年的西蒙（Claude Simon, 1925～），是「新小說派」四員大將之一，著有小說《風》（Le Vent, 1957）、《草》（1958）、《法蘭德公路》（1960）、《農事詩》（1981）等。西蒙的寫作強調「一幅畫首先是一篇文章。換句話說：一篇文章，同時也應是一幅畫」。他即因爲作品融合詩人與畫家的豐富想像力，而受到注意。

▲ 諾貝爾（Alfred Bernhard Nobel, 1833～1896）

外籍兵團中，1911年梅特林克（Maurice Maeterlinck, 1862～1949），出生於比利時的貴族家庭。大學時研習法律，1886年畢業，擔任律師；同年，到巴黎旅遊，結識幾位象徵主義詩人。梅特林克的文學寫作由詩開始，卻以戲劇出名，被稱爲近代象徵主義戲劇代表。法國評論家米爾波（Octave Mirbeau, 1850～1917）更推崇爲「比利時的莎士比亞」。著有詩集《歌十二首》（1897），文集《蜜蜂生活》（1901）、《螞蟻生活》（1930），劇本《群盲》（1891）、《一把鑰匙》、《柏萊士與梅麗桑達》（1902）後者曾由作曲家杜布西編成歌劇演出。梅特林克劇本流傳最廣者，是老少咸宜的童話劇《青鳥》（1958）。

1969年的貝克特（Samuel Beckett, 1906～1989），出生於都柏林。1928年到巴黎任教，以普魯

斯特和喬伊斯的作品，當作閱讀、研究、學習和翻譯，且創作意識流的小說，曾有三部曲《莫洛》、《馬隆·迪斯》和《無以為名者》。回愛爾蘭擔任都柏林大學法國文學，1936年重返巴黎，並定居，以英語、法語寫作。1953年《等待果陀》（En attendant Godot, 1953）演出後，怪異的劇情、荒謬的對白，主角「果陀」不曾出現，無結局的結局，一齣內容形式均古怪的戲劇，引發巨大迴響，遂成為「荒謬劇場」的經典之作。貝克特另有《失落的一切》（1957）、《最後一局》（1957）、《啞劇I》（1958）、《啞劇II》（1959）、《快樂的日子》（19661）、《來與去》（1967）等。貝克特獲獎後，因不曾用愛爾蘭母語被賽爾特語寫作，曾遭國人責難。被問及為何寫作時，貝克特以幽默的反問語氣回答：「還有什麼比寫作更好的呢？」

相關閱讀：

陳映真主編，「諾貝爾文學獎全集」，遠景出版公司，1980年代

法國女性文學家

法國歷代不乏婦女文學家。12世紀的馮絲（Marie de France）是法國第一位女詩人。16世紀的拉貝（Louse Labé, 1526～1566），詩作被20世紀詩人里爾克（Rainer Maria Rilke, 1875～1926）欣賞且翻譯成德語，廣爲流傳。19世紀，戴波瓦摩（Marceline Desbords-Valmore, 1786～1856）的抒情詩，前導了浪漫主義的風潮；瑟居伯爵夫人（Comtesse de Ségur, 1799～1874）留下不少童話故事；與詩人繆塞（Alfred de Musset, 1810～1857）及音樂家蕭邦（Frédéric Chopin, 1810～1849）等人不斷尋求戀愛的喬治桑（George Sand, 1804～1876），是開啓田園風格的浪漫小說家。進入20世紀，人才更多，依出生年序，有柯蕾特、薩侯特、尤瑟娜、西蒙·德·波娃、莒哈絲（杜拉斯）、佘蒂、莎岡、瑪麗·荷朵內、瑪麗·達里厄斯克等位。

柯蕾特（Gabrielle Colette, 1873～1954），1873年1月28日出生於法國中部鄉間，父親原爲陸軍上尉，離開軍職後轉任稅務員，母親比利時人。母親的指導與開明的教育方式，讓柯蕾特從小有自由的思想，及接近大自然的深厚感情。1893年，結婚，同丈夫到巴黎。1896年嘗試執筆寫小說。1900年起，陸續出版「柯羅婷四部曲」：《柯羅婷在學校》（*Claudine à l'école*, 1900）、《柯羅婷在巴黎》（*Claudine à Paris*, 1901）、《管家柯羅婷》（*Claudine en ménage*, 1902）、《柯羅婷離家》（*Claudine s'en va*, 1903）。這初期四部小說帶有柯蕾特的自傳性質，及丈夫潤飾的痕跡。1906年，獨立意志強烈的柯蕾特離婚，從事舞台（包括巴黎「紅磨坊」歌舞團舞孃與編劇）及寫作，艱苦一段時間，1913年再婚，此時，已有些文名。1920年出版《謝莉》（*Chéri*），才奠定柯蕾特小說家的地位。1935年第三次婚，同年，獲選爲比利時皇家學院法語暨法語文學院院士，1945年，獲選爲龔固爾學院院士。1954年8月3日在巴黎去世。

柯蕾特至晚年七十餘歲仍精力旺盛，創作不輟，一生寫作了六十多部作品，除上述外，著名的小說尚有《流浪女》（*La Vagabonde*, 1910）、《囚室與天國》（*Prison et Paradis*, 1932）、《女貓》（*La*

Chatte, 1933）、《二重奏》（*Duo*, 1934）、《我窗口的巴黎》（*Paris de ma fenêtre*, 1944）、《姬姬》（*Gigi*, 1945，電影中譯名：金粉世界）、《美麗的季節》（*Belles Saisons*, 1945）、《藍燈》（*Le Fanal Bleu*, 1949）、《所知之地》（*En Pays connu*, 1950）等。另有改編自己小說的劇本《謝莉》（*Chéri*, 1921）、《流浪女》（*La Vagabonde*, 1923）等，戲劇評論《黑色的望遠鏡》（*La Jumelle Noir*, 1933-36年）。1949年，首次出版全集15卷。

▲ 柯蕾特
（1873～1954），
15歲

　　柯蕾特是20世紀最偉大的女作家之一，其文學特質，首先，是都會女郎的寫照。其次，較之男性作家，柯蕾特以其細膩筆觸描繪女性的心理活動、情慾激盪，更具生動逼真。從小的鄉野體驗與巴黎都會的舞孃生活，更增濃了柯蕾特文學的多彩多姿。

　　薩侯特（Nathalie Sarraute, 1900～1999），1900年出生於俄國的伊凡諾瓦（Ivanova），童年時父母離異，8歲隨父親移居巴黎，再娶，母親留在俄國重嫁。文學上，喜愛杜思妥也夫斯基（1821～1881）、普魯斯特（Marcel Proust, 1871～1922）和喬伊斯（James Joyce, 1882～1941），對莎士比亞到班奈特（Ivy Compton-Burnett, 1884～1969）的英國文學，無條件接受。社會運動方面，1935年起，她為爭取婦女投票權奮鬥過，是女權主義的前衛份子；第一部小說《向性》未發表即出版後，1941年就離開律師職務，專心寫作；她是法國戰後文學的女性代表人物，新小說家的長輩，多次獲得諾貝爾文學獎提名。著有《向性》（*Tropismes*, 1939）、《陌生人畫像》（*Portrait d'un inconnu*, 1948）、《天象儀》（*Le Planétarium*, 1959）、《生

▲ 柯蕾特（1873～1954）

死之間》（*Entre la vie et la mort*, 1968）；戲劇《伊森姆》（*Isme*, 1970）、《太好了》（*C'est beau*, 1973）；回憶錄《童年》（1983年）等。她的小說被納入「新小說派」，但有些殊異，在談話與物象之間，著重「內在心理活動」的描述。薩侯特習慣在酒吧裡寫作，認為享有旅行般「絕對單獨又不孤獨」的寫作空間，不似在家中東摸西看的浪費時間。她的評論集《懷疑的時代》（1956年），收錄4篇論文，闡釋對舊文學的眷戀與擺脫，並期待於「新小說」。

尤瑟娜（Marguerite Yourcenar, 1903～1987），原名Marguerite de Crayencour，1903年6月8日出生於比利時布魯塞爾的富裕家庭，雙親均為貴族。父親法國人，母親為比利時籍。出生十日，母親即因產褥熱過世。她只受過很少的正規教育，在父親指導下，10歲學拉丁文，12歲習希臘文。18歲，父親鼓勵與支持出版第一本詩集《花園白日夢》（*Le Jardin des Chimères*, 1921），隔年，續出第二本詩集《諸神未亡》（*Les dieux ne sont pas morts*, 1922）。1929年出版第一本小說《阿列克斯》（*Alexis*）。1936年出版詩與散文合集的《火》（*Feux*），充滿雋永情愛的散文詩與警句，如「愛，是一種懲罰，因為我們不能獨處而被罰。」1947年，成為美國公民，但她只用法語寫作，有各種文類的寫作，集詩人、小說家、戲劇家和翻譯家於一身，也是第一位進入法蘭西學院的「女」院士（1980年）。代表作歷史小說《哈德里安回憶錄》（*Les Mémoires d'Hadrien*, 1951年），名列20世紀法國文學十大經典之一，小說採第一人稱的方式，以書信獨白敘述羅馬帝國時代「五賢君」之一哈德里安，這位最具文化素養的羅馬皇帝，其實，隱含自傳性質。另有小說《東方故事》（*Nouvelles Orientales*, 1938年）與《一彈解千愁》（*Le coup de grâce*, 1939年）等，後者敘述背景為俄國紅軍白軍內戰期間，波羅的海國家的對抗。1939年至1950年，在美國旅遊及任教，1947年，成為美國公民，1949年起，定居美國東北部的荒山島；期間，她關心黑人文化，1942年起，著手翻譯「黑人靈歌」（Négro-Spirituals）及文章，於1964年取

名《深江，黯河》（*Fleuve profond, sombre rivière*）出版，尤瑟娜親撰58頁長論評介；早先，1939年她還翻譯前衛意義強烈的現代小說，如吳爾芙（Virginia Woolf）、1947年亨利·詹姆斯（Henry James）和1958年希臘詩人卡瓦菲（Constantine Cavafy）等作品；1979年，出版古希臘詩選的法譯版《王冠與豎琴》（*La Couronne et la Lyre*）。

晚年回憶錄總名《世界的迷宮》（*La Labyrinthe du Monde*），包括三冊：《虔誠的回憶》（*Souvenirs pieux*, 1974）、《北方檔案》（*Archives du Nord*, 1977）、《什麼？是永恆》（*Quoi? L'Éternité*, 1988）。尤瑟娜一生的閱讀與寫作，展示一位女性難得具有深廣的世界文化視野。1987年12月17日病逝於美國。生前，榮獲多項名譽，如：1970年，獲選為比利時皇家學院法語暨法語文學院院士（推理作家西默農於1952年入選）；1982年，選入美國藝術文學學院院士。

西蒙·德·波娃（Simon de Beauvoir, 1908～1986），1908年1月9日出生於巴黎的書香家庭，從小過著舒適安定的優越生活。1925至1928年，就讀巴黎大學，獲哲學學士。1929年，參加大中學教師資格考試，沙特得哲學會考第一名，波娃第二名，開始在中學任教，和沙特交往及相伴到各地旅行。1945年，沙特與朋友共同創辦倡導「存在主義」哲學的《現代》雜誌，西蒙擔任編輯。1955年，跟沙特同訪中國，之後，出版《長征》（*La Longue Marche*）。1986年4月14日，於巴黎去世。法國共產黨總書記馬歇爾的話，可以做為其一生的結論：「西蒙·德·波娃始終代表

▲ 尤瑟娜（1903～1987）
第一位法蘭西學院的「女」院士

▲ 薩侯特（1900-1999）

▲ 西蒙·德·波娃

▲ 瑪麗·荷朵內

著我們社會進步思想發展的一個重要時刻。」西蒙・德・波娃是法國女性主義的先驅，她顛覆傳統女性的天職，拒絕婚姻、選擇不生育。1949年出版《第二性》（*Le Deuxième Sexe*, 1949），是「女權運動」的「聖經」，書中一句名言，膾炙人口：「女人不是生成的，而是變成的。」（On ne nait pas femme, on le devient）另有一部文集《老年》（*La Vieillesse*, 1970），則是關心高齡老人與社會問題最早書刊之一，預示高齡化社會的危機。

西蒙・德・波娃以《第二性》聞名，她最早的文學活動，從小說出發，出版了《女訪客》（*L'Invitée*, 1943）、《畢胡斯與希內亞斯》（*Pymbus et Cinéas*, 1944）、《他人之血》（*Le Sang des autres*, 1945）、獲龔古爾獎的《達官貴人》（一代名流，*Les Mandarins*, 1954）、《美麗印象》（*Les belles images*, 1964）、《疲倦的女人》（棄婦，*La Femme rompus*, 1968）等6部。《他人之血》一書，背景是二戰中法國遭納粹德軍佔領下，法國人的抗戰精神，顯示了西蒙・德・波娃作為一位文學家的正義立場，《他人之血》既延續了19世紀都德在《星期一故事集》的愛國主題，也具有現實主義的意涵，更彰顯咯當時存在主義的思維，表達自由選擇、人際關係、個人意識的覺醒；他人之血類似沙特「他人是地獄」的理念，書中結尾，「彷彿我也是一個無。是無，又是一切存在」「我永遠是一個他人」。中篇小說《疲倦的女人》（棄婦）完成於《第二性》問市之後，主題為女性意識的覺醒；女主角莫妮科婚後依賴丈夫，稍後，丈夫變心另結新歡；莫妮科沉湎於極端痛苦，最後醒悟必須出外工作，投入職場，尋求經濟獨立，才能爭取到男女兩權的平等。

莒哈絲（杜拉斯，Marguerite Duras, 1914～1996），1914年4月4日出生於東方的越南（印度支那，原法國殖民地）西貢（胡志明市）附近，父親為數學教授，母親是小學教師；莒哈絲在西貢讀中學，18歲回到法國，入巴黎法學院、政治科學學院讀法律和政治學，獲得法學學士、政治學學位。1960年的電影劇本《廣島之戀》，聞名於

世。1967年的劇本《英國情人》（L'Amant anglais）
獲得易卜生獎（1970年），隔20年，1984年的《情
人》（L'Amant），獲同年龔古爾文學獎，出版品與
電影同時再度引爆風潮，1991年續出《中國北方來
的情人》（L'Amant de la Chine du nord）。《英國
情人》、《情人》、《中國北方來的情人》合稱莒哈
絲的「情人三部曲」。莒哈絲，1996年3月3日逝世
於巴黎。

▲ 瑪麗・達里厄斯克

　　佘蒂（Andrée Chedid, 1920～），1920年3月20
日出生於開羅，在此渡過整個童年。她先後在開羅
的法國小學與美國大學完成學業。1942年，跟丈夫
在黎巴嫩生活三年。1946年，決定定居巴黎。抵達
法國之後，佘蒂開始出版詩集和小說，如《擺脫睡
眠》（Le Sommeil délivré, 1952年）、《第六日》（Le
Sixième Jour, 1960年）、《豐沛的城市》（La Cité
fertile, 1972年）等；大部分的情節背景取自東方，特
別是自己的家鄉；《第六日》還曾由埃及電影工作
者夏漢（Youssef Chahine, 1926年出生）搬上銀幕。
另有小說《身體與時光》（Le Corps et le Temps, 1979
年）、《口信》（Le Message, 2000年）、《複雜的孩
童》（L'Enfant multiple），劇本《埃及的貝瑞尼斯》
（Bérénice d'Égypte, 1968年）等。《複雜的孩童》描
述貝魯特的戰爭，男孩歐馬鳩（Omar-Jo）在爆炸事件
中，失去雙親，自己也受傷，儘管雙親亡故，讓他生
活痛苦難捱，這孩子卻保持著希望、歡笑和快樂，向
我們證明生命是美麗的，給予我們勇氣、樂觀與人道
的啓示。《口信》乙書依然籠罩著戰爭的陰影，對於
愛的信念與堅持，令人為之動容：「不管我們的路會

▲ 莒哈絲（1914～1996）

▲ 佘蒂
（Andrée Chedid,
1920～）

▲ 瑪烈裘莉
（Françoise Mallet-Joris）

怎麼走，死前，我一定會在你身邊。」「生命終止前的一小時，我要讓你知道我愛你。」佘蒂出版多冊詩集，得過「馬拉美詩獎」。她有一首詩〈長期忍耐的女人〉（La Femme des longues patiences）：「活力裡／狂熱中／揭露面紗／裂開外殼／滑出皮膚之外／／長期忍耐的女人／慢慢地／關心／世界／／火山裡／果園中／尋找節奏與引力／展伸最溫柔的肌膚／索取最平滑的纖維／／長期忍耐的女人／慢慢地／獻身／陽光下」，簡捷的語詞，表現了中東地區女人的覺醒。

有趣的是，這位祖母級文學家，其子路易（Louis Chedid）是成名30年的歌星，孫子馬迪歐（Mathieu Chedid）以「吉他先生」（M. Guitariste）高手更爲世人熟悉，一邊走父親的路徑，一邊詮釋祖母的歌詞，如是，組成了「佘蒂朝代」（La Dynastie Chedid）。

瑪烈裘莉（Françoise Mallet-Joris, 1930～），1930年7月6日出生於安維斯（Anvers），父親M. Lilar爲政治家，母親蘇珊（Suzanne Lilar）爲比利時皇家學院院士。瑪烈裘莉曾在美國費城與巴黎大學完成學業。小說《謊言》（Les Mensonges），獲1957年圖書獎（Le Prix de Libraires），《天朝》（L'Empire Céleste）獲1958年費米納獎（Le Prix Fémina）及1964年摩納哥王子獎（le Prix Prince de Monaco）。瑪烈裘莉於1969至1971年擔任費米納獎委員會委員、1971年選入龔古爾學院。著有小說二十餘部，上述得獎之作外，尚有《紅色房間》（La Chambre Rouge）、《角色》（Les Personnages）、《徵兆與奇蹟》（Les Signes et les Prodiges）、《紙屋》（La Maison de Papier）、《地下遊戲》（Le Jeu du Souterrain）、《愛情煩惱及其他》（Un Chagrin d'Amour et d'Ailleurs）、《女神》（Divine）、《淚水》（Les Larmes）、《天使的眼神》（Le Clin d'oeil de l'Ange）、《羅拉的笑》（Le rire de Laura）、《城裡七惡魔》（Sept Démons dans la ville）等。

莎岡（Françoise Sagan, 1935～2004），1935年6月21日出生於法國中部洛特（Lot）省的卡甲克（Carjac），2004年9月24日心肺衰竭

病逝諾曼地一家醫院。本名馮耍茲・瓜瑞（Françoise Quoirez）。中學畢業後，沒能考上大學，試著寫作。19歲（1954年）時，出版第一部小說《日安・憂鬱》（Bonjour tristesse），描寫17歲少女謝西爾（Cécile，書中敘述者），憂鬱的青春心事與類似「不歸路」的戀情，隨即獲得當年巴黎文學評論家的「批評家獎」，因而一夕成名。之後，她又出版了《沒有影子的》、《微笑》（Un certain sourire, 1956）、《飄蕩的晚霞》、《一年後》（Dans un mois, dans un an, 1957）、《你喜歡布拉姆斯嗎》（Aimez-vous Brahms? 1959）、《奇妙的雲》（Merveilleux nuages, 1961）、《心靈守衛者》（Le Garde du cœur, 1968）、《怯寒的愛神》（La Chamade, 字義：宣告敗北的鼓聲，1968）、《夕陽西下》（Un peu de soleil dans l'eaau froide, 1969）《化妝的女人》（La Femme fardée, 1971）、《靜止的風暴》（Un Orage immobile, 1983）《迷亂的鏡子》（Le miroir égaré, 1996）等小說，大都三角戀情故事，本本列入暢銷書。她也介入戲劇和電影劇本的寫作，如《在瑞典城堡》（Château en Suéde, 1960）、《昏迷的馬》（Cheval évanoui, 1966），跟小說一樣，她這些劇本，在巴黎上演，都保持很高的票房紀錄。另外，在私生活方面，莎岡頗受非議，尤其是受嫌吸毒或販毒。比較上，她是文學上受到最多恭維，同時也是最多詆毀的女作家。

散文集《帶著我最美好的回憶》（Avec mon meilleur souvenir, 1984）首篇〈讀物〉，回憶年少時的幾本文學啓蒙書，13歲讀紀德的《地糧》、14歲讀卡繆的《反叛者》、16歲讀韓波的《彩繪集》，另外有

▲ 莎岡（Françoise Sagan, 1935～2004）

普魯斯特的《阿爾貝婷失蹤》。她不諱言《地糧》就是她的初戀,一本為她而寫的聖經。〈給沙特的情書〉乙文是陪長者每周一次共餐,歡渡愉快晚年的一篇溫馨文章,兩人正好相差30歲整,當時,沙特已失明。集內各文的追憶,不時流露深思的憂鬱。

在一次問及「為什麼寫作?」時,莎岡很簡短地回答:「因為我喜歡寫。」事實上,莎岡除了寫作之外,並無其他的工作技能,從另一角度看,寫作也為她提供了富裕而不虞匱乏的生活條件。此外,她說過一句名言:「我絕對不會為了忘掉人生而喝酒,而是為了加速人生才喝酒。」

瑪麗・荷朵內(Marie Redonnet, 1948～),1948年10月19日出生。著有小說《永遠的山谷》(*Forever Valley*, 1986)、《豪華旅館》(*Splendid Hôtel*, 1986,中譯本:沼澤邊的旅店)、《羅絲・梅莉・羅絲》(*Rose, Mélie, Rose*, 1987)、《不再》(*Nevermore*, 1994)、《和平協定》(*L'accord de paix*, 2000)等,劇本《莫比敵》(白鯨記,*Mobie Diq*, 1989)、《狄爾和李爾》(*Tir et Lir*, 1991)、《批評家潘朵拉》(*Le Cirque Pandor*, 1994),論述《羅莎別墅》(*Villa Rosa*, 1996,馬蒂斯作品研究)、《變妝詩人:惹內》(Jean Genet, le poète travesti, 1999,作家研究)。

瑪麗・達里厄斯克(Marie Darrieussecq, 1969～),1969年1月3日出生於法國南部貝幼納(Bayonne, Pyrénées Alantiques省境內),她愛戀此鄉,言正好「位在西方的海洋,東方的陸地,北方的森林,南方的邊境之間」。1972年,進幼稚園學習閱讀。1974年,父母親經過一年的極力爭取,順利地使她提前一年進小學就讀。1976年,獲母親節詩歌大獎。1980年,當不規則詩律的學徒。1984年,開始抽煙,1985年,當藥劑顧問,1986年獲學士學位。1987年戒煙。1990至94年,進高等師範學校就讀,發現網際網絡、量子論、對科學入迷。開始搭便車環遊世界。1996年,接受精神分析治療,在里爾第三大學短期講授斯湯達爾和普魯斯特。1997年,結婚,離婚。著有《小姐變成

豬》（*Truismes*, 1996）、《丈夫不見了》（幽靈的誕生，*Naissance des fantômes*, 1998）、《海之惡》（*Le Mal de mer*, 1999）、《波浪的精密度》（*Précisions sur les vagues*, 1999）、《在活人間短暫停留》（*Bref séjour chez les vivants*, 2001）、《寶貝》（*Le Bébé*, 2002）、《白》（*White*, 2003）等。

▲《日安‧憂鬱》封面書影

相關閱讀：

‧柯蕾特作品

　胡品清譯《二重奏》，志文出版社，1980年

‧西蒙‧德‧波娃作品

　歐陽子等譯《第二性》三卷，志文出版社，1992年

　葛雷等合譯《他人的血》，允晨文化，1989年

　陶鐵柱譯《第二性》，貓頭鷹出版社，1999年

▲《你喜歡布拉姆斯嗎》
　封面書影

‧尤瑟娜作品

　洪藤月譯《尤瑟娜：哈德里安回憶錄》，光復書局，1987年。

‧莒哈絲作品

　崔德林譯《廣島之戀》，晨鐘出版社，1971年

　錢治安譯《英國情人》，天肯出版社，1995年

　胡品清譯《情人》，文經社，1985年

　古蒼梧譯《中國北方來的情人》，《聯合報‧聯合副刊》，
　　1992年5月17～18日

　葉淑燕譯《中國北方來的情人》，麥田出版公司，1993年

‧佘蒂作品

　顏慧瑩譯《口信》，大塊文化，2002

‧莎岡作品

　李牧華譯莎岡小說選（一）、（二），大地出版社。

胡品清譯《心靈守護者》，志文出版社，1976年

莊勝雄譯《夕陽西下》，志文出版社，1976年

胡品清譯《帶著我最美的回憶》，合森文化公司，1989年

胡品清譯《怯寒的愛神》，九歌出版社，2000年。（原：大漢出版社，
　　1975）

・瑪麗・荷朵內作品

顏慧瑩譯《羅絲・梅莉・羅絲》、《永遠的山谷》、《沼澤邊的旅店》三
　　書，大塊文化，2002

・瑪麗・達里厄斯克作品

邱瑞鑾譯《小姐變成豬》，皇冠出版社，1998年

藍漢傑譯《丈夫不見了》：皇冠出版社，2003年

風起雲湧的文學潮汐

擺脫17、18世紀將近200年古典主義的束縛，抒發私我情緒，吐露個己心聲的浪漫主義，是19世紀前頭的文學巨浪，由英國開始，依次傳播德國、法國等。這一波含蓋全歐洲的濤聲，法國的啓動稍慢，但緊接著中葉之後，陸續激濺的浪花，如巴拿斯派、自然主義、象徵主義等，都是以巴黎爲制高點，站穩文壇的波峰，四射歐洲，傲視寰宇，執掌世界文學牛耳的動向，一直延續至20世紀。

立體派（立體主義，Cubism）與阿波里奈爾

　　立體派原本爲繪畫界形式主義的藝術流派，主要畫家有西班牙籍的畢卡索（Pablo Picasso, 1881～1973）、葛里斯（Juan Gris, 1887～1927）、法國籍的布拉克（Georges Braque, 1882～1963）、列傑（Fernand Léger, 1881～1955）、拉福奈（Roger de La Fresnaye, 1885～1925）等。立體派畫家主張用幾何與線條支解物象，產生立體效果。上述幾位畫家秉持這些理念，活躍於1905年至1913年間。由於詩人阿波里奈爾（Guillaume Apollinaire, 1880～1918）的介入，他在1905年撰文發表〈畫家畢卡索〉，1913年出版《立體派畫家》（Les Peintres cubists），展露新興藝術的鑑賞力；1918年，出版詩集《圖象詩集》（Calligrammes, 卡里迦姆，象形文字），借用立體派的繪畫技巧，將平面文學拓展爲象形化，發揮詩藝的視覺美，倡導「圖象詩」（視覺詩），同時，提出「新精神與詩精神」的美學，激發了詩界新興生機。他個人作品中，流傳最廣，最具視覺效果的是〈下雨〉、〈心臟〉、〈皇冠〉、〈鏡子〉等，透過詩人精巧的排列，呈現具象實物的直接感受。

1、〈下雨〉

2、〈心臟〉、〈皇冠〉、〈鏡子〉

後期象徵主義（Post-Symbolisme）與梵樂希

「象徵」（英文：symbol, 法文：symbole）原先之意，用來指涉或代表某個物象的中介，大約類似中文修辭學「賦、比、興」的

「興」之意。作爲文學潮流的象徵主義，則發生於1880年之後的法國詩壇。19世紀中葉，法國詩人葛紀葉（Théophile Gautier, 1811～1872）、黎瑟（Leconte de Lisle, 1818～1894）、葉荷狄亞（Heredia, 1842～1905）、普綠多姆（Sully Prudhomme, 1839～1907）等人，倡導「巴拿斯派」，主張以科學客觀、冷默理性、嚴謹雕塑的詩篇，活躍時期約1860～1880年間；1870年之後，新人陸續登場，1886年，莫黑亞（Jean Morés, 1856～1910）在《費嘉洛報》（Le Figaro）發表〈文學宣言〉（Uu Maniferste litéraire），提出異於巴拿斯派的詩歌理論，強調語言的音質與感染力，傳達詩人「內心世界」，表現具有暗示與朦朧之美的藝術。這時期，以魏崙（Paul Verlaine, 1844～1896）、馬拉美（Stéphane Mallarmé, 1842～1898）、韓波（Arthur Rimbaud, 1854～1891）三位爲代表詩人，尚包括古爾蒙（Remy de Gourmont, 1858～1915）等，以後被稱爲前期象徵主義者的他們，尊崇稍早的波德萊爾（Charles Baudelaire, 1821～1867）爲前驅人物，聶瓦（Gérard de Nerval, 1808～1855）則給予啓發作用的影響。由於，這批象徵主義詩人們，有唯美的耽溺，愈接近世紀末愈出現頹廢傾向，導致與「頹廢」（英文：decadence, 法文：décadence）牽扯，而逐漸式微。進入20世紀初，寫作技藝的「象徵」，再度引發需要的效用，新一代國際性詩人與作品紛紛出籠，包括法國的梵樂希（Paul Valéry, 1871～1945）、德語的里爾克（Rainer Maria Rilke, 1875～1926）、英美的龐德（Ezra Pound, 1885～1972）和艾略特（Thomas Stearns Eliot, 1886～1965）、愛爾蘭的葉慈（William Butler Yeats, 1865～1939）等人，他們一併被歸入後期象徵主義，他們也是掀動20世紀現代主義首波重要的詩人群，從1920年代的高峰期持續至1960年代，席捲歐美各地，其朦朧晦澀艱深難懂的詩風，曾造成詩壇的不正常（歪風）現象。後期象徵主義的法國重要詩人是梵樂希，提倡「純詩」，被譽爲「馬拉美的嫡傳弟子」。詩作充滿暝想，傾向追求自我的內心眞實，〈海濱墓園〉爲其代表詩作，也是20世紀詩文學傑作之一。

意識流（the stream of consciousness）與內心獨白（monologue intérieur）

▲ 布勒東、艾呂雅、查拉、貝瑞
（André Breton, Paul Éluard, Tristan Tzara et Benjamin Péret）

　　意識流為20世紀小說界運用最廣泛的文學技巧，其理論基礎為：（1）法國哲學家柏格森（Henri Bergson, 1859～1941）的直覺主義和心理時間學說，（2）詹姆士（William James, 1842～1910）和佛洛伊德（Sigmund Freud, 1856～1939）的心理學。一般認為愛爾蘭喬伊斯（James Joyce, 1882～1941）的《尤利西斯》（1922年）和《為芬尼根守靈》（1939年），是20世紀初期意識流書寫的先鋒，同輩或後繼者如英國女作家吳爾芙（Virginia Woolf, 1882～1941）的《達洛衛夫人》（1925年）、《燈塔行》（1927年）、美國的費滋傑羅（Fitzgerald, 1896～1940）、福克納（William Faulkner, 1897～1962）的《聲音與憤怒》（1929年）、法國新小說家等，都有相傳的血緣跡象可尋。傳統小說通常都依時間先後順序，逐步逐項敘述，讀者能夠輕易領會明確的事件延續；喬伊斯的《尤利西斯》打破此項技巧，跨越時間界限，將過去、現在和未來壓縮在一個基點，使心理時間與鐘面時間融熔合一，即搭配鐘面時間，作者巧妙、深入且大量地鋪展小說角色的意識活動，成功地地顯示紛呈迭起、精彩無比的意識流書寫技巧。

▲ 超現實主義者布勒東紀念郵票
（1991年發行）

　　跟上述幾位相較，法國普魯斯特（Marcel Proust, 1871～1922）隨雖未提及「意識流」，但他以「內心獨白」（monologue intérieur）的意識主導寫作，花十年歲月，完成七卷的《追尋逝去的時光》（1913～1927），同樣是意識流的書寫模式。

達達主義（Dadaïsme）

　　達達主義指第一次世界大戰期間（1914～1918）產生的文藝思潮。1916年，幾位流亡瑞士蘇黎士的文學青年，常在服爾泰酒店聚會。當年2月6日，原籍羅馬尼亞的法國詩人查拉（Tristan Tzara, 1896～1963），隨意從詞典中翻查Dada，Dada，是兒語「馬」的意思，遂提出以「達達」（Dada）組織文學團體。做爲文藝組織，「達達」並無積極意義，僅表現無所謂的態度，否定既有秩序，任何事均以虛無待之，內心則流露空虛無聊、徬徨。次年，由查拉編輯《達達》雜誌，稍後，把文學與藝術活動推展到巴黎，形成達達主義的流派。1917年至1920年，達達主義迅速在歐陸傳開。1921年，巴黎大學學生將象徵「達達主義」的紙人扔進塞納河，同時，成員中布勒東（André Breton, 1896～1966）和阿拉貢（Louis Aragon, 1897～1982）編輯出版《磁場》，達達主義面臨式微，1923年最後一次集會，部分成員即轉向超現實主義。查拉除了主導這個文學潮流，還寫了一首類似宣言的詩〈達達之歌〉（1919年作品）：「達達主義者的歌聲／內心有著達達／歌聲太勞累了他的原動力／內心有著達達……／達達主義者的歌聲／不快活也不悲傷……／吃吃好腦袋／洗洗你的士兵／達達／達達／喝喝水……／自行車騎士的歌聲／是內心的達達／因此是達達主義者／如同所有內心有達達的人……」

超現實主義（Surréalisme）

　　超現實主義爲1920至1930年之間，發生於法國的主要文學思潮，大部份成員由達達主義轉進的。此「超現實主義」一詞的由來，係阿波里奈爾在中篇小說《遭謀殺的詩人》（*Poète assassiné*）編造的。1924年11月，布勒東發表〈超現實主義宣言〉（Maniferste du surréalisme），正式宣告超現實主義的啓動。超現實主義者希望拋開有關既有「美學與道德」成見的藝術，採用怪誕主題、潛意識夢境與幻覺、嘗試無意識（或潛意識）的自動書寫，試圖重建一個超越現實情境的世界。他們推重崇畾瓦、波德萊爾、和洛特雷阿蒙（Comte de Lautréamont, 1846～1870）及其《馬多侯之歌》（*Les Chants de Maldoror*, 1868）。1930年，布勒東發表〈超現實主義第二宣言〉，將超現實主義推至頂峰，進入1930年代，超現實主義成員意見分岐，人員逐漸分散，勉強依靠布勒東獨力支撐到1966年過世，超現實主義才壽終正寢。在頂峰時期，超現實主義英姿煥發的核心人物，包括布勒東、艾呂雅（Paul Éluard, 1895～1952）、亞陶（Antonin Artaud, 1896～1948）、阿拉貢、夏爾（René Char, 1907～1988）等人。布勒東以小說聞名，著有《娜嘉》（*Nadja*, 1928），餘者大都爲詩人。超現實主義除了在文學書寫上，發揮極大的能量外，亦影響及繪畫界，西班牙達利（Salvador Dali, 1904～1989），可說是最具超現實主義風格的畫家。

超現實主義影響1920、30年代日本的現代詩運動，尤其是《詩與詩論》詩誌的作者群，間接影響1930年代台灣新詩「風車詩社」的詩追求。

存在主義（Existentalisme）與沙特、卡繆

存在主義是19、20世紀盛行的哲學與文化思想。丹麥齊克果（Soren Kierkegaard, 1813～1855）爲近代存在主義的創始者；俄國小說家杜思妥也夫斯基（Fyodor Dostoyevsky, 1821～1881）、德國馬克思（Karl Marx, 1818～1883）、尼采（Friedrich Nietzsche, 1844～1900）間接帶動者。海德格（Martin Heidegger, 1889～1976）與亞士培（Karl Jaspers, 1883～1969）的推動，直到沙特（Jean-Paul Sartre, 1905～1980）和卡繆（Albert Camus, 1913～1960），才將存在主義由

哲學與文化範疇，轉入文學領域，在這方面的開拓，兩人均有文學與哲學一致步調的創意：沙特出版長篇小說《嘔吐》（*La Nausée*, 1938年）與哲學論著《存在與虛無》（*L'Etre et le Néant*, 1943年），卡繆則是小說《異鄉人》（*L'Étranger*, 1942年）與哲學散文論述《薛西弗斯的神話》（*Le Myth de Sisyphe*, 1943年），依此，形成存在主義中的「人的存在與自由」及「荒謬」議題的文學呈顯。

新小說派（Le Nouveau Roman）

1950年代中期，二戰結束之後，年輕的寫作者思考著小說的未來，做為小說中必備的靈魂人物及其個性，不再是典型的需要，模糊的凡夫俗子也可以走進小說裡；其次，依心理時間打散情節的發展，重新架構組織，故事發展允許重複或重疊；做為藝術一環的文學，已然不帶任何說教，剔除政治、道德、革命等內涵，不充當某類理由的工具。

這批新小說作家，大約1950年代興起，包括薩侯特（Nathalie Sarraute, 1900～1999）、霍格里耶（Alain Robbe-Grillet, 1922～）、畢陀（Michel Butor, 1926～）、西蒙（Claude Simon, 1925～）等。到1960年代，他們的作品分別獲得文學獎，受到大眾注意；1985年，西蒙榮獲諾貝爾文學獎，再次掀起閱讀的狂喜風潮。由於這批作家的著作（大都是小說、中篇小說）集中由「子夜出版社」（Édition de Minuit, 1941年成立）印行，因而，也被稱為「子夜派小說」，另有其他稱呼，如「反小說」、「攝影派小說」、「窺視派小說」、「新小說四人幫」。主導者霍格里耶有創作及理論的闡釋，一直被尊為此派的「教皇」、「旗手」、「首席代表」、「掌門人」。

荒誕劇（荒謬劇場）

　　1950年代，文學內部的質變，小說界出現「新小說」，劇場則延續存在主義的「荒謬」議題，出現「荒誕劇」（荒謬劇場）。荒謬是違反邏輯的一種狀況，哲學家齊克果直指基督教是荒謬的，因為《聖經》裡的不少故事，無法依理性去了解。在法國劇場，被稱為「狂野之神」的亞利（Alfred Jarry, 1873～1907），1896年演出《烏布王》（Ubu roi），這時才在19世紀末，荒謬劇隱然蘊釀中。半個世紀後，1950、60年代，「荒謬劇」由法國展開，佔領世界劇壇。這群劇作家包括法國本土的沙特（Jean-Paul Sartre, 1905～1980）的《蒼蠅》、《密室》、《髒手》等；伊歐涅斯柯（Eugène Ionesco, 1909～1994）的《禿頭女歌手》（*La Cantatrice Chauve*, 1950）、《椅子》（*Les Chaises*, 1952）；阿達莫夫（Arthur Adamov, 1908～1970）的《行走之意義》（*Le sens de marche*, 1953）；惹內（Jean Genet, 1910～1986）的《女僕》（*Les Bonnes*, 1947）、《陽台》（*Le Balcon*, 1956）、《黑人》（*Les Nègres*, 1959）等；在巴黎以法語寫作的愛爾蘭貝克特（Samuel Beckett, 1906-1989）的《等待果陀》（*En attendant Godot*, 1952）、《殘局》（*Fin de partie*, 1957）等；英國品特（Harold pinter, 1930～）的《看房子的人》（1960）、《重回故里》（1965）；美國阿爾比（Edward Albee, 1928～）的《動物園的故事》（*The Zoo Story*, 1959）、《誰怕吳爾芙》（*Who's Afraid of Virginia Woolf ?*, 1963）和奧尼爾（Eugene O'Neill）的《瓊斯皇帝》（1920）、《長夜漫漫路迢迢》（1956）等。

相關閱讀：
吳錫德，閱讀法國當代文學，中央研究院，2003年

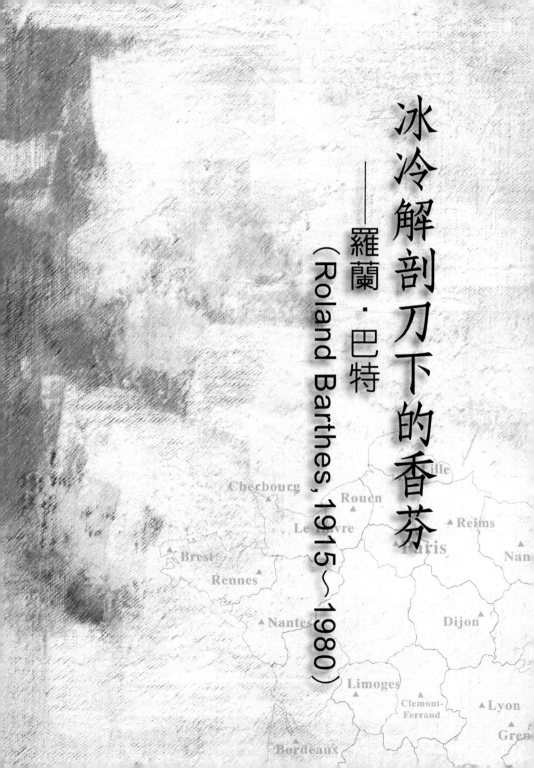

冰冷解剖刀下的香芬

——羅蘭‧巴特

(Roland Barthes, 1915~1980)

羅蘭‧巴特是20世紀馳名國際的法國文論家。他提出「作者之死」（La mort de l'auteur）與「零度寫作」（Le Degré zéro de l'écriture）的文評理論，引爆文學界與學術界的震撼，也掀起閱讀的新觀念，形塑巴特的無限魅力。

羅蘭‧巴特（Roland Barthes,1915～1980），1915年11月12日出生於雪堡（Cherbourg），父親路易‧巴特（Louis Barthes, ～1916）為海軍中尉軍官，母親荷莉耶特‧賓傑（Henriette Binger, 1893～1977）。未滿周歲，父親於北海戰役犧牲（1916年10月26日）。1916至1924年，由母親帶回法國西南方巴斯克地區的貝幼納（Bayonne）渡過童年，及小學教育（至小學四年級）。1924年，定居巴黎，入蒙田中學，繼續小學五年級至初中的課業，寒暑假回貝幼納的祖父母家。1930至1934年，修畢路易大帝中學高中課業。1934年5月10日，咯血，左肺嚴重病患，至法國西南庇里牛斯山區的伯度（Bedous, 位於Aspe山谷）療養。1935至1939年，就讀巴黎大學，研究古典文學。1939年起，擔任多處中學教師。1941年10月，肺結核病復發，在巴黎學生療養院進行第一次長期療養；1943年7月，肺病蔓延到右肺，進行第二次長期療養至1945年。1946年2月末，肺結核痊癒。1947年8月1日，在巴黎《戰鬥報》發表〈寫作的零度〉。1948年，在羅馬尼亞首都布加勒斯特法國文化中心擔任圖書館助理，接著擔任教師，隨後成為布加勒斯特大學講師；1949年，轉往埃及亞歷山大大學擔任外籍教師；1950年，返回巴黎，與母親共住塞爾萬多尼街11號，任職於出版社、學院與學術機構。1976年擔任法國學苑（Collège de France）教授，主講「文學記號學」。1977年10月25日，母親過世，打擊甚大。1980年2月25日，出席社會黨領袖密特朗招待文化界名人午餐會，會後下午3時45分，在法國學苑前穿越馬路時，遭卡車撞倒重傷，送醫急救；3月26日，肺結核舊疾引發肺部并發症，過世，安葬於母親墓側。

羅蘭‧巴特說：「因為會遺忘，所以我閱讀。」（Parce que j'oublie que je lis . --《S／Z》五）。他的一生都在讀書、生病、任職、教書、

寫書中渡過。大約以1950年爲界，之前的「巴特前史」，屬於閱讀歷程。高中生階段，15、16歲的巴特，生活在韓波、紀德、梵樂希、普魯斯特的著作裡（在《羅蘭巴特論羅蘭巴特》乙書前的鏡相自述，一張四、五歲穿著裙子的小巴特，文字說明：同時代人嗎？／我剛開始走路，／普魯斯特還活著，正／完成《追尋逝去的時光》）；結核病療養期間，閱讀古代戲劇、希臘悲劇；二戰期間，因結核病免除兵役，主要閱讀歷史學家米希烈（Jules Michelet, 1798～1874）著作；1945年，受存在主義《現代》雜誌的影響，接觸馬克思主義；1949年，在埃及教書，接受同事建議，閱讀俄國語言學家雅各布森（Roman Jakobson, 1896～1982）、日內瓦語言學家索緒爾（Ferdinand de Saussure, 1857～1913）著作。這樣閱讀經驗，促成「巴特後史」的講學與一系列著述：《寫作的零度》（*Le Degré zéro de l'écriture*, 1953年）、《米西列自述》（*Michelet par lui-meme*, 1954年）、《神話學》（*Mythologies*, 1957年）、《論拉辛》（*Sur Racine*, 1963年）、《批評論文集》（*Essais critiques*, 1964年）、《符號學原理》（*Eléments de sémiologie*, 1965年）、《批評與眞實》（*Critique ey Vérité*, 1966年）、《流行體系》（*Système de la Mode*, 1967年）、《S／Z》（*S/Z*, 1970年）、《符號帝國》（*Empire des signes*, 1970年）、《文本的歡悅》（*Le plaisir du texte*, 1973年）、《戀人絮語》（*Fragments d'un discours amoureux*, 1977）、《明室》（*La chambre Claire*, 1980年）等。《羅蘭・巴特全集》五卷（*Œuvres complètes en cinq tomes*），馬堤（Eric Marty）編輯，2002年由

▲ 羅蘭・巴特
（Roland Barthes）

巴黎瑟伊（Seuil）出版社出版（1993、1994、1995年曾陸續出版三卷本）。

在一次訪問中，羅蘭‧巴特說「人人都用腦力活動，人人都是評論者。」（On est essayiste parce qu'on est cérébral .----《羅蘭‧巴特訪問錄》第2篇），巴特以評論起家、聞名，亦有散文隨筆的寫作。底下介紹這位風靡人物的幾本著作。

《寫作的零度》或《零度寫作》
(*Le Degré zéro de l'écriture*, 1953)

這是羅蘭‧巴特第一本論述，1947年發表，1953年出版。巴特以卡繆《異鄉人》（1943年出版）開頭第一句：「今天媽媽去世了。也許是昨天，我不能確定。」為例，提出「純潔無瑕的（innocent）寫作」概念；文本的誕生，不因寫作者的身份與階層、社會環境階級或國家機器等牽制，讓文字的運用處於中性狀態，即「純潔無瑕的寫作」。巴特認為專制政權有其專屬的文字書寫方式，資本社會及任何社會也有特定的文字，如何閃避這些外在因素所操縱的寫作因素，讓文字達到「純白無瑕」，是他的理想。他從丹麥哥本哈根學派語言學家葉姆斯列夫（L. Hjelmslsv, 1898～1965）的著作，借取「零度寫作」的概念，提出「無形態寫作」；於此，「零度寫作」等於「中性寫作」、「白色寫作」、「漂白意義的白色寫作」、「客觀文學」等相似名稱。「中性寫作」、「白色寫作」的說法，亦見晚年的回顧《羅蘭巴特論羅蘭巴特》。

《S／Z》

《S／Z》一書中，羅蘭‧巴特用心閱讀評注巴爾札克不顯眼的中篇小說的《薩拉辛》（Sarrasine）。1968至1969年，羅蘭‧

巴特在巴黎高等研究實驗學院開一門「研討班」，論題爲「敘述文的結構分析：巴爾札克的《薩拉辛》」，1970年整理出版《S／Z》。《薩拉辛》（*Sarrasine*）是一篇充滿奇異愛情的中篇小說，敘述主角雕塑家薩拉辛（Sarrasine）和男扮女裝的歌星（閹歌手、人妖歌星）贊比內拉（Zambinella）的曖昧情慾故事。書名的S指Sarrasine，Z指Zambinella；書中討論Sarrasine對Zambinella，由愛轉恨的內心糾葛；《S／Z》的／，有對抗、相較之意。有趣的是，羅蘭‧巴特（Roland Barthes）名字中有s，巴爾札克（Balzac）有z，因而書名亦出現「羅蘭巴特對巴爾札克」的趣談。羅蘭‧巴特本人對書名，另有一番解說：Z是一柄違法且歪斜的利刃（comme un tranchant oblique et illégal, 另，屠友祥譯作：像一把邪惡而陰冷的刀），這篇剖析見《S／Z》乙書第47篇，這47正好是全書93篇理論的居中。

　　《S／Z》一書，呈現作者獨特的闡釋技藝，是他建立「符號帝國」的文本理論與閱讀理論。羅蘭‧巴特將小說《薩拉辛》巧妙地切割成561塊片段（基本語言閱讀單位），分93節（旁逸的閒墨、仔細闡釋解析），用5種符碼（情節符碼、闡釋符碼、文化符碼、意素符碼、象徵符碼），加以歸類評注。書中的文體，雜陳著詩、文、短語、片段，爲當代西方文論的實驗之作，亦爲羅蘭‧巴特思想的一次彙聚；但缺乏系統地整合。

《羅蘭巴特論羅蘭巴特》
(*Roland Barthes par Roland Barthes*, 1975)

　　本書非自傳，亦不是自述，倒像隨筆、散文小品之類，但跨不進細膩文筆的抒情隨筆，更缺乏邏輯嚴謹的論述隨筆，如蒙田《隨筆集》那樣。比較上言，全書共227篇「片簡」（fragment，片段、斷片），毋寧稱作「鏡相自述」。書內文字前有大量的相片，巴特不斷

援引幼時的故居、童年的生活點滴，佐以片段文字記錄生活感想，反省自己曾經的書寫（包括理論與隨筆）。

《戀人絮語》（*Fragments d'un discours amoureux*, 1977）

1975年1月，羅蘭·巴特在巴黎高等師範學校開一門「討論課」，以歌德小說《少年維特的煩惱》為教材，分析書中戀人的話語。兩年後，整理出版《戀人絮語》這本書；書名原義：戀人話語的片段。片段fragments，另解作：片簡、斷片、掌中小語、精緻的極短篇。全書有80個主題詞條情境，依法文單字字母順序排列（翻譯後，對中文讀者言，即喪失此便利與意義）。就文學批評角度，這是「一本解構主義的文本」，是科學的、冰冷的；從「主題詞條」看，是一冊「戀人的情話辭典」，溫情的、貼心的。巴特認為戀人間的談吐語詞，既五花八門，卻支離破碎，像雪泥鴻爪，也似畫龍點睛；摘下記錄，透過天馬行空式的文筆，形成迷人的一本著作，是中文讀者親近巴特一條最熟悉的捷徑。為情愛解說的同時，巴特揀選更多的文學作品當作佐證，諸如歌德、羅特阿蒙、薩德、尼采、魏崙、紀德、普魯斯特、沙特、禪、道、俳句等，在法文原書的書邊，標記著引文出自哪位作者或書名，這也是本書可愛便利之處（中譯本闕如）。以主題情境的第二詞條「相思」（L'Absence）為例，L'Absence，有缺席者、失蹤者、不在場者……諸義，巴特解析：「許多小調、樂曲、歌詞都涉及戀人的遠離不在身邊。」（Beaucoup de lieder, de mélodies, de chansons sur l'absence amoureuse.）又說：「……傾訴遠離的是女人：因為女人深居簡出，男子四處遊獵；女人忠貞（她等候），男子花心（他出海、遊蕩）。」（Le discours de l'absence est tenu par la Femme：la femme est fidèle (elle attend, l'homme est coureur (il navigue, il drague).）「一個男子若要向遠方情人傾訴遠離之苦，便會顯示神奇的女子氣。……男子女性化的原因主要不在於他所處位置的顛

倒，而在於他墜入戀愛。」（cet nomme qui attend et qui en souffre,est miraculeusement féminisé, Un homme n'est pas féminisé parce qu'il est inverti, mais parce qu'il est amoureux .）這樣的說詞，吉光片羽式的挑逗情侶心思，解開戀人的絮聒。整本《戀人絮語》，彷彿酷嚴寒冬裡，作者溫馨的爲情侶升起旺盛爐火，即使手術台上陳列冰冷的屍塊，仍散發陣陣香芬，散發羅蘭巴特的文字魅力！據云：羅蘭・巴特是隱形的同性戀者。當他將冷靜客觀的文學批評，轉化成深情款款的文學創作時，已經從冷默過渡到溫馨；《戀人絮語》的情愛敘述文字，似乎不盡然「零度寫作」，反而瀰漫著情戀中的溫情與甜柔。

© Vasco

　　巴特認爲戀人間的談吐語詞，既五花八門，卻支離破碎。這觀點在《卡拉馬助夫兄弟們》乙書，也可以獲得印證。該書第13卷「尾聲」第2章〈刹那間虛謊成爲眞實〉，卡嘉（卡德鄰納・伊凡諾夫那）探視獄中的米卡（特米脫里・費道洛維奇，卡拉馬助夫兄弟中的老大），兩人曾經相愛，此刻已另愛別人，但是，仍互吐一些「愛你、愛我、愛一輩子」的喃喃語聲。作者（敘述者）隨後記載：「他們兩人互相訴說著一些無意義的、瘋狂的，甚至不眞實的話語，但是在這時候一切都成爲眞實，他們兩人都在暗中相信自己的話。」情侶間的對話或自白，攤在陽光下，儘管不堪入耳，卻是他們倆情愛保證的信物。（此段對話參見志文版《卡拉馬助夫兄弟們》頁860-1）羅曼・羅蘭的《約翰・克利斯朵夫》，同樣有相似的印證：「一顆戀愛中的心靈，所有一切可笑而又動人的幻覺，誰又數說得盡呢？」（見《卷三・少年》）

▲ 羅蘭・巴特
（Roland Barthes）

《羅蘭巴特訪問錄》
（*Le Grain de la voix. Entretiens*, 1962-1980, 1981）

巴特過世後，由Seuil出版社出版，集錄1962年至1980年間，接受報章雜誌訪談其著作的整理稿，共39篇。書名Le Grain de la voix，聲音的質地（日譯：聲音的紋理），有「微弱的聲音」、「語言的輕聲細語」之意，也有恢復聲音中性本質之解。閱讀這本《訪問錄》，能進一步接受羅蘭巴特系列文論的寫作與認知。譬如，他客氣地說：批評是「爲死者化妝」（toilette du mort——第一篇）。「在法國，評論家所做的工作是奴隸性的工作。」（En France, les essayistes ont toujours du faire un autre travail, ce sont là des servitudes.——第二篇）。

《偶發事件》（*Incidents*, 1987）

在講授巴爾札克小說《薩拉辛》（即：《S／Z》乙書）的課程結束後，1969年9月，羅蘭·巴特轉至摩洛哥拉巴特大學文學院演講。這趟停留，留下〈偶發事件〉保存了「摩洛哥即景」的隨興文章。1987年，以遺著方式出版《偶發事件》（Incidents）文集這本小冊子，全書內容包含四篇文章，依序爲：〈西南方之光〉、〈偶發事件〉、〈今晚在帕拉斯〉、〈巴黎夜幕〉。

〈西南方之光〉是羅蘭·巴特追憶家鄉貝幼納（Bayonne）的一篇散文，他從巴黎朝西南方俯瞰，以幅員由大而小三面向下筆，著重地區光線的變化；這樣的文筆，頗具異類。類似追憶家鄉貝幼納的短文，在《羅蘭巴特論羅蘭巴特》一書亦出現，如「老相片」中第二張的文字說明：「貝幼納，貝幼納，完美的城市，有河流貫穿，空氣清新，……是封閉的城市，亦是巴爾札克、普魯斯特、布拉桑等小說般的城市……」（上書，頁10），同書的短文〈電車的加掛車廂〉（頁59）、〈官兵捉強盜〉（頁60）等皆是。

作為本書主架構的〈偶發事件〉這部分，為即興快照的短文，在這部文集裡，僅出現一次Incident，即〈巴黎夜幕〉第2篇日記（1979年8月25日）末尾，提到「網路事件」。〈偶然事件〉全文共122則，無序號，無標題，起筆：「不久前，在摩洛哥……」，表明這些短小篇幅是（1969至70年）在摩洛哥（1912～1956年間，摩洛哥曾為法國殖民地的北非回教國家）的見聞記錄。至於寫作方式有逼近「日本俳句」的傾向。羅蘭・巴特對東方日本情有獨鍾，他於1966至68年，三次訪問日本，異國經驗給了他一定的新奇影響。巴特說：「從日本生活中的許多特色，我自認讀出了某種對我而言具有理想色彩的意義。」「日本創造了一種文明的範例，其中符號的分節方式可以說相當的精緻。」（《羅蘭・巴特訪問錄》第10篇中後）。他的幾冊論述，也不時提及「俳句」。「日本俳句」無標題，〈事件〉亦同樣。〈偶發事件〉散文或許就是落實「俳句寫作」的實驗品。例如，第10則：「孩子在廊道被發現時，正熟睡在紙箱內，頭部露出，很像遭到切割似的。」。第99則：「一位黑人，整個頭裹進帶風帽長衣袍，如此的黑，以至我將他的臉蛋看成是女人的面紗。」這樣即興隨筆式的記載，斷想與片段式的書寫，輕薄短小式的隨想記錄，都只是素描般的輕鬆小品。無疑地，從另一角度看，也暴露羅蘭・巴特的缺點，即：雄辯卻拙於敘述。藝文史的聖壇，似乎甚少僅僅端出「素描」簿，就列名偉大藝術家。

《偶發事件》文集的第三篇〈今晚在帕拉斯〉，是介紹巴黎劇場（戲院）的變革，對古老劇場的深情懷念。

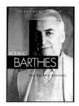

▲ 《羅蘭巴特論羅蘭巴特》法文版

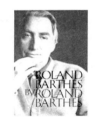

▲ 《羅蘭巴特論羅蘭巴特》英譯版

▲ 《零度寫作》英譯版封面書影

▲ 《偶然事件》英譯版封面書影

《偶發事件》文集的第四篇〈巴黎夜幕〉，原意「巴黎夜晚」（Sorées de Paris），純是羅蘭‧巴特私密日記，1979年8月24日至9月17日，共16篇。16篇日記，每篇敘述好幾樣事情，卻沒有段落劃分，都只一大段。日記裡，記錄白日工作之餘，他流連咖啡館的夜生活：與朋友聚餐、聊天、靜觀他人活動、聽收音機，閱讀的書報，除《世界報》外，大都是文學書籍。也談及自己不喜歡孩童（日記第5篇記載：「隔段距離，他們令我心煩」）。最主要，也最特殊的是尋求「男妓」的坦誠記載，因而有人戲稱這些是羅蘭‧巴特的「同性戀文本」。16篇日記，有9篇提及「男妓」，或用gigolo（第2、5、8、10、15、16篇），或用縮寫gig（第9、12、13篇）。gigolo，原意：面首、小白臉。寫這些日記時，羅蘭‧巴特已是64歲的人了。試看他在1979年9月17日（日記第16篇，即最後一篇）的記錄：「我做出等他、招待他，這種細心通常表明我愛上了他。但是，從午餐起，他的膽怯或者他的距離嚇著了我；任何親暱的愜意，都離遠了。我要他在我午休時到我旁邊，他非常乖乖地過來，坐在床沿，讀一本畫冊；身體離我很遠，就算我把手臂伸向他，他動也不動，默默不語，無任何示好之意；此外，他很快走開到另一房間。一股失望湧現，我好想哭。我明確知道我得放棄小男生，因為他們對我沒有慾念。」這樣的剖白，讀者想必也要跟著「我好想哭」。他用「太拘謹」（trop scrupuleux）、「太笨拙」（trop maladroit）形容自己挫敗的始因。

　　「權傾一時」（此詞或許稍嚴重些）的文論家、批評家，也有心靈脆弱的一面，特別是處理私己的感情問題。難怪當初想發表於《原樣》（Tel Quel, 另譯作：如是）雜誌，臨時退下念頭。目前，暴露這樣的隱私，也讓我們認識名人的另一面。

　　1950年代台灣詩壇，紀弦有一首詩〈阿富羅底之死〉：「把希臘女神Aphrodite塞進一具殺牛機器裡去／／切成／塊狀／把那些「美」的要素／抽出來／製成標本；然後／一小瓶／一小瓶／分門別類地陳列在古物博覽會裡，以供民眾觀賞／並且受一種教育／／這就

是二十世紀：我們的」。用屠刀切割「美神」，等同於用科學解析刀剖割「文學作品」。先前，紀弦還有篇短論〈把熱情放進冰箱裡去吧！〉（《現代詩》季刊第6期社論，1954年5月），強調寫作情緒的冷靜與沉澱。當時，羅蘭‧巴特的理論正成型中，《零度寫作》已出版，但沒有證據顯示紀弦曾閱讀過；兩位似乎也不曾有過溝通。

羅蘭‧巴特的崛起，是20世紀法國評論界、思想界的一件大事。從1950年代中期至1980年，有所謂「羅蘭‧巴特的時代」的稱呼，即使他已辭世，但影響仍然持續，書刊依舊迷惑世人。他一路走過：神話學者、符號學家、結構主義批評家、心理分析家、解構分析家、文學創作書寫……他多才多藝，卻難以歸類（inqualifiable）；他的祭壇在「文學批評」，他的魅力由於「漂泊不定」。這樣的「不安定」，予人直覺的聯想就是：文學批評界的巴特，彷彿文學創作界的紀德；從紀德的《地糧》（1897年）到巴特的《偶發事件》（1987年），亦有某些認知與比較會浮現，如北非異國情調的背景、同性戀……等。在巴特文學批評的祭壇上，他將激動情緒、蠱惑神經、戰慄心靈的文學作品，用冰冷陰閃的解剖刀，斬剁成寒凍屍塊的文字碎片，挑戰讀者欣賞的胃口。

相關閱讀：

李幼蒸譯《寫作的零度》，桂冠圖書公司，1991年。

汪耀進等譯《戀人絮語》，桂冠圖書公司，1994年。

許綺玲譯《明　室》，台灣攝影，1995年。

許綺玲等譯《神話學》，桂冠圖書公司，1997年。

溫晉儀譯《批評與真實》，桂冠圖書公司，1997年。

敖　軍譯《流行體系（一）（二）》，桂冠圖書公司，1998年。

劉森堯譯《羅蘭巴特論羅蘭巴特》，桂冠圖書公司，2002年。

劉森堯譯《羅蘭巴特訪問錄》，桂冠圖書公司，2003年。

莫　渝譯《偶發事件》，桂冠圖書公司，2003年。

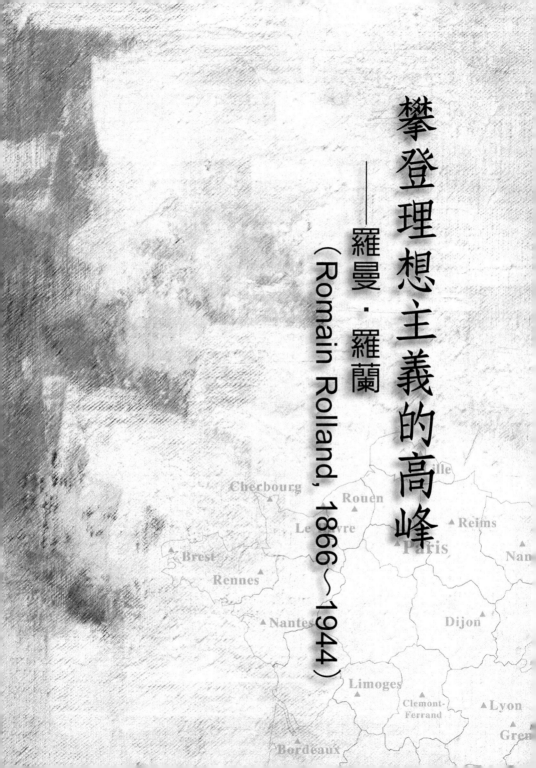

攀登理想主義的高峰

——羅曼‧羅蘭

(Romain Rolland, 1866～1944)

「**與**其花許多時間和精力到處挖鑿淺井，不如以同樣的時間和精力，用心於一口深井。」這是羅曼・羅蘭的名言。他花十年歲月完成的百萬字長篇鉅著《約翰・克利斯朵夫》，就是汨汨沁涼、永不乾涸的「一口深井」，嘉惠代代讀者。然而，他的一生，並非僅僅挖鑿這口井。

羅曼・羅蘭（Romain Rolland, 1866～1944, 全名Romain Edme Paul Emile Rolland），1866年1月29日出生於尼埃夫省（Nièver）克拉麥希鎮（Clamecy）的尼威奈（Nivernais, 巴黎東南方約150公里）古老宅院。父親（Emile Rolland）以上三代均為公證人（notaire, 類似律師，因而有些文獻誤稱律師），是當地望族，但生活小康；母親為公證人之女，從母親處，繼承對音樂的喜愛與敏銳聽覺。未滿周歲，因褓姆粗心，讓他寒凍受傷，導致支氣管炎及哮喘，承受一輩子的折磨。1873到1880年，就讀當地克拉麥希中學（Collège de Clamecy, 已更名為「羅曼・羅蘭中學」Collège Romain～Rolland）。1880年，舉家移居巴黎。1880到1882年，就讀聖路易中學（Le Lycée Saint-Louis），後轉路易大帝中學（Le Lycée Louis Le Grand）。1889年8月31日，巴黎高等師範學校畢業；10月，獲公費獎學金赴羅馬研讀歷史，1892年，回巴黎，忙於撰論文及聽音樂會；10月，羅曼・羅蘭與柯羅蒂・布瑞爾（Clotilde Bréal）結婚。婚後，復前往羅馬讀書，完成論文《歌劇起源史》後，在巴黎幾間中學任教。1895年6月，通過巴黎大學的論文資歷，獲文學博士學位；同年10月起，先後應聘擔任高等師範學校和巴黎大學講授藝術史、音樂史。在1890年出版第一齣劇本《奧吉諾》（*Orsino*），1897年起，陸續出版劇本《聖路易》（*Saint Louis*,1897）、《哀爾第》（*Aërt*, 1898）、《群狼》（*Les Loups*,1898）。1899年，《理性的勝利》（*Le Triomphe de la Raison*, 1899）、出版劇本《丹東》（*Danton*,1900）。1901年，羅曼・羅蘭與妻子柯羅蒂・布瑞爾離婚。1902年，出版劇本《七月十四日》（*Le 14 Juillet*）。1903年，出版傳記《貝多芬傳》（*Vie de Beethoven*）。出版劇本《即將來臨的時代》（*Le Temps viendra*）。1904年2月2日，《約翰‧克利斯朵夫》（*Jean-Christophe*）卷一「黎明」開始在《半月刊》（*Les Cahiers de la Quinzaine*）登載。1905年，發表《米開朗基羅的生涯》（*La vie de Michel-ange*）。1908年，發表音樂論著《古時音樂家》和《今日音樂家》。1910年，出版《韓德爾傳》（*Haendel*）。1911年，出版傳記《托爾斯泰傳》（*Vie de Tolstoi*）。1912年10月，《約翰‧克里斯朵夫》卷十「復旦」刊登《半月刊》，全書告畢。1913年，以這部小說獲得法蘭西學院大獎（Le Grand Prix de l'Académie française）。1914年6月，到瑞士度假，第一次世界大戰爆發，即移居瑞士，直到1937年。1915年11月，瑞典皇家學院內定為諾貝爾文學獎得主（本年度未頒獎，延至翌年）。出版論文集《超越論爭》（*Au-dessus de la Mêlée*，1915年），計17篇論爭文章，收錄1914年9月至1915年月間發表在《日內瓦日報》（Journal de Genève）的文章；與書名相同的文章，如是開端：「哦，世界上英勇的青年，他們以何等的歡欣噴灑熱血在饑餓的土地上。」同時，延續早先對國家與愛國主義的意見，他說過：「現代觀念的祖國是有害的東西」，還說：「愛國主義最簡單明晰的解釋僅是統治者的一種武器，……愛國主義是奴隸身份；戰爭是愛國主義的自然結果」，為此，曾引發法國人的爭論，造成對羅曼‧羅蘭的不滿。1916年11月9日，獲頒諾貝爾文學獎，得獎理由：「因為其文學作品的崇高理想主義，以及描寫各式各樣人物的同情與愛，表達敬意，特予頒獎。」1919年，出版小說《高拉‧

▲ Romain Rolland
（1866-1944）

布勒貢》（*Colas Breugnon*），這是一部17世紀家鄉尼威奈地區農人生活的記錄；出版論文集《先驅者》（*Les Précurseurs*），以及跟《超越論爭》同系列的文章；也在這一年，母親過世。1920年，出版小說《彼埃和綠絲》（*Pierre et Luce*）。1921年4月，羅曼‧羅蘭定居瑞士。1921～22年，出版《約翰‧克利斯朵夫》四冊定本。1922～33年，出版長篇小說《被蠱惑的靈魂》（*L'Ame Enchantée*），全書七冊。1923年，出版《甘地傳》（*Vie de Mahatma Gandhi*）。1925～27年，出版《約翰‧克里斯朵夫》由馬歇爾（*Franz Masered*）插圖木刻畫600件五冊豪華版。1931年，父親過世（享年94歲）。1931～33年，出版《約翰‧克利斯朵夫》五冊本。1933年4月，德國政府通知將「歌德獎章」（la médaille Goethe）授與羅曼‧羅蘭；唯恐遭納粹利用，羅曼‧羅蘭婉言拒絕。1934年，羅曼‧羅蘭再婚，對象為1929年起擔任祕書工作的蘇聯女子瑪麗亞‧庫達舍芙（Mme Vve Marie Koudachev）。1937年，返回闊別23年的法國，9月，在維佐萊（Vézelay, 離家鄉克拉麥希很近）購屋，隔年5月，定居維佐萊，繼續寫日記、回憶錄、撰《羅伯斯庇爾》（*Robespierre*, 歷史劇本，1939）、《貝基傳》（Charles Péguy, 貝基係作家、《半月刊》主編，為羅曼‧羅蘭一生的好友）……等。二戰中德國納粹佔領與法國維琪政府管轄期間（1940～1944），被當作反法西斯分子；認為《約翰‧克利斯朵夫》會腐蝕青少年的心靈，遭列入禁書。1944年8月24日，巴黎解放；同年12月30日，羅曼‧羅蘭逝世於維佐萊寓所，遺體安葬在家鄉克拉麥希雙親墓旁。過世後，大量的日記、信簡，及文學遺稿，均由遺孀瑪麗亞‧庫達舍芙整理，陸續出版（瑪麗亞‧庫達舍芙出生於俄羅斯的俄法混血兒，父親俄羅斯人，母親法國人，原為羅曼‧羅蘭著作的蘇聯讀者，1929年，透過作家高爾基協助，從蘇聯抵達瑞士，擔任羅曼‧羅蘭的祕書，負責整理文稿，扮演羅曼‧羅蘭與蘇聯之間的訊息與認知的橋樑。由祕書、無可取代的助手到良緣成親，庫達舍芙是羅曼‧羅蘭晚年的忠實伴侶，1985年過世。）

在〈我爲什麼寫作〉短文裡，羅曼·羅蘭說：「即使我不在紙上寫，也會在腦裡寫。因爲寫作是我個人自言自語和付諸行動的方式。就我而言，寫作跟呼吸一樣，都是生活。我一直在前進，我也一直爲向前邁進的人寫作。缺乏運動的生命，對我沒有任何意義。」他的一生跟文字書寫爲伍，扮演著學者、劇作家、傳記文學作家、小說家、時論作者……等。戲劇是他最初的文學創作，且數量最多。

羅曼·羅蘭與戲劇

羅曼·羅蘭在1917年回顧劇作時，說：「我特別想寫一系列劇本，用來歌頌聖人、英雄和信仰。」他的初期劇本可以分爲兩個系列：革命的戲劇和信仰的悲劇。前者包括《丹東》（*Danton*, 1901）、《七月十四日》（*Le 14 Juillet*, 1902）、《群狼》（*Les Loups*, 1898）三齣；後者有《聖路易》（*Saint Louis*, 1897）、《哀爾第》（*Aërt*, 1898）、《理性的勝利》（1899）三齣。晚年，尚有歷史劇《羅伯斯庇爾》（*Robespierre*, 1939）等。這些劇本的主角大都是法國歷史人物，其實就是羅曼·羅蘭的英雄詮釋。《七月十四日》的英雄是攻打巴斯底（Bastille）監獄，犧牲個人欲望，爲民眾謀取幸福，獲得自由的侯希（Lazare Horche）。《丹東》一齣的英雄自然是法國大革命時期的革命領袖丹東（Geoeges-Jacques Danton, 1759～1794）。《群狼》一齣則是「德雷福斯事件」的猶太籍法國軍官德雷福斯（Alfred Dreyfus, 1859～1935）；爲此事件，作家左拉（Emile Zola, 1840～

▲ 羅曼·羅蘭及簽名式

▲ 羅曼·羅蘭紀念郵票
（1975年發行）

1902）曾發表了著名的〈我控訴——上書菲力克斯・佛瑞總統〉（J'accuse : une lettre au président Felix Faure intitulée）。

羅曼・羅蘭與托爾斯泰

羅曼・羅蘭撰述「英雄傳記」的動機是這樣的：「我們周圍的空氣是沉重的。……一種卑鄙的物質主義，重壓在思想上。……世界在自私主義中窒了。讓我們打開窗子！讓我們放進自由的空氣！呼吸英雄的氣息。」的英雄傳記，包括《貝多芬傳》（*Vie de Beethoven,* 1903）、《米開朗基羅傳》（*Vie de Michal-Ange,* 1905）、《托爾斯泰傳》（*Vie de Tolstoi,* 1911）三書。1886年，在巴黎高等師範學校肄業的20歲青年羅曼・羅蘭，第一次把托爾斯泰（Léon Tolstoï, 1828～1910）與《戰爭與和平》，介紹給同學，隨即引起大家的極大興趣，甚至超過先前認真閱讀的莎士比亞著作。不久，1887年4月16日，羅曼・羅蘭發寄第一封信給托爾斯泰，請教「藝術與道德的困惑」。原本沒在意的寄信人，半年後，收到了托爾斯泰在10月4日發出的長38頁的法文回信，起筆：「我親愛的兄弟，我已經收到你的第一封信，它令我感動。我邊讀邊流淚。」托爾斯泰年長羅曼・羅蘭38歲。這封用法文寫的回信，對羅曼・羅蘭具有決定性的影響。羅曼・羅蘭一共給托爾斯泰通信七封，時間長達二十年（1887到1906年，分別在1887年4月16日、1887年夏、1897年1月24日、1897年1月29日、1901年7月21日、1901年8月23日、1906年8月27日）。1903年，羅曼・羅蘭計劃寫作「傳記叢書」時，並未考慮到托爾斯泰，因為此時托爾斯泰尚健在，不便推介，等到托爾斯泰辭世（1910年）後，羅曼・羅蘭才動筆。羅曼・羅蘭與托爾斯泰有著共同的信仰：愛與真；兩人對國家和戰爭的理念亦相當一致，這方面的認知，同樣曾遭受誤解。

在《約翰・克利斯朵夫》卷八〈女朋友們〉，羅曼・羅蘭記下「克利斯朵夫曾寫信給托爾斯泰；讀了他的著作，十分佩服，想把

他的一個通俗短篇譜成音樂，請求他的許可，並把自己的歌集寄給他。」（桂冠版《約翰‧克利斯朵夫》第三冊，頁988，或遠景版《約翰‧克利斯朵夫》頁1127）。

《貝多芬傳》與《約翰‧克利斯朵夫》

羅曼‧羅蘭先後寫過兩次有關貝多芬的著作，最早是1903年的《貝多芬傳》（Vie de Beethoven）。這本書流傳廣，影響亦深遠。羅曼‧羅蘭在此書強調音樂家的精神奮鬥，以及對人們的意義；他精緻地描繪出一位孤獨者的畫像，一顆高貴的受苦的靈魂，永不屈服的靈魂，巨人的靈魂。晚年，羅曼‧羅蘭仍以學者鑽研的探究態度，寫出音樂史重要著作《貝多芬的偉大創作時期》七卷本（1928年至1943年）。在《貝多芬傳》乙書的起筆，羅曼‧羅蘭引錄貝多芬的話：「我願證明，凡是行為善良與高尚的人，定能因之而擔當患難。」印證羅曼‧羅蘭自己的話：「人生的一切都是用痛苦賺得的。在大自然之中，任何幸福都是建立在廢墟之上。最後，一切都會歸於廢墟。但願你能加以建築。」兩人之間的精神磨練，有著相同的患難與痛苦。因而，《貝多芬傳》既是音樂家貝多芬的傳記，多少也有羅曼‧羅蘭掙扎奮鬥的影子。小說《約翰‧克利斯朵夫》也可依此領會與欣賞，這是「獻給全世界受苦奮鬥而必勝的靈魂」的鉅著。

1904年2月2日，《約翰‧克利斯朵夫》（Jean-Christophe）卷一「黎明」開始在《半月刊》發表，至1912年10月卷十「復旦」，全書告畢。這是一部大河小說（roman-fleuve），以貝多芬為原型，敘述天才音樂家一生奮鬥過程。主角約翰‧克利斯朵夫‧卡夫特（Jean-Christophe Krafft）誕生在萊因河（Rhin）畔小城的德國中等家庭。作者安排此姓氏，有其特殊意義：「約翰」是很平常的名字，凡人之意；「克利斯朵夫」為光明引介者，比喻天才；姓「卡夫特」的德文原指力量。這個家庭背景為音樂世家，祖父擔任宮廷樂團指揮，父親

也自稱音樂家，但嗜好杯中物，視酒如命。幼小時，在父親的嚴厲教育下學習，勤練鋼琴，還隨父親進宮中演奏。早熟的愛樂性格深受祖父疼寵。為了謀生，周旋於豪門家庭樂師的工作，亦使他趨向作曲家。一場意外的誤會導致流亡，離開德國，來到巴黎；起先，無法適應新生活，幸而有朋友奧利維（Olivier）的幫忙，逐漸克服困難，達到成功的地步。然而，一場遊行，好友奧利維被警察打傷致死，情人葛萊齊拉亦亡故，約翰‧克利斯朵夫心灰意冷，轉而專心於宗教音樂，企盼在獲得精神和諧。小說由河水潮聲開始：「江聲浩蕩，自屋後上升。」結尾時，一樣的水聲：「潺潺的河水，洶湧的海洋，和他一齊唱著：『頌讚生命！頌讚死亡！』」這部巨著，配合著交響樂的節奏與情緒起伏，分為四個樂章：第一樂章：卷一「黎明」、卷二「清晨」、卷三「少年」；第二樂章：卷四「反抗」；第三樂章：卷五「節場」（廣場上的雜耍）、卷六「安多奈特」、卷七「室內」；第四樂章：卷八「女朋友們」、卷九「燃燒的荊棘」、卷十「復旦」。

　　年歲晚羅曼‧羅蘭2歲的蘇聯作家高爾基（1868～1936），稱譽《約翰‧克利斯朵夫》是一部「長篇敘事詩」，給予甚多好評，掀動了1920年代蘇聯境內，擁有不少羅曼‧羅蘭的讀者，暮年伴侶瑪麗亞‧庫達舍芙即是當中一位。論者亦謂《約翰‧克利斯朵夫》是開創20世紀大河小說的體例。所謂大河小說（roman-fleuve, 江河小說），意指內容龐大，人物眾多，由一個或數位主要角色貫穿全書。此體例延續法國19世紀巴爾札克的「人間喜劇」系列，和左拉（Emile Zola, 1840～1902）「盧貢‧馬加」（Les Rougon Macquart）系列20卷本。

　　羅曼‧羅蘭的英雄主義就是理想主義的推衍。他曾經是左派知識份子（l'intellectuel de gauche），遭愛國主義者唾棄，更被執政當局嚴厲批判。但是，他站在歷史宏觀的角度，稟持人類博愛的理想，呈現一瀉千里的豪情，在文學作品裡，跟歷代的精神奮鬥者，如米開

朗基羅、貝多芬、歌德、托爾斯泰、甘地等人並駕齊驅。他與全世界重要人物通信，如甘地（Gandhi）、高爾基（Gorki）等，他是人道主義運動（figure de proue des mouvements "humanitaires"）的領導人。在艱困的環境，民眾企求英雄；在民主時代，英雄隱藏：人人平凡，人人是英雄，《約翰·克利斯朵夫》也逐漸式微；甚至到1999年的世紀末，法國雜誌推薦「20世紀法國文學十大經典」，《約翰·克利斯朵夫》並未入選，但，這部浩瀚卷牒的「教育小說」（roman d'éducation, 羅曼·羅蘭最初目的之一），其作為人格成長訓練的價值，可以媲美英國夏洛特·勃朗蒂（Charlotte Brontë, 1816～1855）的《簡·愛》（Jane Eyre, 1847年出版），兩者都深具標竿意涵。

　　書中激勵的語句，如江河浪濤（浪花）時時湧現：「人生是一場沒有休止沒有僥倖的戰鬥，凡是要成為無愧於『人』這名稱的人，都得時時刻刻向著無形的敵人抗戰。」「前進吧！前進！永遠不要歇息。」

相關閱讀：

傅雷譯《貝多芬傳》，遠流出版公司，1989年。
傅雷譯《約翰·克利斯朵夫》，遠景出版公司，1991年。
夏伯銘譯《莫斯科日記》，台灣商務印書館，1998年1月。
孔繁雲編譯《法國文學與作家》，志文出版社，1976年。
胡品清著《迷你法國文學史》，桂冠圖書公司，2000年。

羅曼·羅蘭年表

（Romain Rolland, 1866～1944）

1866年	1月29日，羅曼·羅蘭出生。
	父親及祖父三代為名律師，母親亦為名律師之女。
1882年	就讀路易大帝中學。
1889年	巴黎高等師範學校畢業。
	獲獎學金赴羅馬研讀歷史。
1892年	學成返國，在巴黎大學及幾家中學教音樂史。
1892年	10月，羅曼·羅蘭與羅蒂·布瑞爾結婚。
1895年	羅曼·羅蘭應聘擔任高等師範學校藝術史講師。
1897年	出版劇本《聖路易》（Saint Louis）。
1898年	出版劇本《哀爾第》（Aërt）
	出版劇本《群狼》（Les Loups）
1899年	出版劇本《理性的勝利》（Le Triomphe de la Raison）
1900年	出版劇本《丹東》（Danton）
1901年	羅曼·羅蘭與羅蒂·布瑞爾離婚。
1902年	出版劇本《七月十四日》（Le 14 Juillet）。
1903年	出版傳記《貝多芬傳》（Beethoven）。
	出版劇本《即將來臨的時代》（Le Temps viendra）
1904年	2月2日，《約翰·克利斯朵夫》（Jean-Christophe）卷一〈黎明〉開始在《半月刊》（Les Cahiers de la Quinzaine）刊登，至1912年10月卷十〈復旦〉，全書告畢。
1905年	發表《米開朗基羅的生涯》（La vie de Michel-ange）
1907年	出版傳記《貝多芬的一生》（Vie de Beethoven）。
1908年	發表音樂論著《古時音樂家》和《今日音樂家》。
1911年	出版傳記《托爾斯泰傳》（Vie de Tolstoi）。
1912年	10月，《約翰·克利斯朵夫》卷十〈復旦〉刊登《半月

刊》，全書告畢。

1913年	以《約翰・克利斯朵夫》獲法蘭西學院大獎（Le Grand Prix de l'Académie française）。

1913年　以《約翰・克利斯朵夫》獲法蘭西學院大獎（Le Grand Prix de l'Académie française）。

1914年　6月，到瑞士度假。

1915年　11月，爾文學獎得主（本年度未頒獎）。
出版論文集《超越論爭》（Au-dessus de la Mêlée），計17篇論爭文章；與書名相同的文章，由此開端：「哦，世界上英勇的青年，他們以何等的歡欣，在饑餓的土地上噴灑熱血。」。

1916年　11月9日，獲頒諾貝爾文學獎。得獎理由：「因其作品偉大的理想主義，以及描寫各式各樣人物的真實行性，為表達敬意，特予頒獎。」

1919年　出版小說《高拉・布勒貢》（Colas Breugnon）。
出版論文集《先驅者》（Les Précurseurs），與《超越論爭》同系列文章。
母親過世。

1920年　出版小說《彼埃和呂斯》（Pierre et Luce）。

1921年　4月，羅曼・羅蘭定居瑞士。

1921～22年　出版《約翰・克利斯朵夫》，四冊定本

1922～33年　出版長篇小說《被蠱惑的靈魂》（L'Ame Enchantée），全7冊。

1923年　出版《甘地傳》（Vie de Mahatma Gandhi）。

1925～27年　出版《約翰・克利斯朵夫》由馬歇爾（Franz Masered）插圖木刻畫600件五冊豪華版。

1931年　印度甘地拜訪，羅曼・羅蘭在書房為其彈奏貝多芬的《命運交響曲》。

1931～33年　出版《約翰・克利斯朵夫》五冊本。

1934年　羅曼・羅蘭再婚（對象為1929年認識的女子）。

1944年　12月30日，羅曼・羅蘭逝世。

羅曼‧羅蘭語錄

（1866～1964）

約翰‧克里斯朵夫個性：

他嚴厲地自責，認為自己自私自利，沒有權利獨佔他的朋友的情愛。

——新136頁（遠景154頁）

克里斯朵夫性情頑固，有如青教徒一般，他不能忍受人生的污點。

——新140頁（遠景159頁）

陰沉易怒的性格。

——新150頁（遠景171頁）

克里斯朵夫寬大的鞋子，難看的衣服，塵埃堆積的帽子，鄉下人的口音，行禮時可笑的怪樣子，粗俗不堪的高大腔調。

——新164頁（遠景188頁）

他悲憤地自問：這些大多數的人，為何一定要把自己的與別人的所有純潔的部分一起喪失而後快？

——新299頁（遠景346頁）

當他一心想製作一件樂曲的時候，就會墮入一種迷離恍惚的境界：心靈中有意識的部分貫注在樂思上時，其餘的部分，便讓另一個無意識的心靈佔據了，那是只要他一分心，就要自由活動的。而當他面對著這個姑娘的時候，往往他被胸中蘊蓄著的音樂怔住了；眼睛望著她，心裡依舊在沉思遐想。他不能說愛她：他連想都不曾想過；他

不過喜歡見她罷了。至於強使他受她引誘的欲念，他簡直不曾覺察。

——新505頁（遠景587頁）

克里斯朵夫全然不懂作假的藝術。

——新617頁（遠景716頁）

克里斯朵夫不愛做偶像。……他性格不是做被動的角色的。他一切都以行動為目標。他為瞭解而觀察，為行動而瞭解。

——新632-3頁（遠景736頁）

他所宣揚的是強烈的意志，是男性的，健全的悲觀主義。

——新636頁（遠景739頁）

克里斯朵夫絕對不去鑽營。他關起門來繼續工作。巴黎人聽不聽他的作品，他覺得無關緊要。他是為了自己的樂趣而寫作，並非為求成功而寫作。真正的藝術家決不顧慮作品的前途。他有如文藝復興時期的畫家一般，高高興興地在外牆作畫，雖然明知十年之後，會消滅無存。

——新636頁（遠景740頁）

雖然被孤單、疾病、窮困、種種的苦難折磨，克里斯朵夫仍是很有耐性地逆來順受。

——新670頁（遠景780頁）

「您大概是天生的傻瓜。」

——新958頁（遠景1109頁）

我永遠是一個少年。我是一個不完全的生物。

——新975頁（遠景1130頁）

（雅葛麗納）她感到他至少是強者，——是死亡上面的一塊岩石，她想依附這塊岩石，依附這個頭在水外的游泳者，要不然就把他一齊拖下水去……

——新979頁（遠景1134頁）

他對打獵有一種劇烈的反感……他從不把一個殺害動物為樂的人當作朋友。

——新1166頁（遠景1353頁）

他的頭髮白了。……他的心永遠年輕；他的力，他的信仰，絲毫沒有減損。

他的靈魂中具有兩顆靈魂。一顆是一片高崗，受著風雨吹打。另外一顆是控制著前者的、浴著光明的積雪的高峰。

他建造著他的夢。

——新1183頁（遠景1372頁）

在人生中各有各的角色。克里斯朵夫的角色是行動。

——新1212頁（遠景1407頁）

語　錄：

人生是一場沒有休止沒有僥倖的戰鬥，凡是要成為無愧於「人」這名稱的人，都得時時刻刻向著無形的敵人抗戰。

前進吧！前進！永遠不要歇息。

——卷二末，新179頁（遠景204頁）

愛人的不被愛。被愛的不愛人。相愛的又遲早有分離的一天……。

——新259頁（遠景296頁）

每個人的心底，都有一座埋藏愛人的墳墓。他們在其中成年累月的睡著，什麼也不來驚醒他們。但終有一天，——我們知道，——地窖會重新打開。死者將從墳墓裡走出來，褪色的嘴唇會向愛人嫣然微笑；他們的前塵往事，原來潛伏在愛人胸中，有如兒童躺在母腹裡一樣。

——卷3 2末，新262頁（遠景299頁）

沒有一場深刻的戀愛，人生等於虛度一樣。

——新291頁（遠景337頁）

一顆戀愛中的心靈，所有一切可笑而又動人的幻覺，誰又數說得盡呢？

——新274頁（遠景317頁）

（《約翰克利斯朵夫‧卷三少年》）

人是不能回到過去的。必得繼續他的途徑；回頭是無用的……大路拐了一個彎，景色全非；我們好像和以往的陳跡永訣了。

——新300頁（遠景347頁）

人生一切的歡樂只是創造的歡樂：愛情、天才、行動，——都是獨一無二的火焰噴射出來的花朵。

——新318頁（遠景367頁）

創造就是消滅死。

——新318頁（遠景367頁）

凡是由直覺感應的作品，必得靠智慧來完成。

——新319頁（遠景387頁）

創作是一種抑捺不住的需要，決不肯服從智慧所定的規律。一個人並不因理智而創造，而是因內心的需要而創造。

——新329頁（遠景379-80頁）

像兩個流浪的星球般，他們在一剎那間相縫，一剎那後又在無垠的太空中分離，也許是永別。

——卷4新405頁（遠景462頁）

克里斯朵夫固然很真誠，但不免抱著幻想……他不是一個僧侶，……他一心耽溺著創作；只要他的工作不斷，就不會有什麼欠缺。

——卷4新428-9頁（遠景頁）

法國作家描述德國人的文字：

偉大的心靈，在天災任禍、家破國亡的環境中，依舊鎮靜自若直奔他的前程；……在這種榜樣之前，誰還有報怨的權利？他們沒有群眾，沒有前程；只為著他們自己和上帝而寫作；今日所寫的，也許來日就要毀滅。然而他們依舊寫著，一些都不愁，甚麼都不能動搖他們剛毅果敢的樂天主義。

——卷4新447頁（遠景510頁）

（蘇茲）他的記憶彷彿一口深不可測的水井，盛滿著天上一切美麗水滴。

（傅雷新譯：他的記憶彷彿是一口深不可測的蓄水池，凡是天上降下來的甘霖都給它保存在那裡。）

——卷4新480頁（遠景549頁）

只有禽獸的心腸，才會遠離故土而毫無感動。不問是悲是喜，大家總在一處生活過來；鄉土是你的伴侶，是你的母親：人人都在她懷抱裡躺過、睡過，深深地流著她的痕跡；而她亦保存著我們的幻夢，以往的生涯，和我們親愛的人的骸骨。

——新520頁（遠景604頁）

貝多芬：「要是把我們的生命力在人生中消耗了，還有甚麼可以奉獻給最高貴最完善的東西呢？」

——新649頁（遠景755頁）

「不論別人如何蠻橫，命運如何殘酷，你還得抱著善心……在不論如何激烈的爭執裡，也得保持溫情與好意，忍磨鍊，可不要因磨鍊而損害你這內心的財寶。……」

——新649頁（遠景755頁）

一顆偉大的心靈是永遠不會孤獨的，即使命運把他的朋友剝奪淨盡，他也會自己製造出來，在他的四周，放射出胸中洋溢著的愛的光芒……當他自以為永遠孤獨的時候，它所蘊蓄的愛，還比世界上最幸福的人更充滿。

——654頁（卷五，遠景747頁）

天生不知儉省的人而勉強求儉省，不過是白費時間。

——新711頁（遠景825頁）

巴黎使大大小小的才具，為了生活作著可怖的鬥爭，無益的消耗。

——新712頁（遠景826頁）

愛，就像一條溪水般在泥土下面涓涓流著，包裹它，浸潤它，永遠和它糾纏，化為種種形式；愛，就只想獻納於人，給人家做養料，準備隨時蛻化為犧牲。

——新717頁（遠景832頁）

音樂是現代許多強烈溶劑中的一種。它的暖室般催眠的氣氛，或是秋天般萎靡不振的情調，往往令人感官興奮而意志消沉。

——新720頁（遠景836頁）

除了和神明相接之外，她更和死者保持著親密的關連，在受難的辰光，總暗暗想著有他們相助。

——新721頁（遠景837頁）

狹小的寓所對他們不啻大海中的港埠，安全的托庇所，雖然貧窮寒冷，卻純潔無比。

——新720頁（遠景836頁）

倘使一個人不能用所愛者的眼睛來觀看，美麗的東西又有什麼用？美麗，歡樂，有什麼用，倘使不能在別一顆心中去體味它們的話？

——新746頁（遠景866頁）

窮人總是慷慨的，他們自己拿錢買書；有錢的人，卻以為不能白拿到書籍市失面子的事情。

——新797頁（遠景926頁）

祝福災難！我們決不會把它拋棄，我們是災難之子。

——新811頁（遠景942頁）
卷七1末

猶太人莫克，為了別人的幸福而活動。……他覺得：因為有那些需要他愛護的人，他才有生活的意義。

——新821頁（遠景954頁）

世間受過毒害的樹，能夠產生比生命的甘泉更甜蜜的兩顆果子：一是詩歌，一是友誼。

——引錄婆羅門高僧的思考
新823頁（遠景956頁）

就因為到處被虛無包圍著，我才奮鬥。

——新827頁（遠景961頁）

在這個世界上，我們只有兩件東西可以選擇：吞噬一切的火焰或黑夜。

在火上添些新的木柴罷！愈多愈好！連我也丟進去罷，如果需要的話……我不願火焰熄滅。如果它熄滅了我們也要消滅，世界上一切都要消滅。

——新880頁（遠景1021頁）

起來罷，下著決心去戰鬥。別關心快樂與痛苦，盈餘與損失，勝利與失敗，竭盡你的力量戰鬥……

我在是上沒有一件東西強迫我行動；沒有一件東西不是我的；可是我絕不拋棄行動。

——古印度詩人
——新880頁（遠景1021頁）

只要有一雙忠實的眼睛和我們一同哭泣的時候，就值得我們為了生命而受苦。

——新888頁（遠景1030-1頁）

在河邊，他曾度過童年，他的靈魂像海洋中的貝殼一樣，始終保存著河水響亮的回聲。

——新888頁（遠景1031頁）

這班人唯一的念頭是：看見一朵花時把它摘下插在瓶裡，看見一隻鳥時把牠關在籠裡，看見一個自由人時把他變成奴隸

——新906頁（遠景1048-9頁）

一個人絕不能因為沒有蛋糕，就覺得好好的麵包不可口。

——新934頁（遠景1081頁）

親愛的紙張，你們給了我多少恩惠！

——新936頁（遠景1084頁）

風格就是靈魂。

——新938頁（遠景1086頁）

倘使藝術沒有一樁職業來平衡它的力量，沒有一種強烈的實際生活作他支撐，倘使藝術不感到日常任務的刺激，不需要掙取它\麵包，藝術就會失去它最優秀的力量與現實性。它將成為奢侈的花，而非復人類苦難的神聖的果子。

——新947頁（遠景1097頁）

愛情！當它是自我犧牲的時候，確是人間最神妙的東西。但當它只是幸福的追求時它就是最無聊的，最欺人的……

——新948頁（遠景1098頁）

人生不是悲慘的。它不過有些悲慘的時間。

—— 新953頁（遠景1103頁）

一個人祇能為別人引路，卻不能代替他們走路。各人應當救自己。

──新982頁（遠景1137頁）

　　靜默，黑暗的靜默，在靜默中愛情會分離，人會像星球般各走各的軌道，深入到黑暗中去。

──新1000頁（遠景1158頁）

　　往往，兩個生命裡，只要有一具鐘比另一具鐘走得較快時，就可使他們全部的生涯完成改觀……

──新1044頁（遠景1191頁）

　　太陽啊！我毋須看到你才能愛你！當我在陰暗中發抖的冗長的冬季，我的心仍舊充滿著你的光明；我的愛情使我感到溫暖：我知道你在這裡……

──新1045頁（遠景1193頁）

　　生命的節拍，是愛。

──新1046頁（遠景1193頁）

　　感謝你曾經愛過我，
　　希望你在別處更幸福……
　　德國蘇勃地區古老歌謠

──新1048頁（遠景1194頁）
（卷八　女朋友們）結尾

　　易卜生說：「藝術裡需要堅守勿失的，不只是天生的才氣還有才氣以外的東西，例如：充滿人生而使人生富有意義的熱情與痛苦。否則，人們不在創造，而是製造書籍罷了」

──新1036頁（遠景1199-1200頁）
（卷九　燃燒的荊棘）開頭

精神的溝通是毋須言語的，只消是兩顆充實著愛的心靈就行。

——新1037頁（遠景1200頁）

世界上減少一件藝術品，也不能多添一個幸福的人。

——新1039頁（遠景1203頁）

世界是一所醫院……噢！創痛啊！苦惱啊遍體鱗傷、活活朽腐的磨難！憂傷侵蝕、暗自摧殘的酷刑！沒有溫情撫慰的孩子，沒有前途可望的女兒，遭受欺凌的婦人，在友誼、愛情與信仰中失望的男子，一串串的盡是些為人生戕害的可憐蟲！最慘酷的還不是貧窮與疾病；而是人與人之間的殘忍。

——新1040頁（遠景1204頁）

我能夠用我的藝術來安慰他們，來散播力與快樂。

我的責任，第一在於好好做我的事，替你們製作一種健全的音樂，可以恢復你們的血液，把太陽安放在你們的心裡。

——新1041頁（遠景1205頁）

一個人年輕的時候，……還沒有家庭之累，一無所有，一無所懼。……能愛能憎，能相信幻夢一場、吶喊幾聲，就改造了塵世，是多麼甘美！

青年有如那些窺伺的狗：他們對著風怒嗥狂吠。在世界那一端所發生的一椿違反正義的罪行，會使他們發狂……

——新1042頁（遠景1207頁）

智慧是一座島嶼，被人類的波濤侵蝕、戕害、淹沒。直要等潮水退落時，它才重新浮現。

——新1044頁（遠景1209頁）

我是藝術家，我有保衛藝術的責任，我不該讓它供一個檔派役使。

　　拯救智慧之光才是我們的職司。

　　但當人家擠在甲板上廝毆的時光，總得有勞動者維持鍋爐中的火。

　　藝術家是在暴風雨中始終指著北斗的羅盤針。

——新1062頁（遠景1230-1頁）

　　人生有些決定終身的時間，好似電燈突然在一座大都市的黑夜中點亮起來一般，永恆的火焰在黝暗的靈魂中燃著了。只消別一顆靈魂中有一點火星躍出，就能把靈火帶給那個期待著的靈魂。

——新1079頁（遠景1250頁）

　　平民是一個極大的蓄水池，過去的河流在其中隱沒不見，未來的河流從中發源。

——新1083頁（遠景1255頁）

　　生既無聊，死亦無用。一個人斷了，整個家族消滅了，不留絲毫痕跡。

——新1105頁（遠景1281頁）

　　可憐的安慰！無益的安慰……談論痛苦的人並非感受痛苦的人……

——新1108頁（遠景1284頁）

　　巴爾札克說：「真正的苦惱，表面上在它自己造成的深邃的河床內，似乎很平靜，似乎睡熟了，但它繼續腐蝕著靈魂。」

——新1111頁（遠景1288頁）

　　在北方灌溉著他故鄉的父性的大河

——卷9新1134頁（遠景1296頁）

一個偉大的人物比別人更近於兒童；他比別人更需要把自己付託給一個女子，把它的額頭安放在溫柔的手掌裡，放在兩膝之間的衣服摺凹裡……

——新1141頁（遠景1324頁）

　　為殺戮而殺戮的人是一個懦夫。……人類的努力，應當用來減少痛苦的與殘忍的總合；這是第一件責任。

——新1166頁（遠景1353頁）

　　自然界的和平，不過是一副悲壯的面具，掩飾著生命的痛苦與殘酷的臉容！

——新1168頁（遠景1355頁）

　　我所尋求的不是和平，而是生命。

——新1170頁（遠景1357頁）

　　生命在永恆的和平中戰鬥。

　　他是一枚貝殼，其中可以聽出海洋的濤聲。喇叭的呼號，聲響的巨風，史詩的吶喊，在控制一切的節奏上面飛過。因為在這枚有聲的靈魂中，一切都變成了聲音。它歌唱光明。它歌唱黑夜。歌唱生命。歌唱死亡。為戰勝者歌唱，也為他自己、戰敗者歌唱，它唱著。一切唱著。它只是歌唱。

——新1176頁（遠景1365頁）

　　他雖是一個純粹的藝術家，……他不曾覺得自己心中原有兩個人：一是創造的藝術家，全不顧慮道德後果的；一是愛思維的行動者，希望他的藝術有道德與社會作用的。

——新1177頁（遠景1366頁）

　　太陽既非道德的，亦非不道德的。它是存在的東西。它戰勝黑夜。藝術也是如此。

——新1178頁（遠景1367頁）
——以上第4冊第9卷

孤獨是高尚的，但對於一個無法從孤獨中擺脫出來的藝術家是致命的。

——新1211頁（遠景1406頁）

一個朋友只在他的零靈魂同意的時候，才會離開他的女友。

——古諺
——新1212頁（遠景1407頁）

藝術界如同政壇一樣，老是同樣的專橫的無政府主義。
廣場上擺著同樣的市集，只是演員改換了角色。
往年的獨立人士試著窒息今日的獨立人士。

——新1213頁（遠景1408頁）

我明白世界上沒有一件東西，沒有用處；最下賤的在悲劇中間，也有他們的角色。

——新1213頁（遠景1411頁）

善視您的後輩，您的前輩不曾幫助您，您做前輩時可不要這樣。
——新1218頁（遠景1414頁）

人生只是一組連續不斷的悔恨。
一個藝術家沒有權利置身世外，只要他還能幫助別人。

——新1223頁（遠景1421頁）

（詩人愛麥虞限）秀美的絨樣的眼睛，燃燒著狂熱的火焰。
凡是真正愛著的人，是不知多少的；他是整個地給予他的所愛的。

——新1226頁（遠景1426頁）

對於一個真正的拉丁女子，藝術只能歸納到人生，再由人生歸納到愛情的時候才有價值⋯⋯而所謂愛情，市在肉感的困倦的身體中孕育著愛情⋯⋯

——新1252頁（遠景1456頁）

他（克里斯朵夫）始終相信，兩個相愛的人，用一種深刻而虔誠的愛情，相愛的人的結合，是人類幸福的最高峰。

——新1257頁（遠景1462頁）

你的每一條皺紋，在我都是過去的一闋音樂。

——新1258頁（遠景1463頁）

世界上還有何種歡樂，足以和你所愛的人幸福的歡樂相比？

——新1259頁（遠景1463頁）

一個人倘要使一般弱者受到較多的好處，應當自己澄成為強者，而非和

他們一樣成為弱者。

——新1272頁（遠景1478頁）

我活著，我覺得幸福。

——新1274頁（遠景1481頁）

他們肚裡沒有多少東西，所以他們的牙齒格外的長，格外的要咬人。

—— 新1276頁（遠景1483頁）

當一頭獒犬把頭伸在一只奶油缽裡，就有小狗來舐牠的鬚，表示慶賀。

（16、17世紀法國詩人杜皮尼）

——新1276頁（遠景1483頁）

這是規矩如此。青年總把老年丟在溝壑……在我的時代，人們要等一個人到陸十歲時，才目之為老。現在，人們跑得快多了……

——新1281頁（遠景1489頁）

兩顆相愛的心靈，正神祕的交流著：彼此用最優越的部分迷醉對方，用愛情增加彼此的財富。

——新1307頁（遠景1492頁）

一個人越是生活，越是創造，越是愛，越是失掉他的所愛時，便逃避了死亡。我們受到每一下新的打擊，鑄造每一件作品時，我們都逃出我們自己，躲到我們創造的作品裡，躲到我們所愛的而離開了我們的靈魂裡。

——新1289頁（遠景1498頁）

　　精神應當在鬥爭的宇宙中照射秩序與光明。

——新1293頁（遠景1503頁）

　　創造！有如在八月恬靜的陽光下成熟的穀物……

——新1296頁（遠景1507頁）

　　我們不該要人家依著我們的方式而幸福，而是依著他們的方式幸福。

——新1301頁（遠景1513頁）

　　愛人永遠是無所不知的。

　　（一個我們所愛的人，是永遠知道的。——舊譯）

——新1302頁（遠景1514頁）

　　一個新時代來了。人類將和人生簽訂一張新的契約。社會將依據新的律令而再生。

——新1302頁（遠景1514頁）

　　美永遠會戰勝。（美永遠會得勝。）——羅丹的話

——新1306頁（遠景1519頁）

　　藝術是映在自然界中的人類的影印。

——新1314頁（遠景1528頁）

人間漫遊者

——紀德《地糧》、《窄門》、《偽幣製造者》

出生巴黎書香的紀德，以巴黎爲出發點，漫遊各地，環視世界，迷文學、看宗教，論世局，均秉持良心，發揮眞知；即使遭受誤解，不改其此志。跟巴黎一體，與蠻球合一，紀德的理想與德國的歌德一致。十八、十九世紀的哥德（1749～1832），公認是「世界文學」的巨擘，二十世紀的紀德，以多樣的文學創作、多重心思的自我表露、無隱瞞的懺悔，儼然是「轉世的歌德」。1947年，獲諾貝爾文學獎；1949年，獲「歌德紀念獎」，在八十歲高齡，達到文學榮耀的頂峰，應驗歌德名詩〈流浪者之夜歌〉結尾：「一切的峰頂／沉靜／……稍待／你也要安息」。兩年後，1951年2月19日，紀德病逝巴黎，離開塵世，譜上人間漫遊的休止符。

安德烈・紀德（André Gide），1869年11月22日出生於巴黎，父親保羅・紀德（Paul Gide, 1832～1880）爲巴黎大學法學教授，來自法國南方普羅旺斯（Province）于杰斯（Uzès），母親（Juliette Rondeaux, 1935～1895）爲北方諾曼第（Normandie）盧昂（Rouen）人；父親新教徒，母親篤信舊教；紀德是兩人唯一孩子。雙親習俗地緣差距、宗教信仰迥異，形塑了小紀德在矛盾衝突爭辯中覓求和諧。1877年，入巴黎亞爾薩斯小學，1887年，入亞爾薩斯學校修辭學科，在校內，與同學彼埃・魯易（Pierre Louÿs, 1870～1925，唯美詩人、小說家）訂交，開始閱讀歌德著作。1891年，出版《凡爾德手記》，結識馬拉美、王爾德，出版《納蕤思解說》；1892年，出版《凡爾德詩抄》；年底入伍，因結核病退役（僅服役11月15日至22日），此後，旅行、寫作、編輯文學雜誌，是他終生的志業。重要出版品有：詩集《曆》（1895年）、散文詩集《地糧》（1897年）、《新糧》（1935年），長篇小說《僞幣製造者》（1926年），諷刺故事（sotie）有《沼澤》（1895年）、《脫鐐的普羅米修斯》（1899年）、《梵諦岡地窖》（1914年）等，短篇小說的故事（récit）有《背德者》（1902年）、《窄門》（1909年）、《田園交響樂》（1919年）等，敘述故事《依莎貝爾》（1911年）、《婦女學校》

（1929年）、《羅培爾》（1929年）、《日尼薇》
（1936年）、《德秀斯》（1946年）等，文論《文學
與倫理》（1897年）、《由書簡看杜斯妥也夫斯基》
（1908年）、《憶王爾德》（1910年）、《論杜斯妥
也夫斯基》（1923年）、《論蒙田》（1929年）、
《發現亨利‧米修》（1941年）等，雜文隨筆遊記
《幻航》（1893年）、《哥麗童》（1911年）、《浪
子回家》（1912年）、《如果麥子不死》（1920、21
年）、《偽幣製造者日記》（1926年）、《剛果紀
行》（1927年）、《從查德歸來》（1928年）、《雜
文集》（1931年）、《從蘇聯歸來》（1936年）、
《從蘇聯歸來補》（1937年）、《紀德全集十五卷，
至1932年》（1932～39年）、《秋之斷想》（1949
年）、《理應如此》（1950年）等，戲劇《剛陀王》
（1901年）、《沙愈爾》（1903年）、《伊底帕
斯》（1931年）、《貝楔封》（年）、《第十三棵
樹》（1938年）等，書簡《與馮西‧賈穆書簡集，
1893～1938》（1948年）、《與保羅‧高祿德書簡
集，1899～1926》（1950年）、《與保羅‧梵樂希書
簡集，1890～1942》（1955年）等，日記《日記，
1889～1939》（1939年）、《日記，1939～1949》
（1950年）等，編《法國詩選》（1949年）。在翻譯
文學的成績上，紀德也提出幾本譯作：亞洲泰戈爾的
《吉檀迦利》（1913年）、美洲惠特曼的《惠特曼
選集》（1918年）、歐洲莎士比亞的《哈姆雷特》
（1942年）、卡夫卡的《審判》（劇本，1947年）
等。實現他自己的呼籲：「每一位優秀的作家，都應
該至少為祖國譯一冊優秀的文學作品。」

▲ 紀德

豐碩的文學著作外，紀德與友人合編的文學雜誌《新法蘭西評論》（*Nouvelle Revue Française*, 1908年創刊）及出版品，在當時的文壇，具有相當的影響及提攜後進。投入創作與編輯，紀德的身心健康，頗值得注意，早在1880年，他有焦慮症，隔年也出現神經過敏，加上結核病，使得紀德須藉旅遊調養，尤其到陽光豔麗的南方，同時，「讀萬卷書，行萬里路」，也在這位20世紀法國首席文學家的紀德，得到印證，他不自閉於象牙塔內，除了東方亞洲外，非洲、歐洲是他常履之地；法屬非洲殖民地和新興蘇聯的迷霧，是他最想探知真相之境，等到實地觀察，大失所望，美麗遠景宣告破滅，不惜與舊友反目。晚年，喜獲諾貝爾文學獎，卻因身體不適，無法親自前往瑞典，倒也想像該是一次「必然愉悅而又有益的旅行」。

　　從1891年起，至臨終，紀德的文學活動整整六十年一甲子，是文壇的中心，寫作文類可分為：詩、散文詩、長篇小說、諷刺故事、故事、文論、雜文隨筆遊記、戲劇、諷刺滑稽劇、書簡，日記……等，龐雜浩繁的作品，仍可覓得牽引中心主旨的細絲。1947年，榮獲諾貝爾文學獎得獎理由是：「探索人類的種種問題與條件，以果敢大膽的文章、敏銳的洞察力，去分析人類複雜的心理，成就了範圍廣泛的藝術作品。」底下略述三部作品《地糧》、《窄門》、《偽幣製造者》。

　　1897年出版的《地糧》（*Les Nourritures Terrestres*）是他年輕時，遊歷北非和義大利之後，以抒情方式，揉合傳統的短詩、頌歌、旋曲等形式，組成歌吟「解放」（自由）尋求感官逸樂的記錄。文類的劃分，這是一部散文詩集。內容上，強調愛、熱誠，排斥固定的事物：「起程吧！而且別使我們停留在任何固定的處所。」鼓勵人們隨時用新的眼光，接納周遭發生的景象：「讓一切事物在我面前放出虹彩；讓一切美，內燦著我的愛。」《地糧》的扉頁題詞引錄《可蘭經》經文：「我們地上的糧食正是這些果子」，《地糧》或稱「地上的糧食」，或稱「人間的糧食」，看似一小段一小段鬆

散的片簡（fragment），這些飄忽隨想的意象，都是甘甜可口的「綠洲果子」與清泉，有效地滋潤乾渴的心靈。紀德在傳達這樣精神獨白之餘，正好顯示他本人不安定的追求以及獨特的風采。整部《地糧》不時出現流浪行跡的動盪，一如十六世紀散文大師蒙田（Montaigne, 1533～1592）說的「不安定的人」（L'homme est ondoyant），例如這些詞句：「月光下的閒遊」、「飄泊到處」、「我憎恨爐邊、家，一切能引人安息的處所。」（卷4）、「在人間，我是漫遊者，我不停留任何處所」（卷4）、「我使自己成為飄泊者，我熱情地愛過一切流浪的事物。」（卷5）、「起程吧！而且別使自己停留在任何固定的處所。」（卷5）。從年輕起，紀德就扮演「人間漫遊者」的角色看待人生。

紀德曾自白《窄門》（La Porte étroite, 1909）是一部難以言喻的作品，從帶有自傳性質的素材，提昇為心靈淬煉的痛苦歷程。《窄門》書前引錄《路加福音》第13章第24節經文：「你們要努力進窄門。」這「窄門」即暗示禁慾主義。透過對話、信札與日記，一對年輕情侶介隆（Jérôme）和阿麗莎（Alissa），害怕肉體的情慾，會導致愛情的幻滅。最後，落得悲劇收尾。書中，不斷出現自虐似的問話：「為什麼我總以為有什麼是要去禁止的？莫非我秘密地被一種比愛情更有力、更動情的誘惑所吸引了嗎？啊，能不能有一種力量來同時牽引我倆，一起超越愛情？」「主啊，但願我倆彼此相扶相助，向您前進；在人生的道路上像兩個朝聖者一樣地行走。」一個向另一個說：「如果妳累了就靠在我身上。」而另一個則回答：

▲ 紀德紀念郵票

▲ 紀德簽名式

▲ 《地糧》法文版封面

▲ 《憶王爾德》法文版封面

▲ 《背德者》法文版封面

▲ 《背德者》英譯版封面

「有妳在我身旁，我就不會累……」。

在浩瀚著作裡，能被紀德稱為roman（長篇小說）者，僅僅《僞幣製造者》（Les Faux-monnayeurs, 1926）乙書，roman等於英文的novel。故事由少年偶然得知自己是私生子離家出走，在外闖蕩奮鬥，糾結友朋，間接引出另一批人物，包括作家與僞幣製造者。全書故事複雜，人物層出不窮，主題包括家庭的反抗與代溝問題、同性戀情結、宗教的省思、善惡之分野、藝文創作與生活的關係，因而可從中認識各形各色的人物，對所有固有的價值觀重新審視與批判；也可以解釋爲巴黎文化教育領域裡，知識階段的生活寫實，是寫實的心理小說。就寫作技巧言，是「小說中的小說」（le roman du roman, 亦稱「鏡中鏡」的技巧），多重線頭交插穿織，擺脫傳統的「單一敘述」，因而贏得「反小說」（anti-roman）前鋒的稱譽。當十九世紀幾位大師級小說家如福婁拜、巴爾扎克、左拉等，在青壯時期就已經結束文學大業，五十七歲高齡的紀德，有意掙脫傳統，另闢路徑，《僞幣製造者》算是成功的產品。

在文學的視野，紀德接近歌德，在歷史銜續上，紀德卻鍾愛古羅馬詩人維吉爾（Virgile, 西元前70～19）。維吉爾除短詩外，另有《田園詩集》（Bucolique）十篇長詩，《農事詩》（Géorgiques）四卷抒情史詩，及十二卷萬行史詩《伊尼易特》（Aeneid），在當時即享譽盛名，後世尊爲「古羅馬詩聖」。他在史詩《伊尼易特》闡釋英雄悲天憫人的情操，對晚後基督教文學起了萌生作用。紀德經常閱讀並隨身攜帶維吉爾詩集。流傳的一幀晚年紀德相片：躺臥閱讀維吉爾詩集，說明文字係引錄紀德《理應如此》的片段：「我又回到維吉爾，他總會提供我最準確的驚喜，至少，那是永恆的沉醉。」應該是維吉爾宏偉詩篇的田園運作、自然美景與人道情懷所建立的標竿，讓紀德心所嚮往，努力以赴，終生心儀而不渝。

相關閱讀：

盛澄華譯《地糧》，桂冠圖書公司，2002年。

楊澤譯《窄門》，桂冠圖書公司，1994年。

孟祥森譯《偽幣製造者》，桂冠圖書公司，1994年。

莫渝編《紀德研究》，大舞台書苑出版社，1977年。

▲ 《偽幣製造者》法文版封面

▲ 《偽幣製造者》法文版封面

和逝去的自我約會

——普魯斯特的 《歡愉和歲月》、
《追尋逝去的時光》

面對大師的巨著，我們都是遲到的讀者，一方面品賞與時間並轡而行的傑作，另一方面感染作者如何和遭歲月裁截成許多塊狀的自我約會。普魯斯特說過：「一本書是『另一個我』的產品，遊走在我們的習俗、群落和敗德中。」（Un livre est *le produit d'un autre moi* celui que nous manifestons dans nos habitudes, dans la société, dans nos vices.）如是，他畢生醞思全心投入的《追尋逝去的時光》（通俗譯名：追憶似水年華），既是一段追尋覓找的歷程，也是重晤過去自我的歷程。

馬塞·普魯斯特（Marcel Proust, 1871～1922），1871年7月10日出生於巴黎近郊的歐德伊（Auteuil, 今：巴黎第16區）。父親亞德里安·普魯斯特（Adrien Proust）是著名醫學教授、公共衛生學和流行病專家，母親珍妮·威爾（Jeanne Weil）為猶太籍股票經紀人之女，勤儉持家。1873年5月24日，弟弟羅貝爾（Robert）出生。一家四人呈兩種傾向：馬塞內向感性，接近母親，心思細膩喜愛音樂、藝文；羅貝爾外向理智，繼承父業，成為外科醫生。1882年10月，進入康朵塞中學（Lycée Condorcet），哲學老師達呂（Alphonse Darlu, 1849～1921）給予普魯斯特啟發甚多；1889年6月中學畢業，隨即於同年11月志願入伍步兵團，服役一年。1891年，進入法政學院註冊，同時在巴黎大學旁聽柏格森（Henri Bergson, 1859～1941）的哲學，接受其「心理時間」的主張。1893年畢業，取得法學士。1895年另取得哲學學位。中學時期，普魯斯特就展現對文藝的喜愛，曾與同學印製校園刊物，如《綠色雜誌》（*Revue Verte*）、《丁香雜誌》（*Revue Lilas*），進入大學，更和同好者集資出版文學月刊《會飲》（*Le Banquet*）；這時期作品，於1896年，集結出版詩文小說合集《歡愉與歲月》（*Les Plaisirs et les jours*），部分篇章受到波德萊爾和象徵主義作品的影響，還隱伏《追尋逝去的時光》寫作方式的痕跡。除了文學創作的初啼外，當時認識了一批上流人士的環境，也有助於他的社交圈，及日後《追尋逝去的時光》寫作的素材與舞台背景，

他（她）們包括：瑪蒂德公主（Princesse Mathilde）夫人、波妮納克公主（Princesse Polignac）、凱雅維夫人（Mme de Caillavet）、史特勞斯夫人（Mme Straus）、孟德斯鳩伯爵（Comte Robert de Montesquieu）等，以及作家都德父子（父親Alphonse Daudet, 1840～1897、兒子Léon Daudet, 1868～1942）、法朗士（Anatole France, 1844～1925）等。1900年，有威尼斯之行，同年全家搬至古賽勒街45號。1899年，迷上英國評論家、美學家羅斯金（John Ruskin, 1819～1900）的著作，還翻譯其著作《亞眠的聖經》（*The Bible of Amiens*）、《芝麻與百合》（*Sesame and Lilies*, 1865）。1902年，到荷蘭渡假，參觀海牙Jeu de Paume美術館維梅爾有關的「台夫特風光」（Vue de Delft）的畫展；維梅爾（Jan Vermeer, 1632～1675）係荷蘭畫家，有關台夫特（Delft, 荷蘭南方工業城）風光的畫作，為其重要代表作，普魯斯特深深喜愛；這次觀感，成為《女囚》的部分素材。1903年，弟弟羅伯特結婚，同年11月26日，父親腦溢血過世。13歲時，在一次團體遊戲，有人問普魯斯特：「你覺得最難過之事是什麼？」（Quel est pour vous le comble de la misère？）他回答：「跟媽媽分開。」（Être séparé de maman）；兩年後，1905年9月26日，母親過世，給予嚴重打擊，曾入精神療養院兩個月（12月至翌年1月）。隔年，自己搬至奧斯曼大道（Boulevard Haussmann）102號，開始隱居式的寫作。1907年，至卡堡（Cabourg）渡假，愛上男司機阿戈斯提奈利（Alfred Agostinelli, 1914年8月因墜機身亡）。1908年，重新伏案，醞思《追尋逝去的時光》3

▲ Marcel Proust, vers 1896
普魯斯特畫像（約1896年）

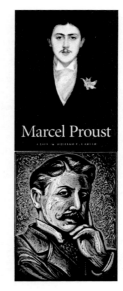

▲ Marcel Proust 1991

卷本的結構；研讀聖伯甫（Sainte-Beuve, 1804～1869）著作，撰《駁聖伯甫》（*Contre Sainte-Beuve*）。1913年《追尋逝去的時光》的首卷《史萬這一家》（*Du Côté de chez Swann*）自費出版，第2卷《在花樣少女身旁》（*À l'Ombre des jeunes filles en fleurs*）延至1919年6月出版。同年10月遷至阿姆林街（Rue Hamelin）44號；11月10日，《在花樣少女身旁》榮獲龔古爾獎（六票對四票），隔年獲頒「榮譽軍團」騎士勳章。1921、22年出版第3卷《蓋爾芒特這一家》（*Le Côté de Guermantes*）、第4卷《索多姆與戈摩爾》（*Sodome et Gomorrhe*）。1922年11月18日，在寓所辭世，安葬於拉楔茲神父墓園（Le Cimetière du Père-Lachaise）。《追尋逝去的時光》餘下後三卷：《女囚》（*La Prisonnière*）、《失蹤的阿爾貝婷或女逃亡者》（*Albertine disparue ou La Fugitive*）、《時光重現》（*Le Temps retrouvé*），由弟弟羅貝爾陸續整理，依序在1923年、1925年、1927年出版。

　　1880年，普魯斯特開始氣喘發併，困擾終生，以至為了專心寫作，1910年起，在住家四壁貼裝軟木隔音板，以防攪擾鄰居。普魯斯特一生，除幾次短暫出遊，如義大利威尼斯、荷蘭、諾曼地卡堡外，均住在巴黎。先後搬過幾次寓所：古賽勒街45號（1900～1906，與家人共住）、奧斯曼大道（Boulevard Haussmann）102號（1906～1919, 獨住）、阿姆林街（Rue Hamelin）44號（1919～1922, 獨住）。獨住時，有女傭照料日常起居飲食。晚年照顧的女傭塞莉絲特（Céliste Albaret）於1970年代（當時年紀已八十歲），接受作家貝爾蒙（Georges Belmont）訪談七十餘次，寫成《普魯斯特先生》（*Monsieur Proust*）乙書，1974年法文版、1975年英譯本。

普魯斯特的文學殿堂

　　普魯斯特幾乎活在文學裡，即使早年的社交活動，結識群眾，都在堆積寫作素材。但在生前，文學並未帶給他榮華，反而是一種精神

的折騰。《追尋逝去的時光》是他文學殿堂的金色屋脊，先前評論、隨筆、著譯等作品，另有雕樑畫棟的光彩，依然值得我們品賞。底下，依作品集寫作的順序，從文學啓蒙起，逐一介紹。

1、《歡愉和歲月》（*Les Plaisirs et les jours*）。

1896年出版，文藝青年時期作品，請文壇前輩法朗士（Anatole France, 1844～1925）撰序，集錄短篇小說、小品文（散文詩）和詩歌三類。書名仿套古希臘詩人埃希奧德（Hésiode, 西元前八世紀）的《勞動和歲月》（*Les Travaux et les jours*）。同時期的平輩作家，紀德（André Gide, 1869～1951）的《地糧》（*Les Nourritures terrestres*），1897年出版，彼埃·魯易（Pierre Louÿs, 1870～1925）《比利提斯之歌》（*Les Chansons de Bilitis*），1894年出版；三書雖無彼此呼應或競爭性質，卻有相似的寫作體驗，尤其是年輕人唯美抒情的傾向。這時期的普魯斯特，仍有波德萊爾與象徵主義作品的影子，例如底下兩小段引文。

普魯斯特的小品文〈大海〉開端：「大海始終迷惑著厭倦生活、愛好神祕勝於最初憂傷的那些人，宛若對現實無從滿足的一種預感。在感覺任何疲憊之前，他們需要休息，大海會撫慰他們，隱隱激昂他們。」（La mer fascinera toujours ceux chez qui le dégoût de la vie et l'attrait du mystère ont devancé les premiers chagrins, comme un pressentiment de l'insuffisance de la réalité à les satisfaire, Ceux-là qui ont besoin de repos avant d'avoir éprouvé encore aucune fatigue, la mer les consolera, les exaltera vaguement.）

▲ Marcel Proust（1871～1922）

波德萊爾的散文詩〈港口〉起筆：「對於厭倦人生戰鬥的生靈來說，港口是迷人的居所。天空的廣闊，雲朵的流動建築，海面的變化色彩，燈塔的閃爍，都是令人目眩而不厭的神奇三稜鏡。」（Un port est un charmant séjour pour une âme fatiguée des luttes de la vie. L'ampleur du ciel, l'architecture mobile des nuages, les colorations changeantes de la mer, le scintillement des phares, sont un prisme merveilleusement propre à amuser les yeux sans jamais les lasser.）

　　兩者間，心境與著筆隱隱可作類似的比對。此外，普魯斯特另有幾篇畫家評論文章，並未集進此書，可以呼應波德萊爾相關美學及《現代生活的畫家》論述。

2、《讓・桑德伊》（*Jean Santeuil*）。

　　是1896年到1904年間撰寫未完成的「自傳小說」，在1952年出版。原稿約1895年至1899年所寫片段式的零亂手稿，約數百頁。故事由第三人稱的讓・桑德伊敘述童年、接受教育過程、進入上流社會的活動、愛情及同性戀的心理與心情。整體看，有《追尋逝去的時光》的雛型，唯敘述的方式、美學觀點、「時間」與人物的情節發展，都尚未有統整的貼切。普魯斯特本人於1900年決定放棄繼續此書稿的寫作。

3、《亞眠的聖經》、《芝麻與百合》兩冊羅斯金著作的翻譯。

　　羅斯金（John Ruskin, 1819～1900），英國美學家、藝術評論家和社會鼓吹者，19世紀英國偉大散文家之一。著有《現代畫家》（*Modern Painters*）5卷、《建築七盞燈》（*The Seven Lamps of Architecture*）、《威尼斯之石》（*The Stones of Venice*）、《亞眠的聖經》（*The Bible of Amiens*）、《芝麻與百合》（*Sesame and Lilies*, 1865）等。論者謂他的藝術散文「用精細的想像與和諧的語言，結合了力和簡。」這方面，影響了普魯斯特。普魯斯特大約在1900～1906年間，傾全力接近、研讀羅斯金的著作。先是羅斯金過世之際，撰寫

悼文與研究論文，還翻譯兩部著作：《亞眠的聖經》
（1904年）、《芝麻與百合》（1906年）。前書有關
美學，亞眠位於巴黎北方100公里桑姆省（Somme）
省會，其聖母院大教堂爲哥德式建築的典範；後書原
是羅斯金分兩次1864年12月6日和12月14日的演講題，
「芝麻」是指讀書是帝王的財富，「百合」是女子讀
物的介紹。

▲ Lettre de Marcel Proust à Antoine
Bibesco

　　閱讀與翻譯羅斯金的著作，奠基了普魯斯特的美
學評鑑。

4、《駁聖伯甫》（*Contre Sainte-Beuve*）。

　　聖伯甫（1804～1869）是19世紀歐洲偉大文學評
論家，被尊爲「近代文學批評的鼻祖」；普魯斯特
進行《約翰・桑德伊》寫作告一段落，於1908年年
底，遍讀聖伯甫著作，隔年，想寫反駁的批評文章，
自然提及同時代的重要文學家，如巴爾札克（Honoré
Balzac, 1799～1850）、聶瓦（Gérard de Nerval,
1808～1855）、波德萊爾（Charles Baudelaire, 1821～
1867）等人，動筆之後，形成不像小說，也不似評

論，卻夾敘夾議、敘述與評論同時進行的文章。報刊
無意刊載這樣動人無情節「難以歸類」的文章，直到
1954年才被整理出版。「堅硬」的書名，仍有敘述小
說的取材，部分觀點與描述落實到《追尋逝去的時
光》巨構中，如「時間」留存與消逝，點心與茶、花
園曲徑、蓋爾芒特家族等。

　　或許可以這麼說：《讓・桑德伊》和《駁聖伯
甫》二書文稿，是爲通往《追尋逝去的時光》七卷本
文學殿堂而鋪設的華麗地毯。

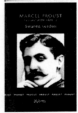

▲ 普魯斯特著作封面書影

5、《仿作與雜記》（*Pastiches et Mélanges*）。

1919年3月出版。集錄1900年至1909年間發表的文章。書分兩部分：仿作、雜記；前者爲模仿幾位作家的寫作風格，後者係研讀翻譯羅斯金時相關文章的彙編。

6、《追尋逝去的時光》（*À la Recherche du temps perdu*）。

1913年，普魯斯特原先的計畫是三部曲：《史萬這一家》、《蓋爾芒特這一家》和《歲月重現》。《史萬這一家》書稿遭紀德與「新法蘭西評論社」拒絕，普魯斯特自費交由格拉塞（Grasset）出版社於1913年11月14日出版後，沒引起風波或轟動，但，紀德與「新法蘭西評論社」頗後會悔，隨即向普魯斯特致歉，希望取得首冊及後續作品由加里曼書店的出版權；緊接著，一戰爆發，在戰爭期間，普魯斯特擴大視野與增加素材，形成目前的七卷架構；在印製過程，仍不斷補添修改，直至辭世之時，已出版1919年的第二卷《在花樣少女身旁》、1920-21年的第三卷《蓋爾芒特這一家》；1921-22年的第四卷《索多姆與戈摩爾》；過世後，出版另外三冊：1923年的《女囚》、1925年的《阿爾貝婷失蹤或女逃亡者》、1927年的《時光重現》。各卷的梗概如下：

《史萬這一家》（*Du Côté de chez Swann,* 1913）：

1913年11月14日出版。作者追憶在貢布雷（Combray, 實景：伊利耶Illiers）的童年。穿插敘述「史萬的愛情」。史萬是鄰居、雙親的友人。史萬的女兒吉貝爾（Gilberte）以後成爲敘述者的初戀對象。

《在花樣少女身旁》（*À l'Ombre des jeunes filles en fleurs,* 1919）：

1918年11月印好，1919年6月發行。敘述者的青春期。在巴爾貝（Balbec，實景：卡堡Cabourg）海灘停留、渡假。邂逅阿爾貝婷（Albertine）。

《蓋爾芒特這一家》

（*Le Côté de Guermantes*, 1920～21）：

敘述者仰慕年輕貌美的蓋爾芒特公爵夫人。祖母的生病和去世。與阿爾貝婷取得聯繫、交往。敘述者順利進入蓋爾芒特家貴族生活的社交圈。

《索多姆與戈摩爾》

（*Sodome et Gomorrhe*, 1921～22）：

描述同性戀的迷宮世界。敘述者與夏呂（Charlus）男爵關係，他是一位令人著迷也惹人厭的傢伙。敘述者經常出入資產階級維杜漢（Verdurin）的沙龍。他的嫉妒引起阿爾貝婷的注意。

《女囚》（*La Prisonnière*, 1923）：

敘述者唯恐失去阿爾貝婷，將之囚禁寓所。這一卷穿插荷蘭畫家維梅爾（Jan Vermeer, 1632～1675）有關台夫特（Delft, 荷蘭南方工業城）風光的畫作。

《阿爾貝婷失蹤或女逃亡者》

（*Albertine disparue ou La Fugitive*, 1925）：

阿爾貝婷逃走（不告而別），在杜爾邸（Touraine）意外身亡。吉貝爾‧史萬嫁給聖露普（Robert de Saint-Loup），史萬家族與蓋爾芒特家族雙方晚輩的結合，象徵兩個家族地理的連結，及資產階級與貴族階級的合併。

▲ Marcel Proust, the author of Remembrance of Things Past is remembered in this death-bed image on display at the Musée d'Orsay's "Le Dernier Portrait" exhibit.

▲ Marcel Proust（1871～1922）

▲ Doug Hall
Remembrance of Things Past - Marcel Proust
2001 Digital C-print, ed. of 648 x 57 1/2 inches
英譯版《往事回憶錄》

《時光重現》（*Le Temps retrouvé*, 1927）：

在外省地區度過多年後，敘述者重回巴黎。世事已多變：夏呂男爵家道衰敗、維杜漢夫人再嫁變成蓋爾芒特郡主。敘述者發覺借助記憶，藝術可以贏得時光（時間，temps）的順序，而重新生活在過去。

深受疾病折磨的普魯斯特，感性細緻敏銳，擅於從生活中觀察各類人物，塑成小說的角色。1962年諾貝爾文學獎得主美國作家史坦貝克（John Steinbeck, 1902～1968），進行《伊甸園東》寫作時的日記記載：「我一輩子都在寫這本書，早期的作品只是習作——準備寫這本書的習作。」許多大作家或許都如此，普魯斯特的《追尋逝去的時光》也一樣。他，前半生努力儲備素材、收集資料、熟悉貴族與資產階級上流社會生態活動、嘗試覓得最適當的表達技巧；後半生燃膏繼晷，奮力一搏，著重心理分析，描述角色的無意識發展。整部《追尋逝去的時光》七卷，在「現在－過去－現在」連連的時空糾纏裡，借助「回憶」這一面可大可小的魔鏡，隨時跳入躍出，由「內心獨白」（monologue intérieur）的意識主導，不斷和逝去的自我約會，求得永生。文學藝術家是揮灑筆觸的魔法師，讓逝去的自我「定格」成永恆。年華究竟是「似水」抑「逝水」？他不理會，他只在「尋覓」過往的歲月中，留下的永遠的「普魯斯特」。

普魯斯特的「內心獨白」，走在愛爾蘭喬伊斯（James Joyce, 1882～1941）的《尤利西斯》（1922年）前端近十個春秋，成為20世紀初期意識流（the stream of consciousness）書寫的先鋒，同輩或後繼者如英國女作家吳爾芙（Virginia Woolf, 1882～1941）的《達洛衛夫人》（1925年）、美國的費滋傑羅（Fitzgerald, 1896～1940）、福克納（William Faulkner, 1897～1962）等名家，都受其洗禮，連往後的文學思潮——超現實主義、存在主義、法國新小說等，都有相傳的血緣跡象可尋。

餘 波

　　幼年時，普魯斯特常隨雙親回到祖父的故鄉伊利耶（Illiers）歡度復活節，此地的景象成為《追尋逝去的時光》首卷《史萬這一家》的貢布雷（Combray）。伊利耶的市政廳於1971年將地名改為伊利耶·貢布雷（Illiers Combray），當地更早於1947年5月23日設立「普魯斯特之友與貢布雷之友協會」（La Société des Amis de Marcel Proust et des Amis de Combray（S.A.M.P））。普魯斯特曾經度假過的卡堡（Cabourg），市政廳也在1972年，設立「普魯斯特文學獎」，每年一名得主。這些都讓後人追念一代文豪。智利電影大師勞爾·魯斯（Raoul Ruiz）於1999年擔任《時光重現》的編劇導演，將這部充滿愛情與耽溺的傑作，拍成片長約160分鐘聲光絕色的電影，參與的演員包括凱薩琳·丹妮芙（Catherine Deneuve）、艾曼紐·琵雅（Emmanuelle Beart）、文森·培瑞茲（Vincent Perez）、約翰·馬可維奇（John Malkovich）等位，名導與巨星重現了普魯斯特文學的璀璨光芒。

▲ Pointe sèche de Henri Martinie d'après une photographie de Otto

▲ "Proust"

▲ Marcel Proust（1871～1922）墓園

▲ 最終的美好時光
　　——追憶似水年華的普魯斯特

相關閱讀：

黃景星譯《普魯斯特》，光復書局，1987年。

李恆基等譯《追憶逝水年華》7冊，聯經出版社，1992年

張小魯譯《恍若月光：普魯斯特隨筆集》，幼獅文化，1994年

桂裕芳譯《追憶逝水年華》隨身讀，洪範書店，1997年

張寅德著《普魯斯特及其小說》，遠流出版社，1992年

林說俐譯《普魯斯特》，城邦出版，2000年

廖月娟譯《星空中的普魯斯特》，聯經出版社，2000年

廖月娟譯《擁抱普魯斯特》，先覺出版，2001年。

天悅譯《最終的美好時光：追憶逝水年華的普魯斯特》，左岸出版，2001年

詹嫦月譯《普魯斯特：建構時光大教堂》，時報出版，2001年

史蒂芬‧黑雨繪本《追憶似水年華I貢布雷》，大辣出版，2003年

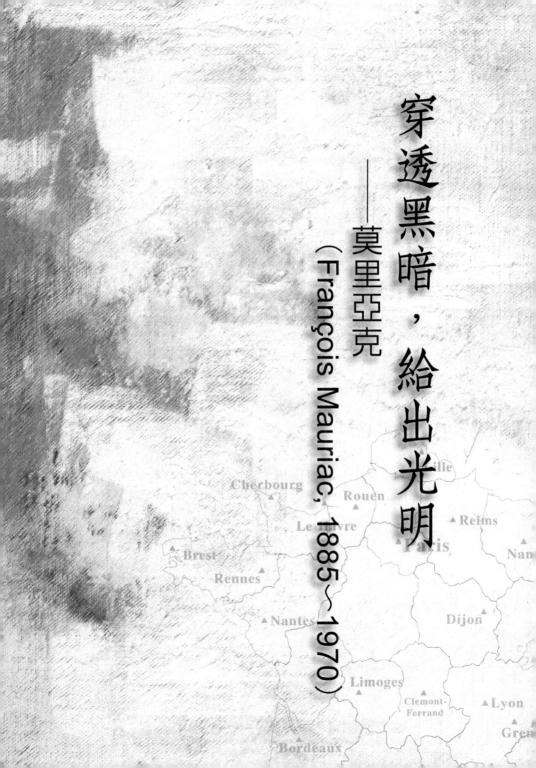

穿透黑暗，給出光明

——莫里亞克（François Mauriac, 1885～1970）

哲 學家探究人生，文學家表現人生。「我們的人生，隨著我們付出努力的多少，而呈現具有等值的意義。」莫里亞克如是告誡我們對待生命的用心。

　　莫里亞克（François Mauriac, 1885～1970），1885年11月10日，出生於法國西南部酒鄉波爾多（Bordeaux），屬於富裕的波爾多中產階級，家鄉的田園農莊景觀，都是他往後文學寫作取之不盡的背景素材。父親約翰・保羅・莫里亞克（Jean-Paul Mauriac），母親克萊爾（Claire Coiffard）。1887年6月，未滿兩周歲，即失怙，全家搬到外祖母家，由母親撫養。1892年，進入教會學校（小學階段）。1903年，進入波爾多市蒙田（Michel Montagne）中學，1906年畢業；1908年11月，進巴黎文獻學校（L'Ecole des Chartes），隔年復活節，自動退學；11月，出版第一部詩集《合掌集》（Les Mains Jointes, 1909），翌年3月，作家巴雷斯（Maurice Barrès, 1862～1923）在《巴黎回聲報》（L'Echo de Paris）撰文贊揚：「……他低吟著自己童年的回憶，那是信仰天主教的兒童，富裕而受保護充滿幻想的生活，是幸福家庭中孩童的詩歌，乖巧有教養的男孩的詩歌。……」巴雷斯還捎信鼓勵這位青年詩人：「放心吧！你的面前一片光明，鵬程萬里。」1911年6月，續出第二部詩集《青春別》（L'Adieu à l'adolescence, 1911）。1913年5月，出版第一部小說《負鍊童子》（L'Enfant chargé de chaînes, 1913）；6月，結婚。1914年6月，出版第二部小說《紫邊白長袍》（La Robe prétexte）；第一次世界大戰爆發，29歲的莫里亞克被徵召為醫護人員，1917年，罹患瘧疾，被遣送回國。1918年，出版第三部詩集《隱失》（Le Disparu, 1918）。1920年，出版小說《肉和血》（La Chair et le Sang, 1920）。1922年，出版小說《痲瘋症患者之吻》（Le Baiser au léprsux），奠立其傑出小說家之名；隨後，小說《火流》開始在《新法蘭西評論》連載，同時，與紀德（André Gide,1869～1951）訂交。1923年5月，出版《火流》（Le Fleuve de feu）。1924年，出版《一個詩人的生和死》（La Vie et la mort d'un poète, 1924），係紀念

摯友拉封（André Lafon）的作品。1925年2月，出版《愛的荒漠》（*Le désert de l'amour*, 1925），獲法蘭西學院小說大獎；同年9月，出版第四部詩集《暴風雨》（*Orages*, 1925）。1927年2月，出版小說《苔蕾絲‧德斯格魯》（*Thérèse Desqueyroux*, 1927）。1932年2月，出版小說《蝮蛇結》（*Le Nœud de vipère*, 1932）；3月，當選法國「作家協會」主席。1933年6月，入選為法蘭西學院（l'Académie française）院士。1936年，出版小說《黑天使》（*Les Anges Noirs*, 1936）。1937年，劇本：《阿斯莫岱》（*Asmodée*, 五幕劇, 1938），在法國喜劇院演出，隔年出版。1939年，出版《海路》（*Les Chemins de la mer*, 1939），遭沙特（Jean-Paul Sartre, 1905～1980）撰文抨擊。1940年，出版第五部詩集《亞蒂斯之血》（*Le sang d'Atys*）。1952年，獲諾貝爾文學獎。1970年9月1日，逝世於巴黎寓所。

85歲長壽的莫里亞克，有一甲子（1909～1970）的寫作生涯，先由詩歌發出新聲，轉入小說，並涉獵戲劇與論述，共出版詩集5冊、小說約22部、宗教與文學論著8部、劇本3齣、以及雜文、日記、隨筆、回憶錄等。詩，是他的寫作原點，一次訪談裡，他自述「我是一個情境小說作者，因此詩人的作品對我十分重要，如拉辛、波德萊爾、韓波、賈穆等。」所謂情境小說，即佈置詩情畫意的氣氛，有「小說詩」的說法。他的小說，依篇幅，正確的講是中篇小說，則有他最滿意的創作，尤以《愛的荒漠》、《苔蕾絲‧德斯格魯》、《蝮蛇結》三書，廣受閱讀。

《愛的荒漠》（*Le désert de l'amour*, 1925），描述十七歲的少年雷蒙（Raymond）與五十二歲的醫生

▲ 莫里亞克（1885-1970）

父親古雷傑（Courrèges），同時愛上一位年輕寡婦瑪麗亞・葛羅絲（Maria Cross）。雷蒙是在電車上的偶遇，驚艷少婦的風情與雅緻；醫生則是婚姻生活厭倦後渴望的新刺激。但，瑪麗亞・葛羅絲只欣賞雷蒙的青春稚氣，對醫生也僅尊敬無愛意。父子兩人均沒有贏得女人心，卻各自飽受「愛的荒漠」的折騰。有了愛與慾，人，越趨於孤獨；暫時性的歡愉，並不能融化原本阻隔的沙漠。本書父子二人係平行線的追求瑪麗亞・葛羅絲，不像《卡馬拉助夫兄弟們》裡，父子同時愛上一名女子，衍生父子間的仇視爭鬥，作者杜思妥也夫斯基（1821～1881）指稱這是「一條惡蛇想咬噬另一條毒蛇」。

《苔蕾絲・德斯格魯》（*Thérèse Desqueyroux*, 1927），主題是意圖毒害丈夫。苔蕾絲嫁給閨中好友的哥哥貝納（Bernard），原本平靜的生活，加入小姑安娜（Anna）和來自巴黎的猶太青年阿傑尉多（Azévédo）之後，鄉間寧靜的生活與缺乏激情的家庭，無法滿足內心的渴求。一次意外，丈夫誤食攪入少許砒霜的藥品後，苔蕾絲不動聲色逐漸增加砒霜份量，以達到謀殺丈夫；最後被醫生發覺，移送法院審理；貝納假名譽和財產因素，不願追究，苔蕾絲得以宣判無罪；但，事件之後，貝納將苔蕾絲軟禁於隱蔽宅屋，用長期的寂寞苦刑折騰之。這部著作被譽為「20世紀上半葉法國最佳小說之一」，即著眼在男女主角鬥爭上的心理描寫。

《蝮蛇結》（*Le Nœud de vipère*, 1932）的故事，由近七十歲高齡，垂危守財奴律師路易（Louis）的「自白」開始。他回憶年輕時，其貌不揚，難得有女人緣。偶然間，贏得女子伊莎家族同意結婚。婚後育子前，妻子表露當初並無愛意下嫁，另有他因。青年路易內心沉陷無邊孤寂，開始恨妻恨家，甚而恨世，且逐漸加劇；加上，時而耳聞眾人在背後指點「老鱷魚」的稱呼；他寧花光財產，不願遺留給妻子與子女。常年盤踞他的意識裡得「積恨」蝮蛇，並沒有像《愛的荒漠》那樣：因歲月的流逝，「積怨」會慢慢沖淡。相反的，自己的內心和家庭，竟然宛若邪惡的「蝮蛇結之窩」，經常糾葛著難纏的「恨意」。

1930、40年代，莫里亞克的小說已經深受文壇重視，建立良好的聲名，但，仍被圈定爲「區域作家」（鄉土作家），他的小說背景主要是他的故鄉「波爾多鄰近大小葡萄園、一望無盡的蔥鬱松林與草坪、炎夏長鳴的蟬廝」。直到1952年榮獲諾貝爾文學獎，一夕之間，讓他從地方躍登世界，其獲獎理由是：「由於深刻的心靈洞察與情節緊扣的藝術，藉助小說，他看透了人生戲劇。」他的小說大都安排焦慮不安的情境，處理黑暗的罪惡。其作品表現的悲觀主義和天主教義的罪與愛，以閃耀而誘人的色彩描繪罪惡。誠如諾貝爾文學獎的頒獎辭：「你爲了眞實，不惜用最陰暗的色彩描寫。……你描寫人生百態，同時也向我們提示了照耀黑暗的，信仰與恩典之光。」他自己也在受獎辭說：「以一線光明，穿透我所描寫的黑暗。我的色彩是黑暗的，我被認定是黑暗，而不是穿透黑暗並在那裡祕密燃燒的光明。」

▲François Mauriac 簽名式

　　專寫黑暗的作家甚多，19世紀俄國的杜思妥也夫斯基是個中翹楚；莫里亞克的小說雖僅暴露外省（首都巴黎之外）人士的生活，已隱然舖設普遍的人性。莫里亞克曾檢討「我著迷於罪惡事物的描寫，同時，對純潔事物與孩童時代的刻畫，深感興趣。」這看似相背離的兩種文學書寫，分別透過小說與詩歌呈現出來，只是，小說的光芒掩蓋詩歌成績。他也知道人們對他的認定：每當某個法國女人，企圖毒害丈夫或勒死情人時，人們就告訴他「這是你的題材」。如是，大家把焦點聚集在這位被認爲「恐怖博物館」的「怪物專家」，其實莫里亞克的本意是穿透罪惡的黑暗，給出人性的光明。

相關閱讀：

張南星譯《黑天使》，志文出版社，1978年初版。

張伯權譯《苔蕾絲》、《毒蛇之結》，遠景出版事業，1981年初版。

李哲明譯《莫里亞克・蛇結》，光復書局，1987年初版。

桂裕芳譯《愛的荒漠》，允晨文化（原灕江版）1990年初版。

何欣譯《愛之荒漠》，光啓出版社

張秀亞譯《恨與愛》（《蝮蛇結》），光啓出版社，1960年8月初版，1985年
　　12月15版

站在高處瞧看人類

——沙特

(Jean-Paul Sartre, 1905～1980)

心理學家研究，童年失怙者，提早成長獨立，提前進入社會。這類早年失怙而成名的20世紀法國作家，包括《小王子》作者聖修伯里（4歲時，1900～1944）、戴高樂總統的「文化部長」馬爾羅（3歲時遭遺棄，André Malraux, 1901～1976）、沙特（1歲時，1905～1980）、卡繆（2歲時，1913～1960）等。後二位，沙特和卡繆為存在主義文學的輝煌雙璧，曾是親密伙伴，兩人除類似的童年背景外，文學寫作方面，兩人都有小說和戲劇的創作，也先後榮獲文學的最高冠冕——諾貝爾文學獎；沙特更進一步，建構哲學體系，銜續丹麥齊克果（Soren Kierkegaard, 1813～1855）、德國海德格（Martin Heidegger, 1889～1966），成為存在主義哲學一代宗師。

沙特（Jean-Paul Sartre, 1905～1980），1905年6月21日，出生於巴黎，隔年，父親（Jean-Baptiste Sartre）過世，由母親撫養。1915年，進入亨利四世中學。1917年，母親改嫁，與繼父一同住在侯歇爾（Rochelle）。1924年，就讀巴黎高等師範學校（L'Ecole Normale Supérieure），結識阿宏（Raymond Aron）、尼冉（Paul Nizan）、梅洛邦笛（Maurice Merleau-Ponty）等左派知識份子。1929年，獲哲學證書。1931年，擔任哲學教授。1932年，到柏林從胡塞爾（Edmund Husserl）和海德格（Martin Heidegger）研究哲學。1937至39年，任教巴黎巴斯德中學（Lycée Pasteur）。直到二戰結束前，他是一名獨立作家。1936年，出版哲學著作《想像力》（《L'Imagination》）。1938年，出版長篇小說《嘔吐》（La Nausée）。1939年，出版短篇小說集《牆》（Le Mur）。二戰爆發，1940年，徵召入伍，初夏，被德軍俘虜，翌年3月，逃離特夫斯集中營（Le camp de Trèves）。1943年，出版劇本《蒼蠅》（Les Mouche）。1943年，出版《存在與虛無》（L'Etre et le Néant），擠身哲學家行列。1944年，結識卡繆（Albert Camus），希望卡繆導演《密室》（Huis-clos）。1945年，離開教育崗位，與西蒙・波娃（Simone de Beauvoir）和梅洛邦笛（Maurice Merleau-Ponty）一同創辦《現代》（Temps Moderne）

雜誌及出版《密室》。1946年，出版《無葬禮的死者》（Morts sans sépulture）。出版《猶太人問題的反思》（Réflexions sur la question juive）。出版《存在主義是人文主義》（L'existentialisme est un humanisme），闡揚存在主義的重要文獻。1947年，出版評論集《波德萊爾》（Baudelaire）。1948年，出版劇本《髒手》（Les mains sales）。創辦日報《左翼》（La Gauche）。1952年，與卡繆決裂。1954年，首次到蘇聯旅行。1956年，出版劇本《涅可拉索夫》（Nekrassov）。1964年，瑞典皇家學院主動公佈榮獲諾貝爾文學獎，沙特隨即發表聲明「謝絕來自官方的榮譽」而拒領。沙特的文學寫作與活動，大約從1940到1960年代。1968年之後，沙特將時間與精力投入寫作之外的活動，以哲學及社會運動活躍國際，對毛份子（Maoist, 1970年代嚮往或追隨毛澤東文化大革命的狂熱份子）寄予支持，參加各地演講、集會、發傳單、上街遊行等。1980年，4月15日辭世，4月20日安葬於巴黎蒙巴拿斯墓園（Le Cimetière du Montparnasse）。

四歲時，沙特懵懂地讀完馬洛（Hector Malot, 1830～1907）的《苦兒努力記》（Sans Famille, 無家可歸），七歲時讀畢福婁拜（Gustave Flaubert, 1821-1880）的《包法利夫人》（Madamn Bovory），這樣的神童，書是他的生命。童年與他生活的僅僅一位老人（外祖父）和兩位女人（外祖母和母親），因此，書成了他的唯一朋友。在回憶錄裡，沙特說：「我在書裡發現一個天地。對我來說，沒有比書更重要的。……那些大作家都是我當時最好的朋友。」

▲沙特（Jean-Paul Sartre, 1905～1980）

身為文學家的沙特，有小說、劇本、文評的寫作。計：長篇小說兩部《嘔吐》（La Nausée, 1938）和《自由之路》（Les Chemins de la liberté）三部曲《懂事的年紀》（L'Age de raison, 1945, 另一譯名：理性時代）、《延期》（Le Sursis, 1945）、《心靈之死》（La Mort dans l'âme, 1949）；短篇小說集一冊《牆》（Le Mur, 1938）；劇本10齣及文學評論。文學評論包括論述法國作家朱爾‧何納（Jules Renard, 1864～1910）波德萊爾、莫里亞克（François Mauriac,1885～1970）、紀德、卡繆、美國福克納、德國布萊希特（Bertolt Brecht, 1898～1956）、非洲文學〈黑族奧菲斯〉、〈為什麼寫作？〉等。後二文頗值得注意。〈黑族奧菲斯〉（Orphée noir）是為詩人桑果爾（曾擔任塞內加爾總統, Leopold Sedar Senghor, 1906～2001）於1948年編輯《黑人及馬拉加斯加法語新詩選》（Anthologie de la nouvelle poésie nègre et malgache de langue française）所撰的前言，長36頁，約兩萬餘字，將黑人詩家稱「黑族奧菲斯」，即有禮讚之意，對1930、40年代非洲文學的興起與提昇，具有指標的介入功效。〈為什麼寫作？〉一文，坦誠表白「介入文學」的主張，認為作家要對基本問題感興趣，同時，不容猶疑地將才能奉獻給被壓迫者。

　　沙特的長篇小說，均是日記體記載。《嘔吐》（La Nausée）於1931年構思起草，1934年修改，二戰前1938年出版。這是一本日記體的隨筆記錄。住在布城（Bouville）知識份子洛根丁（Antoine Roquentin）詳細記載日常生活的真實觀感，表現一位「孤獨者」對現實世界的厭惡和，荒謬世界裡的孤獨感受。書前（日記）記載前，沙特引錄同時期作家反猶極端右派作家謝琳（Louis-Ferdinand Céline, 1894～1961）1933年出版的小說《教會》（L'Eglise）裡的兩句話：「他是一個沒有集體重要性的小伙子／他僅僅一個人而已」。《自由之路》三部曲《懂事的年紀》、《延期》、《心靈之死》純是沙特自傳體日記小說，描述二戰前至戰爭初期的時代背景，一位知識份子的心路歷程與人生的選擇。

1939年出版的小說集《牆》（*Le Mur*），包括五個短篇：牆、房間、艾羅斯特拉特、密友、一個工廠老板的童年。〈牆〉，是一篇具歷史背景與政治色彩的短篇小說。敘述者異議份子巴布洛（Pable）在西班牙內戰期間，被逮捕，關進牢房，遭受百般凌虐與折磨的審問拷打，拒仍絕出賣同夥。這篇有法西斯白色恐怖意涵的故事，在1967年由盧烈（S.Roullet）拍成電影。

短篇小說〈艾羅斯特拉特〉（Erostrate），艾羅斯特拉特原本是古希臘平凡小市民的艾羅斯特拉特，整天幻想追隨戰功彪炳的「英雄」名垂不朽，就放火燒燬世界七大奇蹟的艾菲斯城裡的黛安娜神殿（Temple Diana d'Ephèse），成為遺臭萬年的人物。小說以第一人稱自述，起筆首句：「人類，應該站在高處瞧看他們。」（Les hommes, il faut les voir d'en haut.）居住七層樓的青年，常常由高處俯瞰腳底人群，進而鄙視敵視之。這是一位自卑狂妄缺乏安全感心理不正常的青年。買了一把手槍，隨時攜帶。召妓，僅要女人裸體在房屋走動，並亮槍威脅。在一次公司同事閒聊時，他說他喜歡「黑色英雄」（les héros noirs），同事李邁希（Lemercier）提出同類形的典型艾羅斯特拉特的行逕。他，頗心儀這位古人，認為「他已經死了兩千年，但舉動卻依然像黑鑽石般閃耀。」（Il y avait plus de deux mille ans qu'il était mort, et son acte brillait encore, comme un diamant noir.）他，以艾羅斯特拉特自居，發出120封信告示世人後，在街上，用3個子彈腔傷一位路人，由又朝人群「開了兩槍」，最後躲進咖啡店，棄槍投降。同艾羅斯特拉特一樣，以另類方式求名得名。卡繆改寫神話故事中的薛西弗

▲沙特（Jean-Paul Sartre, 1905～1980）

▲Sartre paru dans Time magazine en 1946

à Vence Théâtre
presente

HUIS CLOS
de Jean-Paul Sartre

mise en scène
Henri Toubiac

du 29 avril au 1 mai 1999 à 20h.30
Salle du Pont de Vence Saint Egrève

▲1999年維也納劇院演出《密室》海報

斯《薛西弗斯的神話》（1943年），強調「人的意義與價值」。沙特在〈艾羅斯特拉特〉塑造的「英雄」，是現代法國式的「阿Q」。

戲劇是沙特文學寫作的主要領域，共出版十齣劇本：《蒼蠅》（*Les Mouches*, 1943）、《密室》（*Huis-clos*, 1944）、《死無葬身之地》（*Morts sans sépulture*, 1946）、《可敬的妓女》（*La putain respectueuse*, 1946）、《髒手》（*Les Mains sales*, 1948）、《魔鬼與上帝》（*Le Diable et le Bon Dieu*, 1951）、《金恩》（*Kean*, 1954）、《涅可拉索夫》（*Nekrassov*, 1956）、《阿爾多納的遭禁者》（*les Séquestrés d'Altona* 1959）、《特洛伊婦女》（*Les troyennes*）。

《蒼蠅》（*Les Mouches*），是沙特首部劇本，改編古希臘悲劇詩人埃斯庫勒斯（Aischylos, 西元前525～456）《奧瑞斯特》三部曲，將之處理渲染成「自我選擇」的三幕劇。主角奧瑞斯特（Oreste）為了報仇復國，返回離開十五年的祖國，手刃當年篡奪王位而弒君娶后的亞爾構（Argos）國王與親生之母；原本孤單反抗夢想復仇的妹妹艾勒特爾（Electre），終於和哥哥重聚，共享自由；然而殺母的不安情緒，依然讓艾勒特爾猶豫不安。在這齣戲裡，奧瑞斯特扮演爭自由的英雄角色，其行動儼然是人類自由與上帝存在無法相容的象徵，也就是上帝存在妨礙了人類自由。沙特藉此強調存在主義的觀念：個人的命運操之在我，塑造自己的命運才算是真正的存在。因而，劇本結尾，為求安撫國人，奧瑞斯特引錄吹笛人用笛聲驅趕鼠患的故事，他也讓蠅災遠離家園。

《密室》（*Huis-clos*，另譯：無路可出、禁止旁聽），為獨幕劇哲理戲，分五場，前四場近開場白的前戲，由侍者先後將一男二女，引進旅館的骯髒客廳：無窗無鏡，無法跟外界聯繫，行同封閉的室內，其實就是冥府（陰間）。原標題：Huis-clos，有：無路可通、密室、禁止旁聽，等意思。劇本第五場，三個人在客廳進行「人類存在意義」的交談，有由一人審問另二位的意涵。透過對話，我們得知他們三人均有不名譽的祕密，才下地獄，賈森（Garcin）自稱是新聞記

者職業作家，戰前籌辦和平反戰報指紙，戰爭爆發，遭槍斃而下地獄；伊內絲（Inès）是女同性戀者；艾斯黛兒（Estelle），曾殺死親生女嬰。整個劇情在密室內「拷問」，彷彿回到1940-41年間，沙特遭受納粹德軍囚禁時的背景：個人生命垂危，道德淪喪，在絕望中冀求掌握自由意識的勇氣；兩人相愛，容不得第三者在場監視：「只要她看著我，我就無法愛妳。」作者沙特也認為：「地獄，就是他人。」（L'enfer c'est les autres.）。1944年，沙特結識卡繆（Albert Camus），由卡繆導演這齣戲；隔年才出版。

▲沙特（Jean-Paul Sartre, 1905～1980）與西蒙・波娃（Simone de Beauvoir, 1908～1986）

《死無葬身之地》（*Morts sans sépulture*, 1946）是一齣喚醒「抵抗運動」時的鬥爭和苦難問題。

《髒手》（*Les Mains sales*, 1948）是一齣表現沙特有關共產黨政治理念的劇本。佔領期間，伊利里（Illyrie, 南斯拉夫境內）的共產黨想除掉領導人之一歐德雷（Hœderer），他們委由青年雨果（Hugo）執行。雨果原本中產階級的，熱中並加入共產黨，成為活躍份子，接近歐德雷後，卻怕弄髒雙手有所猶豫不決，最後，以情慾嫉妒的曖昧動機謀殺了歐德雷。

論者謂《魔鬼與上帝》（*Le Diable et le Bon Dieu*, 1951）是沙特最好的劇本。同父異母兩兄弟果艾茲（Goetz）與康拉德（Conrad）攻佔主教領土，不為教會所容的教士最海尼希（Heinrich）配合參與行動。果艾茲得權後趕走弟弟，後來接受海尼希建議，繼續領導農民對抗貴族。此劇與《蒼蠅》類似，較之有更深一層的含意：上帝不存在，唯靠行動才能完成「人」的本份。

▲沙特與波娃共眠處

相較於德國布萊希特（Bertolt Brecht, 1898～1956），在劇本極力強調馬克思主義的思想，沙特將

存在主義的思維與理念，注入文學或劇本裡，也就無庸置疑了。他在〈存在主義就是人文主義〉這篇普遍性的論文，陳述自己的學說與道德發展。藉人文主義，他傾聽到人文哲理。

沙特和女性主義者權威西蒙·波娃（Simone de Beauvoir, 1908～1986）間的情愛，是文學、文化思想與學界的美談。兩人的感情生活可以比美阿拉貢（Louis Aragon, 1897～1982）和艾爾莎（Elsa Triolet, 1896～1970）。1982年底，阿拉貢去世，論者說他「一生忠於詩、忠於妻子、忠於黨（按：指法國共產黨）。」其妻艾爾莎，為蘇聯首要詩人馬雅可夫斯基（1893～1930）的妻妹。阿拉貢死後與妻子合葬；西蒙•波娃過世也與沙特共眠。

卡繆強調文學寫作是〈在困境迎險創造〉：「藝術家既不能逃離他的時代，亦不能讓自己迷失於其中」。沙特也有相同的理念，他在〈為什麼寫作？〉乙文，提出：「為自己而寫作的說法是不真實的。……作者和讀者需合力將幻覺的東西轉為實境，這是心靈的工作。僅僅為了他人和依靠他人，藝術才存在。」這就是存在主義者的「介入說」。1964年底，拒領諾貝爾文學獎之際，在一場「作家的作用與作家的任務」演講中，沙特認為：「作家的任務運用各種文學行式，表達自己的哲學思想和個人感受。」。沙特的文學是介入文學，往往就是他的哲學另一面衍釋，相對的，受到哲學價架構的牽制，其文學的藝術質地相對降低了些。

相關閱讀：

李英豪主編《沙特戲劇選》，開拓出版社，1965年。
顏元叔主編《沙托戲劇選集》，驚聲出版社，1970年。
張靜二譯《沙特隨筆》，志文出版社，1980年。
劉大悲譯《沙特文學論》，志文出版社，1980年。
陳鼓應譯《沙特小說選》，志文出版社，1980年。
桂裕芳譯《嘔吐》，志文出版社。
《嘔吐》環宇出版社。

徘徊家鄉的異鄉人

——卡繆

(Albert Camus, 1913～1960)

1

　　四十歲的中年人探尋二十九歲青年時過世的父親墳塋，這是一件感傷但溫馨的事，卻絕頂荒謬：尋客的歲數逐年添增，以迄老邁，受訪者永遠年輕。這種狀況，絕不會僅僅發生在存在主義「荒謬作家」卡繆的生前死後。

　　「荒謬」（absurde），是一種緊張關係，呈現幾層含義：個人與集體的衝突、傳統與現實的拉拔、內裡與外在的糾葛。卡繆，以四部小說、四齣劇本以及哲學隨筆、時論，企圖擺脫「生命無意義」的荒謬，朝向人道主義，爲人類尋求合理的解說。因而在四十四歲英姿之年，「由於他的重要作品，透過明澈而誠摯的態度，闡釋了我們這個時代人類良知的問題」，榮獲諾貝爾文學獎。其重要作品，即《異鄉人》和《瘟疫》。

　　亞爾培·卡繆（Albert Camus）於1913年11月7日出生在法國殖民地北非阿爾及利亞（1830至1962年爲法國殖民地）的蒙多維，離首府阿爾及爾不遠。父親爲來自法國北方亞爾薩斯的移民，俗稱「黑腳仔」（les pieds-noirs），從事農業工作，當酒窖工人；母親是移居阿爾及利亞的西班牙人後裔。第一次世界大戰期間，1914年，年輕的父親在法國緬因河戰役陣亡，家庭經濟頓失支柱，受教育不多的母親，攜孩子遷居阿爾及爾市郊，靠雜役維生。卡繆在半工半讀下，完成中學與大學教育，參與籌組劇團，撰述哲學論文，加入報社編務，寫作書評、報導文章、時局批判。1940年到巴黎，任職《巴黎晚報》，未久，離開，轉往他地，擔任私校教師。1939年開始撰寫的小說《異鄉人》（L'Étranger），1942年完稿，同年七月，在德國納粹佔領期間的法國巴黎出版。隨後，卡繆仍在書店或報社工作，繼續寫作、出版，包括《薛西弗斯的神話》（1943年），劇本《誤會》（1944年）、《卡里古拉》（1945年）、《戒嚴》（1948年）、

《正義者》（1950年）；小說《瘟疫》（1947年）、
《墮落》（1956年）、短篇小說集《流亡與王國》
（1957年）；隨筆雜文《札記》、《時事論集》三集
（1950～1958年）、《夏天》（1954年）、《斷頭台
的回憶》（1957年）等。1957年12月，獲頒諾貝爾文
學獎。1960年1月4日，車禍喪生。遺著有《快樂的
死》（1971年）、《第一人》（1994年）等。

2

　　《異鄉人》（*L'Étranger*，另譯：局外人，或：局
內局外）是卡繆的成名作，26歲動筆，29歲出版，一
問市，即廣受歡迎，被當成「文壇新星」。小說情節
由母親的死到敘述者臨刑前，時間的延續，大約從初
夏到隔年仲夏（六、七月）。書分兩部，第一部描敘
主角莫梭（Meursault）的社會活動的人際關係，時間
較短，僅第一年的夏天；第二部是他在牢獄拘禁生活
的反省，時間的延續達一年。前後兩部在敘述形式、
邏輯推理、人物象徵均呈現相異背離的寫作技巧。凡
夫俗子的莫梭在牢房裡，有時間思考與沉思，反覆回
想來時路，以及和神父間宗教議題的僵局，最終結論
是，「面對充滿預兆與星辰的夜晚，我第一次向宇宙
溫柔的冷漠打開心扉」，回絕神父引導「希望有個來
世」，自己仍眷戀塵世生活，「我牢記不忘人生就是
今生」。

▲卡繆（Albert Camus, 1913-1960）

▲《異鄉人》封面

　　《瘟疫》（*La Peste*）乙書，是「瘟疫文學」的典
型，也被歸入寓言體小說。全書分五部分。小說由發
現一隻死老鼠開始，一場瘟疫悄悄進駐阿爾及利亞北

邊港市奧蘭（Oran），市民似乎無條件的認命，順服疫病漫延的死亡。城市封鎖，病患隔離，人們都得「自己承受各自的憂苦重擔」，都在「自己家中放逐」。幾位主要人物：女職員、記者、神父、醫生，在這場神讖似的天譴災禍中，扮演中流砥柱的同盟角色，從無望的奮鬥中發揮博愛精神。黑色的瘟神，彷彿無孔不入的邪惡勢力（卡繆寫作時期德國統治下法國的傀儡政權，及相關血腥暴力；也加入地下「抵抗運動」，因而有反抗納粹－法西斯的經驗），神父佈道，告訴大家要走出「瘟疫的陰影」，醫生李爾（Rieux）堅持衝破「集體懲罰」（punition collective）的命運，「除非是瘋子、瞎子或懦夫，才會屈從於瘟疫。」（二之7）。「我覺得跟那些敗北者與聖徒更具休戚相關。我想，英雄主義與神聖同我不對味，我感興趣的是成為一個人。」（四之6）。「只生活在瘟疫裡，太笨了。當然啦！人應當為犧牲者奮鬥。」（四之6）。

卡繆在處理《異鄉人》和《薛西弗斯的神話》（*Le Mythe de Sisyphe*）時，是莫梭或薛西弗斯單獨個人的承擔厄運，對外搏鬥；在《瘟疫》，則是有共同體的眾人團結，凝聚一致的力量。掙脫荒謬的鐐銬，強調「人」的價值；反對「神」（或宗教、邪魔）的掌控，為犧牲者奮鬥，是二書（包括整個卡繆文學）相同的啟示。

前述尋父情節，為卡繆死後三十餘年才出版的未完的遺著《第一人》開頭。卡繆撰《第一人》，有意藉尋父來重建家族史。已完稿的部分，描述許多1920年代的人文風情，及童年青少年成長階段與教育。

與哥德同時期的德國詩人荷爾德林（1770～1843），有這樣的詩句：「請賜我們以雙翼，讓我們滿懷赤誠，返回故園。」詩文學的寫作者，都把他（她）們的天職定位於還鄉。家鄉就是他（她）們起程出發的點，也是他（她）們歸航落宿的點。《異鄉人》、《瘟疫》和《第一人》三書的寫作舞台，均以作者出生地阿爾及利亞為背景。《異鄉人》是首府阿爾及爾郊區和監獄，《瘟疫》發生地是奧蘭港

市，《第一人》是卡繆童年成長的地方。卡繆，他一輩子的思維都在
家鄉徘徊，魂牽夢繫著家鄉的大海與陽光。《異鄉人》這樣描述：
「我們在海灘上走了很久，陽光氣勢凌人，在沙灘上、海面上碎成
一片片的火焰。」「從沙粒，從白貝殼，從玻璃碎片反射出來的每一
道光劍，都讓我的牙床痙攣。」（一之6）。《瘟疫》裡，奧蘭城尚
未成為「悲慘之島」（三之1）時，「我們都帶著愉快的期待，歡迎
夏季。奧蘭城面向海洋，城裡的年輕人在海邊自由歡樂。」（二之
6）。《第一人》，更有激情描寫：「整片大海環繞四周業讓他有個
一望無際的視野。」「絢爛的陽光，把這些年輕軀體照射得全身歡樂
無比，他們不停地叫喊。就這樣，他們統御著生命和海洋，以及這世
界賜給他們最奢侈的這些東西。」（一之4）。

3

　　卡繆的出身是法國移民海外殖民地的第二代，原屬勞工階級。
一九五七年，他將獲獎的榮耀歸功於小學老師，在一封誠摯的感謝信
中，他寫著：「如果沒有您，沒有您那關愛的手，伸向我這麼一個
窮困的小孩，如果沒有您的教導以及楷模，所有這一切便不可能發
生。」他的成功，稱得上由阿爾及利亞的貧苦郊區（「街區那貧窮的
島嶼」……《第一人》二之2），走入法國文壇，邁進世界文學的範
例，也可以詮釋殖民地文學主從的一個特殊引子。
　　1998年，法國雜誌問卷調查公佈「二十世紀法國文學十大經
典」，卡繆獨得「十大」中的兩冊：《異鄉人》和《瘟疫》。此種情
況，類似詩人濟慈（1795～1821）有兩首詩名列英國人「最喜愛的十
首詩」。四十七歲生命的法國卡繆和二十六歲的英國濟慈，在詩文學
的活動與成績，同等受人愛戴。

相關閱讀：

莫渝譯《異鄉人》，志文出版社，1980年。

莫渝譯《異鄉人》，桂冠圖書公司，2001年。

孟祥森譯《瘟疫》，桂冠圖書公司，2000年三刷。

吳錫德譯《第一人》，皇冠文化公司，1997年。

顏湘如譯《局內局外》，台灣商務印書館，2000年。

《異鄉人》的沉思——誰是異鄉人？

一

亞爾培‧卡繆（Albert Camus）於1913年11月7日出生在法國殖民地北非阿爾及利亞的蒙多維，離首府阿爾及爾不遠。父親為來自法國亞爾薩斯的移民，從事農業工作，當酒窖工人；母親是移居阿爾及利亞的西班牙人後裔。1914年第一次世界大戰期間，年輕的父親在法國緬因河戰役陣亡，家庭經濟頓失支柱，受教育不多的母親攜孩子遷居阿爾及爾市郊，靠雜役維生。卡繆在半工半讀下完成中學與大學教育，籌組劇團，撰述哲學論文，參與報社編務，撰寫書評、報導文章、批評時局，1940年到巴黎，任職《巴黎晚報》，不久，旋離開轉往他地，擔任私校教師。1939年開始撰寫的小說《異鄉人》，1942年完稿，同年7月，在德國納粹佔領期間的法國巴黎出版。隨後，卡繆仍在書店或報社工作，繼續寫作、出版，包括《薛西弗斯的神話》（1943年），劇本《誤會》（1944年）、《卡里古拉》（1945年）、《戒嚴》（1948年）、《正義者》（1950年）；小說《瘟疫》（1947年）、《墮落》（1956年）、短篇小說集《流亡與王國》（1957年）；雜文《札記》、《時事論集》三集（1950～1958年）、《夏天》（1954年）、《斷頭台的回憶》（1957年）等。1957年10月，榮獲諾貝爾文學獎。1960年1月5日，車禍喪生。遺著有《快樂的死》（1971年）、《第一人》（1994年）等。

二

就出版的時機言，沙特（1905～1980）在半年後，1943年2月撰稿〈《異鄉人》解說〉中，劈頭直言「《異鄉人》渡過海洋（指：由

北非的阿爾及利亞橫越地中海），從赤道的另一端，來到我們這裡。在炭火短缺，淒冷清寒的春天，《異鄉人》跟我們大談太陽。」在當時的文學界，《異鄉人》的出版有如此「撥冷見日」的能耐與效用嗎？如果僅僅瀏覽《異鄉人》書裡出現五、六十次的太陽（陽光，soleil），的確達到了祛寒煨暖，更重要的該是，殖民地成長的文藝青年卡繆所寫的這部中篇小說，如何給予定位，如此銜續文學史。當然，這些問題，因為卡繆明確的法國籍身分，從出版到現在，一直都沒有被質疑過。

小說情節由母親的死到敘述者臨刑前，時間的延續，大約從初夏到隔年仲夏（六、七月）。第一部描敘主角莫梭（Meursault）的社會活動的人際關係，時間較短，僅第一年的夏天；第二部是他在牢獄拘禁生活的反省，時間的延續達一年。前後兩部在敘述形式、邏輯推理、人物象徵均呈現相異背離的寫作技巧。

故事開頭：「今天，媽媽去世了。也許是昨天，我不能確定。」平靜模糊得近乎冷漠的感覺，預伏主角與社會制約悖逆的性格。芸芸眾生類似你我的一個小人物，過著本能的、平淡的凡人生活：由1奔喪、守靈，送葬，→2重晤女友瑪莉、看電影、同睡，→3上班、回家、與兩位鄰居寒暄、替鄰居雷蒙捉刀打抱不平，→4工作、與瑪莉到海濱戲水、過夜、與兩位鄰居閒聊，→5接受雷蒙渡假的邀約、與女友瑪莉晚餐、安慰遺失髒狗的老鄰居，→6一夥到海邊渡假。莫梭順手取得鄰人交付的一把手槍，在沙灘開逛，只因對方閃晃的刀影、炎熱陽光利劍的傷眼，周圍滾燙熱風的緊迫，瞬間無意識地扣動扳機，發出響聲，破壞了均衡與寂靜。這是第一部的梗概，敘述者採流水般的日記形式（儘管未曾逐一標明日期），極瑣細地記錄，甚少做肯定的表白或傳達任何意識。出現的角色，除公司老闆外，均有各自的名字符號。兩部是同一位敘述者，但第二部，新出現的人物，如推事、律師、法警、記者、庭長、神父等，他們僅有職務之稱，並無世俗實際名字；另一方面，幾位中，尤其是律師、神父及敘述者有比較清晰的理論推演。

「就是那短促的四槍，我敲開了厄運之門」（一之6），之後，莫梭被捕入獄，第二部開始，故事情節由群體社會的廣大領域，轉進為個體私我內心省思的狹隘空間。這樣的轉變，有絕大部分的時間都是敘述者莫梭的獨白，還引錄一則舊報紙刊載的捷克新聞：黑店謀財害命的對象竟然是久別的親人（二之2）。有相當長的自我反省、自我面壁，莫梭逐漸看清自己，肯定自己，甚至自我膨脹。由不在意自己的犯案，到「就在這一刻，我才想到我殺死了一個人。」（二之1）；遭判極刑後，先是拒絕，最後雖然接受神父的安撫，卻提出兩相比較：「然而他的任何信念都比不上女人的一根秀髮。他根本不能肯定活著，因為他像一具屍體。我，看來兩手空無一物，但我能肯定自己，肯定一切，比他更肯定，我肯定我的生命，也肯定即將到來的死亡。……我過去合理，我現在合理，我永遠合理。」（二之5）生活在社會群體的神父，和個體囹圄的莫梭成為對立狀態。是否自我封閉長達一年，才會產生這樣接近瘋癲般論調？如果這樣肯定是瘋癲，那麼，莫梭的長期省思與領悟，算什麼？作者卡繆的意圖是什麼？

否定神父的抽象信念，接納女子的具體秀髮，莫梭需求的是真實的生命。如果可以這樣肯定，我們更能認同這位「反基督先生」（二之1）的不贊成宗教來生之說，神父問他你那麼眷戀塵世生活嗎？他回答：「我牢記不忘的人生就是今生。」（二之5）所以，莫梭是現實社會活生生的真實個體，但同一個現實社會卻無法容納他。

唯一的解鑰，就是「荒謬」（荒誕，absurde, ridicule）。在第一部，莫梭生活於原本社會裡，不曾自覺過「荒謬」的存在；出事後，離開原本的圈圈，轉入另一團體，才一再感受到「荒謬」、「荒謬的一生」。荒謬的產生，是兩組或多重社會道德制約引發的。書中抄錄的捷克兇案的不幸新聞，也可歸入「荒謬」之列。在《異鄉人》美國英譯版序言中，卡繆敘及：「在我們的社會，母親過世出殯時不哭者，有被判死刑的危險。」這論點還涉及殖民主從關係、宗教問題、三、四〇年代社會習俗等價值的考量。此外，奔喪探靈不該抽煙喝咖

啡等，檢察官說莫梭有「惡魔的臉孔」，指責莫梭「無益於社會」，嚴厲控告莫梭「沒有靈魂，沒有人性」，「在精神上殺害母親，不見得比親手謀害生養他的父親，較能見容於人類社會。」（二之4），積於以上因素，莫梭被判極刑。既存的社會規範與秩序認定莫梭是荒謬的，他試著要做「擺脫荒謬」的英雄。

認清荒謬，莫梭的心態坦蕩蕩的，他悟出「死」才能結束荒謬：「我感覺到該準備一切，重新生活。……面對充滿預兆與星辰的夜晚，我第一次向宇宙溫柔的冷漠打開心扉。……我終於領悟到我曾經很幸福，目前還是很幸福。……希望臨刑那天，有許多觀眾，他們用怨恨的叫喊聲迎接我。」（二之5）。

三

莫梭承認是罪犯，卻不認錯，從入獄到判刑，他不曾為自己任何先前的行為辯解，「一切發展都無須我的介入。我的命運在他們沒有聽取我的意見下決定了」（二之4）。他真的是出生地的l´étranger嗎？ 是異客外人、是陌生人局外人嗎？作者卡繆僅僅提出l´étranger的概念，並沒有強加於敘述者莫梭。孤單個體的莫梭，對抗著群體的既存社會，l´étranger身分的鑑識，似乎不能以數量人多人少做為確立的標準。

四

「要是有人把我放進一棵枯樹的樹幹裡生活，除了觀看頭頂上那一片天空之外，無事可做，我也會慢慢習慣的。」（二之2）。這是莫梭在獄中領悟人的適應程度。為求存活，人類和其他動物一樣，成正比例的忍耐與適應，才能對抗外在壓力。

五

　　書中出現「太陽」（陽光，soleil）相當頻繁，其象徵意義是矛盾的。太陽／陽光對莫梭的凌虐比照顧來的多。第一部有較多太陽／陽光的意象，第二部則換為星光；這樣陽陰的晝夜輪替，從白日走進黑夜，搭配著從群體轉入個體，也有某些隱喻吧！

六

　　沙特在〈《異鄉人》解說〉裡，取海明威的〈午後之死〉為例，試著將卡繆與海明威略加比較，透露出海明威或美國式的技巧給予卡繆的影響。卡繆的《異鄉人》和海明威的《老人與海》同為20世紀重量級的中篇小說，前者出版於1942年，作者時年29歲，是法國文壇新人；後者出版於1953年，作者時年53歲，是世界文學老將。相對於文學冠冕的諾貝爾獎，海明威在1954年獲獎，卡繆則遲三年於1957年獲得；卡繆1960年車禍身亡，海明威則挑選次年（1961年）自殺。以上的排比，雖非刻意，仍顯示某些冥中巧合。

　　跳脫卡繆學習的寫作技巧，更多的評論家跟沙特一樣，肯定青年卡繆的《異鄉人》早就銜續法國十八世紀伏爾泰（1694～1778）的作品了。而幾乎同時出版，卡繆的《異鄉人》（1942年7月）和聖修伯里的《小王子》（1943年4月）二書，可以並列為既通俗又能引人哲思的20世紀法國文學的精品。

（2001.04.09.～04.30）

卡繆年表

1913年　11月7日出生於阿爾及利亞康士坦丁省蒙多維村（Mondovi, Cons-tantine）

1914年　第一次世界大戰爆發，父親劉西安‧卡繆（Lucien Camus）於馬恩河（The Marm）之役陣亡。

　　　　與母親凱莎琳‧桑特（Catherine Sintes）移居阿爾及爾市郊工人住宅區培爾克。母親做雜役維持家用。因母親身體羸，卡繆及其兄事實上是由外祖母撫養長大的。

1918年　進培爾克公立小學。

1923年　獲獎學金入阿爾及爾中學（現已改名亞伯特‧卡繆中學以紀念一代文人）。

1930年　取得大學入學資格。參加阿爾及爾學生體育協會足球賽，任守門員。染患肺結核。

1933年　第一次結婚，妻名西蒙妮‧海（Simone Hie）

1934年　參加共產黨阿爾及爾支部政治活動。

1935年　開始寫《手記》（Cahiers）。

　　　　6月，獲哲學學士學位。寫有關西班牙礦工叛亂的戲劇，但未獲准上演。

　　　　研究蒲魯太納斯（Plotinus羅馬哲學家），寫碩士論文。

　　　　這期間，從事各種工作維持生活，並為氣象研究所工作。

　　　　著手寫《裏與表》（L'Envers et L'Endroit）

1936年　5月，提出論文《論新柏拉圖主義與基督教思想》順利通過。

　　　　《歐斯杜希的叛亂》由阿爾及爾市夏爾洛出版社刊行。

　　　　隨阿爾及爾電台巡迴劇團到各地表演。

第一次婚姻破裂。夏天，到奧地利旅行，而後經過步拉格，義大利回國。

1937年　出版《裏與表》。

夏天，因健康問題被拒絕哲學教授的資格考試，赴法國恩布蘭，而後經義大利回國。

拒絕接受教師職位。退出共產黨。

1938年　10月，獨立日報《阿爾及爾共和報》創刊，由巴斯卡・比雅（Pascal Pia）任主編，邀卡繆參加編務。

卡繆的第一篇文章於10月10日刊出。

卡繆的文章以書評為主，其他性質的文章亦不少。

完成《卡里古拉》（Caligula）

1939年　1月至3月，在《阿爾及爾共和報》發表的一系列文章，使米雪兒・荷頓獲判無罪。

7月，發表十一篇文章揭發卡比利里地區的貧困情況，批評政府的政策。其中較重要部份於1958年以《時事論集（三）》（Actuelles III）出版，部分於1960年譯成英文，題名《反抗、反叛和死亡》（Resistance, Rebellion, and Death）。

9月，任《共和晚報》主編，以冉・莫梭（Jean Mersault）筆名發許多文章。

出版《結婚》（Noces）。開始執筆《異鄉人》。

志願從軍，因健康欠佳被拒。

1940年　1月至2月，《共和晚報》和《阿爾及爾共和報》同時停刊。

卡繆因政治理由，無法在阿爾及爾工作，赴巴黎，巴斯卡・比雅為他安插在《巴黎晚報》任職。卡繆不喜歡此報，未在該報發表文章，只做排字工人。

六月，離開巴黎及《巴黎晚報》，赴克雷蒙・菲蘭，轉

赴波都和里昂。

9月，開始寫《薛西弗斯的神話》（*Le Mythe de Sisyphe*）。

12月，與法郎西妮‧佛爾（Francine Faure）再婚。

1941年　回奧蘭（Oran），暫時在私校任教。

完成《薛西弗斯的神話》。

12月19日，德軍處死卡布里埃‧貝里。這事件引起卡繆全心反抗德國人。

1942年　回法國。

7月，由迦里曼書店出版《異鄉人》（*L'Etranger*）。

參加里昂地區的地下抗德運動。

肺結核復發。

1943年　出版《薛西弗斯的神話》。

發表《致德國友人書》的第一封。（英譯收入《反抗、反叛和死亡》）。

《戰鬥報》派他去巴黎。

此時，他在巴黎文學圈內已頗知名。

加入加里曼書店。

卡繆為怕外人誤會他出書是以賺錢為目的，終身未離開此職。

1944年　8月，任《戰鬥報》主編。

他以匿名發表的社論，是德軍佔領期間全國人民的希望所繫。

戲劇《誤會》（*Le Malentendu*）第一次上演後出版（寫於1942至1943年）。

1945年　仍在《戰鬥報》工作，但較少發表文章。

9月，戲劇《卡里古拉》初演。

出版《致德國友人書》及《對反叛的註解》，是《反叛

的人》（L'Homme Revolte）的序章。

雙胞胎卡德琳和冉出生。

1946年　赴美國。完成《瘟疫》（La Peste, 又名《黑死病》）。

1947年　6月，出版《瘟疫》，佳評如潮。

6月3日，因財務拮据，影響獨立的編輯方針，卡繆離開
《戰鬥報》。

1948年　10月，《戒嚴》（L'Etat de Siege）初演。

1949年　6月至8月，赴南美洲演講，當時情形，詳記於《手
記》。因病，需長期療養。

1950年　出版《時事論集（一）》。

初演《正義的人》（Les Justes）。

1951年　出版《反叛的人》。

1952年　11月，聯合國允許西班牙佛朗哥政權加入國際文教組織
（UNESCO），卡繆辭去擔任該組織的職務，與沙特決
裂。

1953年　在阿爾及爾藝術節，取代馬賽爾‧里蘭爲製作人。

出版《時事論集（二）》。

1954年　出版《夏天》（L'Ete），係1939年至54年所寫的論文選
集。

1955年　赴希臘旅行。

加入《快報》再度從事新聞工作。

「阿爾及利亞戰爭」爆發，呼籲參戰雙方保護平民。

1956年　出版《墮落》（La Chute）。

改編福克納的《修女安魂曲》，在馬周蘭劇場演。

1957年　出版短篇小說集《放逐與王國》（L'Esil et le Royaume）。

出版《斷頭台的回憶》（Reflexions sur la Guillotine）。

10月17日，斯德哥爾摩皇家學院爲了「酬答他帶給人類
良知的功績」，將諾貝爾文學獎頒給卡繆。

1958年	出版《時事論集（三）》，收集1939至58年所寫有關阿爾及利亞論集。
1959年	改編杜思妥也夫斯基的《附魔者》。
	繼續寫《第一個人》（*Le Premier Homme*），未完成。
1960年	1月2日，車禍，遽逝。
1962年	出版《手記，1935年5月～1942年2月》。
1964年	出版《手記，1942年1月～1951年3月》。
	義大利名電影導演維斯康堤導演《異鄉人》。
1971年	出版《快樂的死》（*La mort heureuse*）。

語言迷宮的設計大師
（撲朔迷離的窺視者）

——霍格里耶的《窺視者》、《嫉妒》、《在迷宮裡》

1950

年代，剛過世的紀德（1951年）影響仍在，沙特、卡繆（1957年諾貝爾文學獎得主）正竄紅；幾位年輕一輩的作家，將作品齊聚一家小出版社——「子夜出版社」（Le Éditions de Minuit，1941年成立）。七年間（1953-59年），先後推出霍格里耶（Alain Robbe-Grillet, 1922～）的《橡皮》（*Le Gommes*, 1953）、《窺視者》（*Le voyeur*, 1955）、《嫉妒》（*La Jalousie*, 1957）、《在迷宮裡》（*Dans le labyrinthe*, 1959），畢陀（Michel Butor, 1926～）的《途經米蘭》（*Passage de Milan*, 1954）、《時間的支配》（*L'Emploi du Temps*, 1955）、《變心》（*La Modification*, 1957），西蒙（Claude Simon, 1925～）的《風》（*Le Vent*, 1957），連同稍早薩侯特（Nathalie Sarraute, 1900-1999）的《陌生人畫像》（*Portrait d'un inconnu*, 1948），受到文學批評界的青睞和頻頻獲獎；再經歷十年的努力與傳播，1970年代起，這些作家這些作品，為學院與精英分子及大眾的接納，形成了「新小說」（Le Nouveau Roman）「四人幫」的小集團，或稱「子夜派」；西蒙更於1985年榮獲諾貝爾文學獎，而主導者霍格里耶則一直被尊為新小說的「教皇」、「旗手」、「首席代表」。霍格里耶於1997年10月22至27日抵台訪問，受到學界、文壇、媒體熱烈的歡迎；學界裡，中央大學劉光能教授曾先後與大師訪談兩次（1978年、1987年）。稍早，另一位「新小說」大將畢鐸，在1991年10月中旬也到過台灣。

霍格里耶（Alain Robbe-Grillet，一譯：羅伯格里葉），1922年8月18日出生於法國西部港市貝斯特（Brest）。1942年畢業於國立農學院，1945年擔任農藝工程師，1949年，從事生物學研究，擔任殖民地果蔬學院工程師，1950至51年先後派往摩洛哥、幾內亞等法屬殖民地。1951年，居留非洲進行研究工作時患病，於返國的輪船上，構思寫成《橡皮》（*Le Gommes*）一書。在此之前，1949年曾撰寫《弒君者》（*Un Régicide*）文稿，當初洽詢出版社，遭拒，輾轉到「午夜出版社」時，霍格里耶已完成新稿，由《橡皮》取代《弒君者》，先行

於1953年推出，《弒君者》則延至1978年。小說《橡皮》問市後，並未引起軒然大波，但作者開始轉行投入小說創作，從1955年起，接受「午夜出版社」老闆藍東（Jérôme Lindon）的邀聘，擔任文學顧問（至1985年），網羅同類文學傾向者的作品，形成「新小說」文學重鎮，並跨進電影工作；每一、兩年均出版一本小說或製作一部電影。迄今，已出版小說《窺視者》（*Le voyeur*, 1955）、《嫉妒》（*La Jalousie*, 1957）、《在迷宮裡》（*Dans le labyrinthe*, 1959）、《去年在馬倫巴》（*L'année dernière à Marienbad*, 1961）、《快照集》（瞬間留影, *Instantanés*, 短篇集, 1962）、《不死女》（*L'immortelle*, 1963）、《幽會屋》（*La maison de rendez-vous*, 1965）、《紐約的一場革命計畫》（*Projet pour une révolution à New-york*, 1970）、《歡樂漸行漸遠》（*Grlissements progressifs du plaisir*, 1974）、《弒君者》（*Un Régicide*, 1978）、《回憶金三角》（*Souvenirs du Triangle d'Or*, 1978）、《琴》（*Djinn*, 1981）、《安潔莉，或蠱惑》（*Angélique ou l'enchantement*, 1988）、《柯林特的晚年》（*Les derniers jours de Corinthe*, 1994）、《重複》（*La Reprise*, 2001）等；文學論集《為新小說辯》（*Pour un nouveau r oman*, 1963），自傳《鏡光回照》（*Le miroir qui revient*, 1984）等；電影《去年在馬崙巴》（*L'année dernière à Marienbad*, 1961）、《不死女》（*L'immortelle*, 1963）、《歐洲特快車》（*Trans-Europ-Express*, 1966）、《撒謊之男》（*L'homme qui ment*, 1968）、《與火嬉戲》（*Le jeu avec le feu*, 1975）、《美女俘虜》（*La belle captive*, 1981）等。

▲ Alain Robbe-Grillet

《窺視者》一書1955年出版。旅行推銷員馬第亞斯（Mathias）為了推銷手錶，搭船到小島故鄉，預計當天趕回。偶然間，得知13歲女孩雅克蓮（Jacqueline）獨自在海邊懸崖處牧羊，租騎自行車前去。到了中午，街上流傳雅克蓮失蹤的消息。第二天，發現女孩屍體。馬第亞斯重返海邊，想找前一天留下的三根煙頭，巧遇雅克蓮的情侶于連（Julien）在附近徘徊，並向馬第亞斯出示煙頭，暗示他目睹姦殺過程。但，于連沒有檢舉，於是，馬第亞斯可以無事地離開小島。整個故事的情節簡單，卻撲朔迷離。讀者若直覺想從書名探究「誰在窺伺，被窺伺的對象是誰」，可能失望。這本書原先的書名voyageur（旅行者），出書前，意念一閃，刪除中間a g兩個字母，改為voyeur（窺伺者）；這過程，隱藏著作者的用心——開發閱讀的角度。

　　《嫉妒》一書，時間點僅當天的黃昏至夜晚。相識的兩對夫妻：敘述者和A---、福藍克（豐，Franck）和克里絲婷（琦香，Christians），小弟（黑族的土著傭人），組成書中角色。敘述者懷疑妻子A---和福藍克（豐）有染，暗中窺伺兩人的行動。敘述者和克里絲婷（琦香）並未在書中露臉。全書是敘述者的視覺活動，兼內心獨白，時而當下的景與物的描繪，時而回顧式的敘述，都是他個人的想像，是意識流的技法。不容易看出誰在嫉妒，被嫉妒的對象是誰。就心理學言，從猜疑的「偷窺」，到「嫉妒」的萌生，是常人之情。通常，拉簾式用persienne，板窗則用volet，作者以La Jalousie（百葉窗／嫉妒）引發雙關語為書名，暗示給予讀者想像的空間，因為窗簾的隔離產生「偷窺」的好奇，進而萌生「嫉妒」的心理。百葉窗的開啟或闔閉，也吻合嫉妒的萌生或隱失。

　　《在迷宮裡》一書，敘述一名士兵，從敗北的戰場來到一座城市，約好在路口街燈處會晤，將陣亡袍澤的盒子遺物，交還家屬（戰友之父）。城市的街巷幾乎一模一樣，天又下著雪，一連數日，士兵卻像夢遊者（somnambule）在迷宮般的城市打轉，找不到會晤地

點，完成不了任務，最後遭到槍擊，死在醫生家前。書中背景有點類似1940年法國戰敗降德與納粹德國佔領初期的低迷氣氛。至於一再暗示雪景紛飛的景象，也讓人聯想到雨果在描寫拿破崙敗戰的長詩〈懲罰〉（天譴，L'éxpiation）中，一再以「雪落著」（Il naigeait）引題的表現技法。故事中，出現的小孩、女人，連士兵都沒有名字，沾染卡夫卡的主題，卻有偵探（推理）小說的懸疑情節。

▲中譯版《妒》封面書影

霍格里耶小說中，穿插偵探推理小說的情節，似乎不曾減少過。《橡皮》中，杜邦教授被槍殺、偵探瓦拉思購買橡皮；《在迷宮裡》，不斷重複那名士兵經過十字路口，向小孩問路。1981年的小說《琴》再三出現相同景物。1966年電影《歐洲特快車》一樣安排偵探情節。推理小說情節的穿插和夢遊者般夢囈的獨白想像，成了霍格里耶小說的獨門標誌，有人稱之「異色偵探小說」。

▲中譯版《窺視者》封面書影

《橡皮》出版時，文壇反應平淡；兩年後的《窺視者》，即獲評論家獎（Prix des Critiques）。但書中「迷亂書寫」的技巧，遭保守勢力的撻伐，如：指其著作「只不過是農藝工程師的筆記」；另一方面，卻獲得前衛文評家，尤其是：巴岱伊（Georges Bataille, 1897～1962）、羅蘭‧巴特（Roland Barthes, 1915～1980）、布朗修（Maurice Blanchot, 1907～2003）等人士的大力支持。羅蘭‧巴特將他描繪成一幅小說界哥白尼（Copernic, 1473-1543）的畫像，「一種無在場證明無厚度無深度書寫的創造者」，巴特還宣告未來的小說將是：表面小說。《嫉妒》出版後，更蒙同輩「新浪潮」電影導演雷奈（Alain Resnais, 1922～）

▲法文版《妒》封面書影

▲ Alain Robbe-Grillet導演
《不死女》

▲《美女俘虜》

的激賞，力邀寫作劇本《去年在馬倫巴》（1961），而跨行電影；此後，在平面與立體的視覺閱讀，和聽覺感受，同時揮灑才華，展現實力，使得這位「農藝工程師、電影藝術家、小說家」（ingénieur agronome, cinéaste et romancier），贏得新小說的「教皇」（Le pape）、「旗手」、「首席代表」等美譽，還有的稱之為「煉金師小說家」（romancier alchimiste）。

　　19世紀中期以來，形塑了師承巴爾札克式寫作章法的傳統法國文學理念，到20世紀40、50年代，出現「反小說」（anti-roman）、「反戲劇」（anti-théâtre）的革新舉動，卡繆的《異鄉人》（1942年）已有「反小說」的傾向，接著，蛻變成「新小說」的潮流。霍格里耶在一次訪談時，道出他的文學之父是「福婁拜」，他的文學承襲了「福克納、卡夫卡、喬伊斯、普魯斯特、沙特的《嘔吐》、卡繆的《異鄉人》的文學。」他還提到文學是「一場文字奇遇記」（une aventure des mots）。由這幾個基礎認知，可以接觸霍格里耶等人的新文學作品。另外，「新小說」的有幾項特點：讀者扮演文本的主要角色、場景的描寫取代情節的敘述、時空交錯併貼、再三……等等。霍格里耶認為「每個時代有每個時代的寫實主義」，因而，「新小說」亦被稱為「新寫實主義」，是屬於當代（二戰之後迄今）的新寫實主義，它已經攻佔我們的閱讀心靈。去年（2002年）霍格里耶八十大壽，有關他的訪談、評論，紛紛出現於出版社與文學期刊，形成精彩溫馨的「霍格里耶事件」。

註：貝斯特（Brest），法國西部不列顛的港口，1940～44年間因遭受轟炸而全毀。一般地理圖集，譯作布勒斯特、布列斯特。裴外的詩〈芭芭拉 Barbara〉以此地為背景。

相關閱讀：

劉光能譯《妒》，桂冠圖書公司，1997年。

鄭永慧譯《窺視者》，桂冠圖書公司，1997年。

熊劍秋、李興業譯《橡皮》，天肯文化公司，1995年。

劉光能主編《法國「新小說教皇」霍格里耶》專刊，桂冠圖
書公司，1997年。

胡品清著《法國文壇之「新」貌》，華欣文化事業，1984年。

胡品清譯《安妮的戀情──法國「新」小說》，國際翻譯
社，1978年。

胡品清譯《丁香花──法國「新」小說選》，楓葉出版社，
1985年。

張容著《法國新小說派》，遠流出版公司，1992年。

▲Alain Robbe-Grillet導演
《不死女》影星 JUPITER

【法國「新小說」】專輯劉光能策畫，《聯合文學》45期，
1988年7月

【畢宇鐸赫與新小說】專輯，《當代》雜誌68期，1991年12
月1日

蔡戀棠文：法國新文學的旗手《現代學苑》8卷1期

蔡戀棠文：法國新文學作家及其作品（上）（中）（下）
《現代學苑》9卷7-9期

▲法文版《重複》封面書影

鄉村詩人愛驢子
——賈穆詩集《從晨禱到晚禱》和《春花的葬禮》

法國抒情詩由15世紀的維邕（1431～1461？）開始長河的源頭，他是巴黎詩人，隱約中，也形塑了都會詩人的濫觴，那個時候，巴黎還只是法國領土的一個小星點。然而，縱觀凝聚法國詩史近六百年（15～20世紀）的頂尖風騷人物，都不脫離塞納河畔的吟唱與徘徊。屬於廣大外省地區的詩人屈指可數，他們的聲音隱藏在史冊的陰暗角隅。當波德萊爾（1821～1867）以「信天翁」這種海洋巨禽自許，呈現不可一世的萬丈豪情，同時，自我調侃詩人墜落塵寰的窘態，還說：「長久以來，傑出詩人早已瓜分詩領土中最錦繡的地區，我要做些別的事情。」波德萊爾終於成就了他個人的詩藝，也使「法國詩走出了國境」。畢竟，他依舊屬於都會型的巴黎詩人。「他是都市的兒子，他是巴黎叫喊地獄的詩人。」（比利時詩人魏哈崙Emile Verhaeren評語）。

以這樣城鄉區隔的觀點，我們注意到馮西・賈穆的位置及其自適。

馮西・賈穆（Francis Jammes, 1868～1938），1868年12月2日出生於法國南方庇里牛斯山下的杜爾奈。1886年，開始寫詩；1891年，印製出版詩集小冊。1897年在《法國水星》（法國信使）雜誌發表〈賈穆主義宣言〉，提倡田園與宗教的寧穆單純生活。1898年的《從晨禱到晚禱》和1901年的《春花的葬禮》兩冊詩集，是他早期詩的總集與代表作。進入20世紀，他仍創作不輟，出版二十餘冊詩集，包括《蜜光》（1908年）、《基督教農事詩》（1912年）、《拉封登的墓園》（1921年）、《四行詩集》（1923～25年）、《我的詩意法國》（1926年）等。賈穆一生遠離巴黎，在法國南部歐爾岱與哈斯帕宏兩地過著寧靜的鄉居生活，偶爾到巴黎會見當代詩人與作家。1938年11月1日病逝。過世後，由妻子整理再印行詩集《泉與火》（1944年）。

賈穆的詩，主要在記錄與描敘鄉間的生活、大自然的恬靜及宗教信仰的虔誠。這些傳達與記錄，呈的「真摯」（sincérité），深受

大家尊敬。最早由紀德（1869～1951）的書信給予肯定：「感謝您寄詩給我的盛情！……我喜歡……這眞摯會讓您感受到感覺的存在與眞實，即使尚未表現的也一樣。」（1893年）。古爾蒙（1858～1915）的看法是：「這是一位詩人。其眞摯近乎令人困惑，不止樸素，更因爲傲氣。」（1898年）。從眞摯出發，賈穆的詩國於焉建立。

　　鄉居生活和大自然界的動植物，都是他筆下的角色，這一點，頗似17世紀的拉封登（1621～1695）。拉封登以《寓言集》12卷二百餘首作品，留名後世。拉封登自言《寓言集》是「一齣互不相同的百幕大喜劇」，其舞臺背景則爲法國外省（巴黎以外的省份）的鄉間景色。出現在賈穆詩中的主配角，植物有：風信子、葡萄樹、葡萄藤、玫瑰、椴樹、金雀花、松木、松果、白荣、胡桃樹、烏木樹、梨樹……等，動物有：狗、粗毛狗、禿鷹、鶴、鴿子、黃蜂、鵝、鴨、雞、驢子、牛、燕子、山羊，蒼蠅……等，人則有：農民、農婦、牧羊人、某某家族、詩人、上帝……等。

　　動物中，出現最顯著的角色是驢子。驢子，哺乳類奇蹄目動物，比馬小，耳朵特長，性情溫順，能負重耐勞。法國文學史上，19世紀傑出童話女作家瑟居伯爵夫人（Comtesse de Ségur, 1799～1874），著有《驢子回憶錄》（1860年）乙書，借驢子卡迪松的回憶活動，爲年幼一輩講述故事，其實，驢子卡迪松就是說話故事者祖母級瑟居伯爵夫人的替身。小說家都德（Alphonse Daudet, 1840～1897）的〈高尼爾先生的祕密〉（《磨坊文札》第3篇），故事中駄負表面是

FRANCIS JAMMES

Si bonne sur pieds que fût la bonne bête,
elle semblait se raccourcir et ramper.

— Amour, ou Loués à l'Ânesse des Archives
Francis JAMMES

麵粉袋實際是碎石塊的驢子，同高尼爾先生一樣，面對社會轉型，固執、溫和、無奈。賈穆筆下的驢子，不脫一般人的認知，是溫順（doux）的代表，如同他常用的類似字眼：卑微的（humble）、謙遜的（modeste）相關字等。他在詩集《從晨禱到晚禱》的〈前言〉說：「我的上帝，你在人群中喚我。／我來了。我受苦，我愛。／我以你賦予我的聲音說話。／我以你教我雙親，而他們也傳給我的文字寫作。我像一頭載貨的驢子，走在路上，受孩子們揶揄，也被他們摸頭。當你願意的時候，我就前往你要我去的地方。」

賈穆喜歡驢子，自然為牠賦詩，他沒有特定的單隻寵驢，如西班牙希梅尼茲（1881～1958，1956年諾貝爾文學獎得主）的《普拉特羅和我》（另譯名：灰毛驢與我，1914年作品）。賈穆「驢」詩裡的寵物，有時單，有時群，都是他疼惜的至愛，如〈驢子還小，滿身雨點〉、〈我愛這隻溫順的驢子〉、〈為帶著驢子上天堂祈禱〉……等。第一首的背景是聖誕夜，婦人帶著小女孩和拉貨車的驢子，賣完松木和松果後，返回村子，聖誕夜，使她們想到：

　　這隻驢子就像馬槽中的那隻
　　在涼涼的黑夜裏望著耶穌：
　　一切沒變，沒有一顆星

在詩中，賈穆很細膩地描繪鄉間驢子的動作：這些驢子非常溫柔的擺動長耳，細而結實幌動的腿部。第二首〈我愛這隻溫順的驢子〉是詩人的代表作，描寫驢子擺動長耳，為了防範蜂螫。詩裡有三小節，道出無言的心聲：

　　牠留在畜棚
　　很是疲憊、悲慘，

因為牠那可憐的小腳
走得夠累了。

從早到晚
牠做著苦工。

儘管如此悲苦狀，賈穆還調侃了自己，他說：「我的
女友認為牠笨／因為牠像個詩人。」「十四首祈禱
詩」的第八首〈為帶著驢子上天堂祈禱〉，是詩人更
謙卑地祈願：

讓我在這些牲畜中出現你面前
我深愛牠們，牠們低垂著頭
溫順地，停下來並攏小小腳
那樣溫順，惹人憐愛。
……
上帝，讓這些驢子和我同到您面前。
讓天使靜靜地帶領我們
走向林木茂密的溪流，那兒擺動的
櫻桃樹像歡笑少女肌膚般的光滑，
在靈魂的居所裡，讓我俯身
您的神聖水流，我願同驢子一樣
從牠們卑微溫順的貧陋，鑑照出
永恆之愛的晶瑩剔透。

上帝（Dieu）、我的上帝（mon Dieu）、天主
（Seigneur），是他最常呼喚及與之交談（傾訴）的
對象。於此，以〈帶著你藍色的傘〉為例，牧羊人

趕著羊群到山上放牧，山嵐罩頂，冥冥中，詩人感受到一股虔敬的
氣氛：

> 就在那兒，山嵐旖旎虛掩峰頂。
> 就在那兒，翱翔著頸部褪毛的禿鷹，
> 暮靄中燃起赤紅炊煙。
> 就在那兒，你靜肅的注視
> 上帝的氛圍瀰漫於此廣袤天地。

　　恬適的氛圍瀰漫於此廣袤天地，也散溢著大自然與宗教結合的靈
感。古羅馬詩人維吉爾（Virgil, 70～19 B.C.）寫了一部《農事詩》，
採接近史詩寫作方式，分四卷，描寫有關農村生活、農地操作、農事
經營、田園管理、畜牧養殖、養蜂取蜜等農業說教性質的詩歌，也歌
頌政治人物，摻入宗教與哲學領域，將審美記實的詩文學，提昇到社
會及民族的主題，產生「文以載道」效用，詩中蘊含維吉爾的哲理：
世事紛紜多變，只有更迭的四季循序漸進，永恆長久，個體只有在田
園操作與自然美景，享受樂趣獲得撫慰。賈穆則在1911年出版的《基
督教農事詩》，這是他有意銜接歷史使命的意圖。準此，賈穆堪稱法
國的「田園詩人」，足以比美於自稱「我是最後一位鄉村詩人」的蘇
聯葉賽寧（1895～1925），和被尊為「工業時期的田園詩人」的美國
佛洛斯特（1874～1963）。
　　法國詩人戴瑞姆（Tristan Derème, 18889～1941）著有《橘色野
驢》（1939年）乙書，書內有詩句：

> 馮西・賈穆，你的鬍子佈滿星星
> 你眼看漲鼓著愛的風帆的
> 船隻在寂靜空氣中航行
> 海水正湧向神秘的天堂。

這樣的文詞，既素描了外貌，也兼具捕捉心靈，稱得上貼切的寫照。

（賈穆，中文譯名另作：耶麥、賈慕、雅姆、雅姆斯、雅默、賈曼、賈瞞斯、詹姆士、日阿姆……等。）

相關閱讀：
胡品清著《迷你法國文學史》，桂冠圖書公司，2000年。
胡品清編譯《法蘭西詩選》，桂冠圖書公司，2000年。
莫渝編譯《法國20世紀詩選》，河童出版社，1999年。
莫渝譯《雅姆抒情詩選》，河北教育出版社，2004年。

湧動生命的詩哲

——梵樂希的〈海濱墓園〉、《文藝論集》

1945

年，瑞典皇家學院傳言，因戰爭停辦（1940～43年）的「諾貝爾文學獎」，以及年邁亡故錯失得獎的遺憾，預定頒給法國梵樂希（時年73歲），當事人卻於戰事結束喜悅之際病逝，無緣增光。然而，十月間的國葬儀式，依然讓這位文豪繼1885年雨果之後，享有殊榮。

保爾‧梵樂希（Paul Valéry, 1871～1945），1871年10月30日出生於法國南方頻臨地中海的謝特（Sète）小鎮，父親科西嘉人（自1768年，科西嘉即納入法國領土），母親義大利籍。先組輩多從事海員的血緣，加上碧海波濤耳濡目染的地緣，讓梵樂希提早夢想踏進海軍官校讀書，希望能在海疆施展鴻圖，另方面，學生練習簿亦出現早期詩作的塗鴉，這時1884年，小學畢業階段，「詩歌」與「海洋」就在幼小心靈裡萌生滋長。隨後，全家遷居蒙伯里（Montpellier），於此接受中學教育，1888～92年進入蒙伯里大學習法律；安德烈‧紀德的叔父查理‧紀德正好擔任法律系教授。大學時，對建築學、數學、物理學、音樂發生興趣，廣泛閱讀雨果、葛紀葉、波德來爾作品，接著，藉由余斯曼（Joris Karl Huysmans, 1848～1907）的小說《逆流》（A Rebours），發現馬拉美（Stéphane Mallarmé, 1842～1898）、魏崙、古爾蒙等象徵主義詩人群，也嘗試對外發表，資料顯示1889年寫了約80首詩。隔年，結識彼埃‧魯易（Pierre Louÿs, 1870～1925，《比利提斯之歌》和《阿芙羅蒂》的作者），與紀德（André Gide, 1869～1951）訂交，三人年歲相仿，友誼甚篤；進而，出入馬拉美在巴黎羅馬街5號住家的「禮拜二聚會」（Les Mardis），文學前途似乎亮麗般閃爍。1892年10月，陪雙親到義大利熱內亞旅遊，因迷戀一位西班牙女子，導致情感風暴的危機（10月4-5日），他認為「要是不能從事智力的高級訓練，文學就不會變成渴望。」遂離開詩壇，專心研究數學與哲學。1894年，移居巴黎，繼續參加馬拉美的詩會，但不寫詩，同時供職國防部編輯工作，至1900年，轉任哈瓦斯通訊社（L'Agence Havas）主管特別祕書（1900～22年），開

啓「展望世局」的視野，閒暇則沉潛閱讀，將近二十年間，每日清晨進行精神思索的筆記，舉凡哲學的認識論方法論，關於創造、夢境、時間意識等心理學，文明技術、歷史與命運等等的反思，文化與政治，意識與科學，語氣與寫作……等，都納入他的「札記」（Cahier），這些龐雜有序的思維，一部分凝聚成《達文西方法論導言》（1895年）《與戴斯特先生的夜晚》（La soirée avec M.Teste, 1896年）、《歐帕里諾或建築師》（Eupalions ou l'Architecte, 1923年）三部著作，書中達文西、戴斯特、建築師三人，都是梵樂希虛擬的精神人物，心靈交談的友人。1912年，紀德與出版商邀約整理出版早年詩篇，未果；但已經著手蘊釀新作，至1917年，發表長詩〈年輕命運女神〉（La Jeune Parque），引發詩壇注意。1920年出版詩集《舊作集錦》（L'Album de vers anciens），1922年出版詩集《幻美》（Charmes），內收〈海濱墓園〉

等21首長短詩，深愛詩文學界的器重，被譽為「當代最偉大的詩人」。1925年，選入法蘭西學院院士。隨後，在各處學術機構演說與講授詩學；1937年，美國哥倫比亞大學授予榮譽博士；1944年8月6日，到香榭里榭參加戰後解放遊行；應戴高樂將軍邀請，在法蘭西劇院朗誦自己的詩。1945年7月20日病逝。詩人就讀的蒙伯里大學，更名為保爾・梵樂希大學；詩人在巴黎定居（1902年起）的住街──維爾求斯Villejust街40號──也更名為保爾・梵樂希街，以為紀念。梵樂希一生詩創作量不多，未及百首，卻以「詩哲」、「20世紀法國最偉大的詩人」享譽文壇。除詩集外，尚有論著多冊，如《靈魂與舞蹈》（L'Áme et la

▲梵樂希（Paul Valéry, 1871~1945）

Danse, 1925年）、《雜文集》（Variétés, 1924～1944年）五冊、《展望世局》（Regards sur le monde actuel, 1931年）、《全集》（1931年）、《與安德烈‧紀德書簡集》（Correspondance avec Gide, 1955年），另，翻譯義大利詩人但丁、佩脫拉克的詩（1892年）、維吉爾《田園詩集》12首（1942年）等。加里曼書店於1957年「七星叢書」印製兩冊《梵樂希著作集》，1977年重新印製《梵樂希著作集》和《梵樂希札記集》各兩冊，每冊約1700頁，是較完整的全集。

〈年輕命運女神〉（La Jeune Parque）是梵樂希躍登詩壇的里程碑。Parque，係衍自拉丁字，等於古希臘的Moïrai；Parque，英文Fates，古典神話中掌管生、死、命運的三女神之一，她們分別為：Clotho（主宰出生，手持紡紗）、Lachesis（決定命運，攜帶紡錘）、Atropos（負責剪斷生命線，攜帶剪刀）。詩人以四年（1912～1917）的時光，構思此512行的長詩，為求精密（subtile, subtilité），用掉約600頁的草稿，寫完後，題贈安德烈‧紀德，刊登在《新法蘭西評論》（紀德主編），這時距離他告別詩壇達20年（1897～1917），長期的沉潛，不是死寂，而是伏流，重新噴湧地面，瞬間，驚豔詩壇及文學界。這首長詩主旨：面臨理智可行性與世界現實之間的困境，喚醒年輕命運的良知，象徵人類發展的第一階段。

《幻美》詩集是梵樂希智慧成熟的重要詩集，Charmes 一字，有嬌媚、誘惑、邪法、符咒……之意，引自拉丁文Carmins，此字含雙重含義，即「詩篇」（poème）與「蠱毒」（incantation）；為此，1942年，梵樂希親自替詩集加上副標題：幻美即詩篇（Charmes, C' est – à-dire Poèmes）。詩集共21首詩，以篇幅長度言，不到30行者計11首，這些短詩，帶象徵意味，梵樂希亦自言：「我的詩篇有足以授人口實的意義。」長詩方面，它們揭示出作家關於藝術，或人類關於命運的最重要問題。〈黎明〉一詩表明作品的誕生，〈棕櫚〉則是作品的完成；〈圓柱之歌〉、〈詩〉、〈畢蒂〉、〈扛槳者〉是針對本能所激發的啟示；〈水仙〉是詩人內心的獨白；〈致法國梧桐〉和〈蛇

的詩稿〉是詩人同宇宙的關係;〈海濱墓園〉則為正
午烈陽下,生與死、動與靜、生物與非生物的凝思。

　　〈腳步〉為詩集內短詩之一,排序第六,每節4行
有4節計16行;「腳步」,或「跫音」,可以明指作者
對情侶間柔情蜜意的期待,也可暗喻詩人對某一未確
定物(或者是靈感閃現)的降臨:「你的腳步,我寧
靜時的產兒,/神聖地姍姍移動,/朝向我清醒的床
榻/舉止靜悄卻冷然。」(首節4行),寂寞寧靜的時
刻,極易讓人追憶日常煩瑣生活中遭忽略的事物,這
時,詩人期待的事物即孕育而生,以至出現最大的期
望「我能猜到的所有恩賜/都藉這雙裸足靠近我!」
(第7、8行),這是靈感極致的發揮,也是詩人對情
侶豐盈愛意的高度表達;結尾2行:「我活著乃為了等
您/且我的心不過是您的腳步」。象徵主義詩人所經
營的意象,不似浪漫主義的明白直洩,詩的內裡可以
引發多層次的感受。

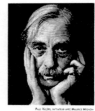

▲梵樂希明信片

　　如果可以選一首詩來界定詩人或給予聯想,像19
世紀的韓波等於〈醉舟〉;那麼,等同梵樂希的必然
是〈海濱墓園〉。這首每節6行有24節計144行的長
詩,自1920年在《新法蘭西評論》發表以來,引起不
少評論與闡釋,詩中極富哲理,今依一般解說將大意
略述於下:(1)1-4節──詩人靜觀大海,而大海在
正午的豔陽下閃燦靜止,隨後詩人由靜觀轉入出神。
(2)5-8節──人類被這種透明的靜止所誘,因為他
知道他在變化。(3)9-18節──對於死者與人類情
況的沉思:死者他們回復虛無,因為詩人不相信不朽
(永生)。(4)19-24節──藉著意識,活著的人類
投入變動的宇宙;詩人因起風的象徵,否定芝諾(希

▲梵樂希(Paul Valéry,1871~
1945)研究書刊

▲梵樂希(Paul Valéry,1871~
1945)紀念郵票

▲1925年 梵樂希當選法蘭西學院
院士
Paul VALÉRY (1871-1945)
Élu en 1925 au fauteuil 38
Grand officier de la Légion d'honneur
Prédécesseur : Anatole France
Successeur : Henri Mondor

臘哲學家，出生年代約西元前490～485年。其學說最著名即「飛矢辯」）的巧辯，深信一切均在動態中。結尾一節，詩人從冥思中醒悟：「起風了！……總得試著活下去！／大風掀開並闔上我的書，／浪花果敢的濺向岩石！／你們飛吧，所有眩眼的書頁！／粉碎吧，波浪！以歡悅的海水粉碎／這個帆影啄食的寧穆屋頂！」生命的意義不在沉寂的墓園，而是風起雲湧的真實人間塵寰。

梵樂希的詩耽於理智，充滿瞑想，傾向追求自我的內心真實，具有沉靜的優雅和感性，在文學史上，被定為後期象徵主義的重要詩人，繼承1880年代興起的象徵主義，詩界直言是「馬拉美的嫡傳弟子」，現代主義先期人物。同時期的歐美代表，包括德語的里爾克（Rainer Maria Rilke, 1875～1926, 兩人晤過面，里爾克曾將梵樂希詩作譯成德語，包括〈水仙片段〉）、英美的龐德（Ezra Pound, 1885～1972）和艾略特（Thomas Stearns Eliot, 1886～1965）。與艾略特相較，兩人同時期均寫出等質代表性的傑作，面對一次大戰後的世界，兩位有著迥然背向的觀察與省思。艾略特的〈荒原〉，1922年作品，計5章433行；詩人延續19世紀後期世紀末及一戰後的厭世與絕望，表明人間已無可耕的田園，人類瀕臨末日邊緣。梵樂希的〈海濱墓園〉，1920年作品，24節144行；詩人靜坐臨海墓園，再三冥思人間、墓地、海洋三者之間的關係，最後領悟墓園僅容納沉寂的死者，人間卻似海洋，具有永無止息的生命，充滿無限活力。

梵樂希五冊《雜文集》，寫作時間長達20年，談論的內容包括哲學、美學、詩論、文學研究、政論、教育、回憶等，當中，詩論與文學研究，可以形成《文藝論集》之類的專著，這些文章含蓋文學史的金質人物，筆觸深具畫龍點睛般且當事人，如〈波德萊爾的地位〉品評這位詩人到推崇的地步：「有了波德萊爾，法國詩終於走出了國境。」〈回憶嵒瓦〉乙文，細膩地刻劃出一位詩人如何描繪自己的鄉土風俗，深厚情誼的筆端，時時誘引讀者趕快親履斯地。〈中國詩〉乙篇原是為中國作家梁宗岱留學法國時，編譯法文《陶潛詩選》的

序言，寫於1929年，梵樂希既贊美古中國詩文對執政者的價值，他認爲這個民族從前是：「唯一敢將政事託付文人，在朝者重視筆墨甚於權杖。」另方面，也直指對數學缺少充分研究的爲憾。幾位法國文學重量級人物，均出現這些篇章中，如：〈維邕和魏崙〉、〈斯湯達爾〉、〈馬拉美〉、〈紀念普魯斯特〉等。

　　紀德與梵樂希年歲接近（紀德約略長兩歲），兩人一生至交，相知相惜。年輕時，兩人都有彷彿競賽般同主題的寫作，紀德寫文〈水仙解〉（納蕤思解說，Traité du Narcisse, 1891年），梵樂希寫詩〈水仙語〉（Narcisse parle, 1891年），後續寫〈水仙片段〉（Fragments du Narcisse, 1919年）。有一回，兩人在蒙伯里植物園漫步時，留下一席文壇佳話，紀德說：「我，假如被人妨礙寫作，寧願自殺！」梵樂希回話：「我，假如被人強制寫作，寧願自殺！」兩人都在這種極端堅決的寫作立場，成就非凡的文學事業。

　　梵樂希過世，由戴高樂總統主持國葬儀式後，靈位供奉於巴黎先賢祠，遺體送回到法國南部家鄉謝特的海濱墓園，碑銘誌刻名詩〈海濱墓園〉首節的第5、6行詩句，供後人吟哦憑弔：

　　喔沉思之後的獎賞
　　當長久睇視神明的安詳！
　　（O récompense après une pensée
　　Qu' un long regard sur le calme des dieux！）

"The best way to make your dreams come true is to wake up."

Paul Valery

▲Dessin de Valéry, ed. des *Cahiers* .
（梵樂希為《札記集》的設計圖）

▲梵樂希筆蹟

▲Paul Valéry écrit à Milosz:
梵樂希給米洛茲信簡

▲Valéry, Paul. Eupalinos.
Paris: Gallimard, [1924].

湧動生命的詩哲－梵樂希　145

相關閱讀：

莫渝編《梵樂希詩文集》，大舞台書苑出版社，1977年。

莫渝譯著《香水與香頌》，書林出版公司，1997年。

莫渝編譯《法國20世紀詩選》，河童出版社，1999年。

胡品清編譯《法蘭西詩選》，桂冠圖書公司，2000年。

▲LOS PASOS （西班牙譯文）
　（Les Pas, 腳步）圖

Pasos nacidos de un silencio
tenue, sagradamente dados,
hacia el recinto de mis sueños
vienen tranquilos, apagados.

Rumores puros y divinos,
todos los dones que descubro
-¡oh blandos pasos reprimidos!-
llegan desde tus pies desnudos.

Si en el convite de tus labios
recoge para su sosiego
mi pensamiento -huésped ávido-
el vivo manjar de tu beso.

Avanza con dulzura lenta,
con ternura de ritmos vagos:
como ha vivido de tu espera,
mi corazón marcha en tus pasos.

▲le cimetière marin de Sète 的海濱墓園

Ce toit tranquille, où marchent des colombes,
Entre les pins palpite, entre les tombes;
Midi le juste y compose de feux
La mer, la mer, toujours recommencée

（〈海濱墓園〉首節前4行）

新興藝術的才子與頑童

——阿波里奈爾（Guillaume Apollinaire, 1880～1918）

「生、老、病、死」是人類無法避免的常憂四大事件，當中，疾病時時伴隨，更嚴重的，每隔一段時間周期，或者一甲子，或者百年，「瘟疫型」的傳染病就無端冒出，威脅整個人類。2003年2月由中國引發的SARS（非典型嚴重急性呼吸道症候群），隱形兇手般的病毒，造成人心惶惶，人際間幾乎構築起一堵堵隔離的恐懼牆。類乎此，1918年由歐洲西班牙小鎮拓延的「西班牙流行性感冒」（la grippe espagnole），同樣橫掃全球；當時台灣正值日治時期（大正七年），遭奪走了兩萬五千多人；而全世界19億人口在那場20世紀初流感A型病毒（1933年才確認）的肆虐下，枉死了兩千一百餘萬條人命，38歲新婚未久的法國詩人、才子與頑童阿波里奈爾閃避不及，亦走了。

阿波里奈爾（Guillaume Apollinaire, 1880～1918），1880年8月26日出生於羅馬，母親波蘭籍的斯拉夫女伯爵，父親義大利籍貴族後裔。童年在摩納哥、法國南部度過、求學，最遠曾抵達比利時逗留。1895年到巴黎，又轉往德國求職與旅遊；1902年10月，重返巴黎，與文人畫家密切交往，結識劇作家亞利（Alfred Jarry, 1873～1907）、沙爾孟（André Salmon, 1881～1969）、詩人賈克坡（Max Jacob, 1876～1944）等，畫家盧梭（Henri Rousseau, 1844～1910）、德漢（André Derain, 1880～1954）、烏拉曼克（Maurice de Vlaminck, 1876～1958、野獸派Fauvisme的代表人物）、畢卡索（Pablo Picasso, 1881～1973）等。並籌辦多種文學雜誌，如《歐洲人》（L'Européen）雜誌、《伊索盛宴》（Festin d'Ésope）、《現代文學》（Les Letters modernes）、《詩與散文》（Vers et Prose）等。阿波里奈爾本人既有詩與小說的創作，也推介畫壇新秀，撰文〈畫家畢卡索〉（1905年），為畫家德洛涅新主張取名「奧菲主義」（Orphism, 1912年），出版《立體派畫家》（Les Peintres cubists, 1913年），展露才華橫逸的創作才具及鑑賞能力。1911年，出版詩集《動物詩集或奧菲斯的侍從》（Le Bestiaire ou Cortège d'Orphée）；同年9月，涉嫌盜竊名

畫「摩納麗莎」，入獄六天（9月7～12日），獄中撰〈獄中詩六首〉。1912年，發表名詩〈米哈波橋〉和長詩〈區域〉，前者追念一段戀情，後者爲新世紀宣言詩。1913年，出版詩集《醇酒集》（*Alcools*, 酒精集）。1914年，投入第一次世界大戰戰場。1916年3月9日，阿波里奈爾加入法國籍。1916年3月17日，被砲彈碎片擊傷太陽穴，送至巴黎的義大利醫院開刀。1917年，一批年輕詩人奉爲新時代大師。1918年4月，出版詩集《圖象詩集》（*Calligrammes*, 卡里迦姆，象形文字），同年11月9日，因感染「西班牙流行性感冒」（la grippe espagnole）去世。享年三十八歲的阿波里奈爾留有詩集9冊六百首詩；小說6部，包括情色小說（roman érotique）：《一萬一千鞭》（萬鞭狂愛，*Les Onze Mille Verges*）、《小唐璜回憶錄》（*Les Mémoires d'un jeune don Juan*, 另一書名：*Les Exploits d'un jeune don Juan*, 小唐璜的壯舉）；劇本3齣：《泰瑞西亞斯的乳房》（*Les Mamelles de Tirésias*, 1917）、《歲月的色彩》（*Cœleur du temps*, 1918）、《卡薩諾瓦》（*Casanova*, 1952）。

　　《動物詩集或奧菲斯的侍從》（*Le Bestiaire ou Cortège d'Orphée*），1911年出版，本詩集分爲獸、蟲、禽、魚四組，計30首。每組開頭由奧菲斯（Orphée）領唱。每首詩配有畫家杜菲（Daoul Dufy, 1877～1953）的木刻插圖。受贈者艾列米·布杰斯（Élémir Bourges, 1852～1925），係法國文學家，著有小說《諸神的黃昏》。奧菲斯（Orphée, 英文Orpheus, 奧爾甫斯），爲希臘神話中的音樂家、詩人，他是太陽神阿波羅（另一說是色雷斯河河神）與女神卡利

Guillaume Apollinaire

▲ Guillaume Apollinaire（1881-1918）

歐普（Calliope）之子；他從阿波羅習得豎琴琴藝，其琴聲足以令萬獸迷醉，草木動容。阿波里奈爾頗喜愛「奧菲斯」這樣扮演詩人音樂家的角色，因而，1912年，畫家德洛涅（Robert Delaunay,1885～1941）發起一項抽象藝術運動，就由阿波里奈爾取名「奧菲主義」（Orphism, 奧費主義），成員尚有杜象（Marcel Duchamp,1887～1968）、庫普卡（Frantisek Kupka,1871～1957）、畢卡比亞（Francis Picabia,1879～1953）、列杰（Fernand Léger,1881～1955）……等位。在這部《動物詩集》，阿波里奈爾以奧菲斯領軍，歌吟26種動物，短捷輕鬆的詩句，有哲理，有典故，有自怨，有欣喜，搭配杜菲的木刻插圖，堪稱老少咸宜的短詩集，茲選錄幾首：

貓（Le chat）

我渴盼在屋子裡有：
一位明理的妻子，
一隻逡巡書間的貓，
四季來訪的朋友
沒有這些我將難以度日。

小鼠（La souris）

趁著黃金年華，時間的小鼠，
你們一點一滴地啃噬我的生命。
天啊！我行將二十八歲，
還在苦熬中翹首指望。

毛蟲（La chenille）

工作可以致富。
窮詩人，工作吧！

毛蟲不歌的辛勞

才能蛻化成華艷蝴蝶。

▲ Guillaume Apollinaire（1881-1918）

　《醇酒集》（Alcools），1913年4月出版，收錄詩
人在1898到1913年間寫的詩。各種音調、形式、題裁都
融匯在此。集名：Alcool，有「酒精、醇、乙醇、酒、
燒酒」等含意，意味著：詩是醇酒，如同生命的存在；
這聯想，源自19世紀韓波的〈醉舟〉（Le Bateau ivre,
沉醉的船、醉酒的船）。在長詩〈區域〉末尾，出現
這樣的詩句：「而你狂飲濃烈醇酒一如你的人生／你
狂飲你的人生一如這杯燒酒」（Et tu bois alcool brûlant
comme ta vie／Ta vie que tu bois une eau-de-vie）；法文
eau-de-vie，指燒酒，字面原意是「生命之水」，將「生
命之水」當成「酒」看待，自可直言：人生似酒，酒如
人生。酒、詩、人生，三者的串聯，重疊著詩人以此
為作品集名的聯想因素。這部詩集的重要性，在於作
者建立現代與古典之間的平衡美學，銜續法國抒情詩
的傳統，揉合了15世紀維邕（Villon）的聲音、象徵主
義者的幻想、畢卡索的視象、未來主義者的烏托邦，
塑造阿波利奈爾的個人魅力。詩中的星星、花卉、森
林、大海、季節、鳥兒等構成阿波里奈爾的詩世界，
藉此歌吟創造的奇蹟、愛情的本質、詩歌的力量、未
來的召喚、旅遊的欣喜等。另一特點是自由詩韻的經
營及標點符號的取消，在前一冊《動物詩集》仍保留
標點符號的的使用，本集已闕如。本集約60首作品，
第一首〈區域〉和第三首〈失戀者之歌〉係長詩，第
二首〈米哈波橋〉是戀情消逝如流水的哀思，餘者，
如〈秋水仙〉、〈柴火堆〉、〈在獄中〉等均甚受注

▲ Apollinaire紀念郵票1961年
法國發行

ORPHÉE.

意。這集子裡，十行短詩的〈月光〉（Clair de lune），具有特殊的形象美，展現阿波里奈爾的詩藝，作者安排一個甜蜜的情境：夜晚，蜜蜂般的星星吐出如蜜的月光，既有感覺的迷人，也有味覺的口福，又擔心太美的月光遭竊，僅存騙人的光，饒富趣味。全詩如下：

> 釀蜜的月光帶著瘋子般的嘴
> 今晚每座果園鄉鎮享有口福
> 顆顆星星恰似隻隻蜜蜂
> 吐出蜜光般的葡萄藤
> 由天上落下顯得非常甜柔
> 每一束月光是一束蜜光
> 我藏身構想甜美的奇遇
> 卻擔心大角星這隻蜜蜂的螯刺
> 把騙人的光置放我手心
> 而從風中玫瑰取走蜜光

《圖象詩集》（*Calligrammes*），副標題《和平與戰爭詩集》（*Poèmes de la paix et de la guerre*），1918年出版，收錄1913至1916年間詩作。扉頁題辭紀念1917年5月7日戰爭中死亡的赫內‧達里茲（René Dalize），達里茲著有小說《波吉亞家族羅馬史》（*La Rome des Borgia*），但1913年4月出版時，冠上Guillaume Apollinaire的名字，兩人稱得上至交好友吧。這部詩集代表阿波里奈爾詩藝的巔峰，特別是「圖象詩」（視覺詩）對往後詩壇的影響力。

說阿波里奈爾是「頑童」，特指他利用繪畫技巧，強調詩藝視覺美的揮灑，亦即「圖象詩」（視覺詩）的倡導、推廣與影響。流傳最廣也最具視覺效果的

是〈下雨〉、〈心臟〉、〈皇冠〉、〈鏡子〉等詩，透過詩人精巧的排列，呈現具象實物的第一眼感受。

1、〈下雨〉

▲《動物詩集》法文版封面

2、〈心臟〉、〈皇冠〉、〈鏡子〉

▲《遭謀殺的詩人》法文版
封面

▲《遭謀殺的詩人》英譯版
封面

另外，將女友肖像用字母排列書寫，也引為美談：

「露」肖像

「露」視覺詩（圖象詩）

▲《醇酒集》（Alcools）封面

阿波里奈爾先後結識多位女友，分別為之賦詩，或攙進已出的詩集《醇酒集》、《圖象詩集》和《憂鬱的哨兵》內，個別幾位有專屬詩集；另一方面，這些情詩表現的內容涵蓋各類型，如含蓄型、昇華型、露骨型、慾情型等類，也有圖象詩的表達；總之，脂粉味濃厚的情詩，同他的情色小說一樣，算得上是阿波利奈爾詩藝的一大特點。他這些情詩對象與女友，包括：第一位瑪麗（Marie Dubois,瑪麗的Wallon語發音為：Mareye），1899年在比利時境內小村史塔福洛（Stavelot）認識。第二位琳達（Linda），1901年春認識，是友人希瓦（Ferdinand Molina da Silva）的妹妹，阿波里奈爾頗鍾情於她。第三位安妮（Annie Playden），是家教學生英國籍金髮女孩。第四位伊凡妮（Yvonne），1902年9月起，阿波利奈爾跟母親、弟弟住在意大利那不勒斯，認識的同層樓的鄰居，有點野蠻卻不專情，隔年寫了5首詩給她，收進1952年出版的詩集《憂鬱的哨兵》。第五位畫家羅虹仙（Marie Laurencin），1907年5月結識，交往約數年（1907～1912），仍告失戀，詩人目睹經常路過的米哈波橋（位於巴黎鐵塔附近），觸景生情，以低迴不已的含蓄筆調，寫出娓娓哀傷的詩〈米哈波橋〉。第六位露（Louise de Coligny-Châtillon, 以後暱稱Lou），1914年9月在尼姆（Nîmes）認識，有詩集《給露詩集》（*Poèmes à Lou m*, 1955年出版）。第七位布蘭（Yves Blanc），係阿波里奈爾在尼姆的野戰砲兵第38聯隊時戰友的女朋友的化名（筆名），阿波里奈爾為她寫了詩集《給瑪蘭詩集》（Poèmes à la Marrine, 1948年出版）共4首詩。第八位瑪德蓮・巴捷（Madeleine Pagès），1915年4月15日捎信給1月2日在火車上認識的女孩；詩集《給瑪德蓮詩集》（*Poèmes à Madeleine*, 1952年出版），共21首詩。第九位賈克琳（Jacqueline Kolb），1917年結識，暱稱「紅棕髮美女」（la jolie rousse）；兩人於1918年5月2日結婚，證人是畫家畢卡索和畫商沃拉德（Ambroise Vollard, 1867～1939）。

阿波里奈爾一共寫了三齣劇本，《泰瑞西亞斯的乳房》（*Les Mamelles de Tirésias*）是第一齣，也最受囑目。1917年6月24日先在巴

黎蒙馬特小丘劇場演出，全場爆滿，隔年出版。泰瑞西亞斯為古希臘底比斯城的祭司，傳言，他是同時唯一擁有過男女雙性的人。有一次，泰瑞西亞斯路見一對蛇，將雌蛇打死後，遂改變了性別，若干年後，又撞見一對蛇，將雄蛇打死，他才恢復男兒身。因此，天神宙斯和天后希拉詢問男人與女人何者較懂得享受愛情，泰瑞西亞斯回話「女人」，而得罪希拉，導致雙目失明，宙斯卻賜與長壽及預言能力補償之。古希臘名劇《伊底帕斯王》中的泰瑞西亞斯為嚴肅的「預言者」角色，阿波里奈爾此劇部分靈感來自好友亞利（Alfred Jarry, 1873～1907）的《烏布王》（*Ubu roi*）一劇，以及詩人劇作家高祿德（Paul Claudel, 1868～1955）。《泰瑞西亞斯的乳房》是一齣前有開場詩的兩幕各七景的短劇，阿波里奈爾在〈前言〉提到寫作時間，除開場詩和第二幕第七景寫於1916年，餘者早在1903年即完成。這齣輕鬆滑稽鬧劇，略帶荒誕與誇張效果；配合一戰期間軍人的需求（增產報國問題），與女權意識興起的時代現象，阿波里奈爾取材並改編可男可女的泰瑞西亞斯故事；讓泰瑞西亞斯扮演身著藍衫的青臉女人，當她拒絕生育，考慮變性，一聲大叫，兩隻乳房由胸前罩衫蹦出，竟是一紅一藍兩只氣球，她嘻笑地說：「飛去吧我無力的鳥兒」（Envolez-vous oiseaux de ma faiblesse），一番玩弄，用打火機將之燃點炸「砰」，唇際隨即冒出鬍鬚；此時，丈夫出現，認不得妻子；恢復男身的泰瑞西亞斯決定離家出走。戲幕在泰瑞西亞斯向觀眾拋出一束氣球與一籃小球之後，「飛去吧我無力的鳥兒，／去餵食每一位／新生兒」（Envolez-vous oiseaux de ma

▲〈受傷的鴿子與噴水池〉

▲ 英文論著《阿波利奈爾：立體主義及奧菲主義》封面書影

▲ Apollinaire 墓園

faiblesse／Allez nourrir tous les enfants／De la repopulation）的聲浪中緩緩降落。阿波里奈爾曾自認這齣戲是「超自然」的戲劇，以後則被當作爲「超現實主義」戲劇。

　　喜愛奧菲斯，扮演新興藝術的頑童與才子，闡揚詩的新精神，阿波里奈爾把「現代性」（modernité）的觸角伸入文學與繪畫，這樣承先啓後的角色，很類似波德萊爾在19世紀所激濺的影響力。兩人年歲相差約一甲子。一甲子的輪迴，暗示文學風潮代代有新人興起。做爲20世紀文學的前衛作家與藝術界的旗手，阿波里奈爾是新世紀初期第一位國際大詩人，其新精神的詩風，影響了稍後的超現實主義；繪畫藝術方面，他是立體主義的發起人、推動者，與大師級的畢卡索並肩。

相關閱讀：
何瑞雄譯《動物詩集‧西蒙田園詩》，開山書店，1969年。
莫渝編譯《法國20世紀詩選》，河童出版社，1999年。
胡品清譯《法蘭西詩選》，桂冠圖書公司，2000年。

◀ 情色小說《一萬一千鞭》
　封面書影

▲ Les onze mille verges ou les amours d'un hospodar
　Guillaume Apollinaire
　Ed. J'ai Lu, 2000, 126 p., 15 F

▲ THE HERESIARCH & Co.
　by Guillaume Apollinaire
　translated by Rémy Inglis Hall

阿波里奈爾的情色文學
——情色小說與情詩

　　20世紀初期，阿波里奈爾是第一位國際大詩人，其新精神的詩風，影響了稍後的超現實主義；繪畫藝術方面，他是立體主義的發起者、推手。

　　阿波里奈爾（Guillaume Apollinaire），1880年8月26日出生於羅馬，母親波蘭籍的斯拉夫女伯爵，父親義大利籍貴族後裔。童年在摩納哥、法國南部度過、求學，最遠曾抵達比利時逗留。1895年到巴黎，又轉往德國求職與旅遊；1902年10月，重返巴黎，與文人畫家密切交往，結識劇作家亞利（Alfred Jarry, 1873～1907）、沙爾孟（André Salmon, 1881～1969）、詩人賈克坡（Max Jacob, 1876～1944）等，畫家盧梭（Henri Rousseau, 1844～1910）、德漢（André Derain, 1880～1954）、烏拉曼克（Maurice de Vlaminck, 1876～1958、野獸派Fauvisme的代表人物）、畢卡索（Pablo Picasso, 1881～1973）等。並籌辦多種文學雜誌，如《歐洲人》（L'Européen）雜誌、《伊索盛宴》（Festin d'Ésope）、《現代文學》（Les Letters modernes）、《詩與散文》（Vers et Prose）等。阿波里奈爾本人既有詩與小說的創作，也推介畫壇人物，如盧梭，和畫壇新秀，撰文〈畫家畢卡索〉（1905年），為畫家取名「奧菲主義」（Orphism, 1912年），出版《立體派畫家》（Les Peintres cubists, 1903年），展露才華橫逸的創作才具及鑑賞能力。1911年，出版詩集《動物詩集或奧菲斯的侍從》（Le Bestiaire ou Cortège d'Orphée）；同年9月，涉嫌盜竊名畫「摩納麗莎」，入獄六天（9月7～12日），獄中撰〈獄中詩六首〉。1912年，發表名詩〈米哈波橋〉和長詩〈區域〉，前者追念一段戀情，後者為新世紀宣言詩。1913年，出版詩集《醇酒集》（Alcools, 酒精集）。1914年，投入第一次世界大戰戰場。1916

年3月9日，阿波里奈爾加入法國籍。1916年3月17日，被砲彈碎片擊傷太陽穴，送至巴黎的義大利醫院開刀。1917年，一批年輕詩人奉為新時代大師。1918年4月，出版詩集《圖象詩集》（*Calligrammes*，卡里迦姆，象形文字），同年11月9日，因罹患西班牙流行性感冒（la grippe espagnole）去世。享年三十八歲的阿波里奈爾留有詩集9冊六百首詩；小說6部，包括情色小說（roman érotique）：《一萬一千鞭》（萬鞭狂愛，*Les Onze Mille Verges*）、《小唐璜回憶錄》（*Les Mémoires d'un jeune don Juan*, 另一書名：*Les Exploits d'un jeune don Juan*, 小唐璜的壯舉）；劇本3齣：《泰瑞西亞斯的乳房》（*Les Mamelles de Tirésias*, 1917）、《歲月的色彩》（*Cœleur du temps*, 1918）、劇本《卡薩諾瓦》（*Casanova*, 1952）。

俄國文豪杜思妥也夫斯基（1821～1881）的《卡馬拉助夫兄弟們》卷五第4章，引述一個故事：土耳其人和切爾卡斯人在保加利亞境內作惡，到處姦淫焚殺，有兩項最典型的「獸性」作為：其一是，將擄獲者的耳朵用鐵釘釘在牆上，留到早晨再絞死；其二是，將母親懷中的嬰兒，用刺刀挑起，拋高，再以刺刀托住。杜思妥也夫斯基以「藝術化的殘忍」形容。卷五第4章尚有多則以虐童為樂的事件，如當母親面前，讓犯錯（以大人眼光）的農僕八歲男孩，剝光衣服，裸裎奔逃，再驅趕一群獵犬追逐，將之咬撕成碎塊。

阿波里奈爾的情色小說《小唐璜回憶錄》和《一萬一千鞭》，前一書類似自傳「性史」的表白，玩弄胞姊與女僕女工一干人。後一書，除暴露上層社會富裕階級以「唯性」取樂的生活外，也把娛樂場景移往戰區，如鞭笞男童加以雞奸後，再用腰刀砍頭，從惡行中獲取快感，呈現相當野蠻的殘酷描敘。

阿波里奈爾先後結識多位女友，分別為之賦詩，底下略述這些女友及相關代表詩作：

第1位瑪麗（Marie Dubois，瑪麗的Wallon語發音為：Mareye），1899年在比利時境內小村史塔福洛（Stavelot）認識。「史塔福洛」

小輯共16首，1899年寫作，收進1952年出版的詩集《憂鬱的哨兵》（*Le Guetteur mélancoque*）內，前4首如下，這也是阿波里奈爾初期的詩作之一。

默允的親吻之後
將戒指戴在無名指上
你我唇對唇細語著
就在戴戒指於無名指時
放些玫瑰於你髮間吧

此刻，沁涼無比的黃昏
我們睇視著天鵝
在幾株垂柳零落的
大湖上泅泳
這時白日已盡

雖然下著雨
她還是走到鄰村去
男友不在，就獨自前去
以便同另一位
對女人殷勤哄騙的男人跳舞

我既不知愛著你
也不知昨日的罪惡
天空是件羊毛大氅
掩蔽我們的愛情
而我卻一手摧殘了這愛情

第2位琳達（Linda），1901年春認識，是友人希瓦（Ferdinand Molina da Silva）的妹妹，阿波里奈爾頗鍾情於她。

第三位安妮（Annie Playden），是在德國時擔任家庭教師的英國籍金髮學生。但安妮嫌棄他，阿波里奈爾為此頗苦惱，還寫了295行長詩〈失戀者之歌〉。從德國回巴黎後，阿波里奈爾前後兩次到倫敦，1903年11月和1904年5月，前一次，試圖與安妮恢復舊情，後一次，則決定與安妮分手。最後，安妮到美國去，詩人寫下這首詩：

安妮（Annie）

在德克薩斯的海邊
介於莫比爾和加爾維斯東之間
有一座種滿玫瑰的花園
裡頭的別墅也有
一株大玫瑰花
有位女人經常在
園子裡獨自散步
當我走在栽種椴樹的路上
我們相望一陣子
就像這女人是門諾教徒
她的玫瑰不發芽，衣服無紐扣
我的上衣也一樣短缺
這女士和我有近似的禮儀。

第四位伊凡妮（Yvonne），1902年9月起，阿波里奈爾跟母親、弟弟住在義大利那不勒斯，認識的同層樓的鄰居，有點野蠻卻不專情。隔年，詩人寫了5首詩給她，收進詩集《憂鬱的哨兵》（遲至1952年出版）。

第位五是女畫家羅虹仙（Marie Laurencin），1907年5月結識，交往約數年（1907～1912），仍告失戀，詩人目睹經常路過的米哈波橋（位於巴黎鐵塔附近），觸景生情，以低迴不已的含蓄筆調，寫出娓娓哀傷的詩〈米哈波橋〉：

米哈波橋
——《醇酒集》第2首

米哈波橋下塞納河流著
　　我們的愛情
　　值得去追念嗎？
快樂總是接續痛楚之後

　　夜晚來臨鐘響著
　　肯月消失我依舊

讓我們再次手牽手面對面
　　在臂彎搭
　　成的橋下流過
如是慵倦的永恆眼神之波紋

　　夜晚來臨鐘響著
　　歲月消失我依舊

愛情消失如同逝水
　　愛情消失
　　而生命緩慢如斯
而希望強烈如斯

夜晚來臨鐘響

歲月消失我依舊

　日日過去週週過去

　　時間靜止

　　愛情不回轉

　米哈波橋下塞納河流著

　　夜晚來臨鐘響著

　　歲月消失我依舊

　　阿波里奈爾與羅虹仙交往期間，畫家盧梭（Henri Rousseau）繪製一幅畫〈詩人及其繆斯〉（Le poète et sa Muse, 1909），作爲清晰的見證，也回報詩人的撰文推介；畫中，詩人右手拿鵝毛筆，左手握住一卷紙頁，身旁爲女畫家羅虹仙；當時，盧梭有意搓合兩人。有情人未必成眷屬，倒留傳名詩〈米哈波橋〉。盧梭有五幅畫由俄國購存，這一幅即普希金博物館的珍藏品。

Henri Rousseau：Le poète et sa Muse, 1909

第六位露（Louise de Coligny-Châtillon, 以後暱稱Lou），1914年9月在尼姆（Nîmes，南法普羅旺斯小鎮）認識，詩集《給露詩集》（*Poèmes à Lou m*,1955年出版），是寫詩最多的女子。從1914年9月至翌年3月，兩人親暱過，也鬧翻吵架，儘管如此，仍維持通訊至1916年元月。其間，阿保里奈爾還同另個女孩交往。詩人和露相識後，以通訊方式寄給露不少情詩稿。生前，阿波里奈爾曾建議露整理編印成書，未獲露答應；詩人去世後，出版商亦極力催促，都不得其果，主要是內容涉及私情過於親密，直到1947年，詩集如願出版，書名《給露的詩篇》，副標題：我愛情的投影。全書76首，均有標號，第34首空白，另有圖象詩，有詩中夾圖象；也有僅一行詩者，其中多首洋溢著濃情蜜意。第12首〈要是我死於烽火漫天的前方〉，可以看出阿波里奈爾當時的雙重身分：詩人兼軍人的戰鬥文筆。戰爭讓人激昂，但同時令人消沉絕望，烽火瀰漫的前線，生命隨時消失，生存的意志端愛的鼓勵，有了愛，連帶產生戰鬥的勇氣與力量；即使在刹那間，生命可能消失，但愛的意念，愛的追憶，仍維繫著千里相隔的肉體，在這首詩裡，詩人自己讚美自己的血液是幸福的熱泉，讓人激發昂揚的意志。此詩是1915年1月30日，在尼姆斯撰寫的。詩集中33首〈我最親愛的小露〉，仿造肖像的圖象詩，也有另一番表達方式的風味。

在妳深邃的眼湖裡（Au lac de tes yeux très profond）
——《給露的詩篇》第5首

在妳深邃的眼湖裡

我微小的心沉溺且柔化了

   我被擊潰

在這愛情與瘋顛的湖水

懷念與憂鬱的湖水

要是我死於烽火漫天的前方
——《給露的詩篇》第12首

要是我死於烽火漫天的前方
你會哭上一整天的，露！愛人！
我的懷念隨死亡而消失
一顆砲彈在烽火漫天的前方爆炸
美麗的火花如同開花的含羞草

而懷念在掩蓋我血液空間的
整個世界內爆發了
海　　山　　谷及星都消逝在
美好陽光的適當空間
一如巴哈帝頁周圍的金黃果子

被遺忘的懷念生根於一切事物
將染紅妳的酥胸
染紅妳的櫻唇與秀髮
你絲毫不因這這類好事而蒼老
反而為其多情緣故更加年輕

我的血液噴湧世上
賦予太陽更加光明
花朵更繽紛波濤更快速
渺渺的愛情遺留在世上
令妳更加紅紫

露！更是我死於遠方被人遺忘
──偶而在瘋狂時
年少時，戀愛與熱情爆發時想起──
我的血液就是幸福的熱泉
最最快樂同時最高興的

啊露！唯一令我神顛倒的愛人！

我最親愛的小露
──《給露的詩篇》第33首

我最親愛的小露我愛妳
我親愛的心悸的小星我愛妳
美妙地彈性胴體我愛妳
外陰緊似榛子夾我愛妳
左乳如此粉紅如此咄咄逼人我愛妳
右乳如此溫情的粉紅我愛妳
右乳頭非香檳酒的香檳色我愛妳
左乳頭似初生小牛前額的隆起物我愛妳
小陰唇因妳頻繁接觸而肥厚我愛您
臀部正好往後閃出完美的靈活我愛您
肚臍似陰暗的空心月我愛妳
體毛像冬日森林我愛妳
多毛的腋窩如新生天鵝我愛您
肩膀斜坡清純可愛我愛妳
大腿線條美如古神殿的圓柱我愛妳
秀髮浸過愛之血我愛妳
腳靈巧的腳硬挺我愛您

騎士般的腰有勁的腰我愛您

身材不需緊身胸衣柔軟身材我愛妳

完美的背部順從我我愛妳

嘴我的可口啊我的仙蜜我愛妳

獨一的秋波星星的秋波我愛妳

雙手我愛慕其動作我愛您

鼻子非凡的高雅我愛妳

扭擺的舞蹈的步伐我愛妳

喔小露我愛妳我愛妳我愛妳

「露」肖像

「露」視覺詩（圖象詩）

　　第七位布蘭（Yves Blanc），係阿波里奈爾在尼姆的野戰砲兵第
38聯隊時戰友的女朋友的化名（筆名），阿波里奈爾為她寫了詩集
《給瑪蘭詩集》（*Poèmes à la Marrine*,1948年出版）共4首詩。

　　第八位瑪德蓮‧巴捷（Madeleine Pagès），1915年4月15日捎信
給1月2日在火車上認識的女孩；詩集《給瑪德蓮詩集》（*Poèmes à
Madeleine*, 1952年年出版），共21首詩。

　　第九位賈克琳（Jacqueline Kolb），1917年結識，眤稱「紅棕髮
美女」（la jolie rousse）；兩人於1918年5月2日結婚，證人是畫家畢
卡索和畫商沃拉德（Ambroise Vollard, 1867–1939），這時，阿波里
奈爾病危。

人類精神的王者風範

——佩斯

(Saint-John Perse, 1887~1975)

從來詩人的起筆，都謙虛的自認由家鄉出發，稍有抱負者，誇稱「島嶼的佔領者、發現者」，擁島自喜。像聖約翰・佩斯這樣的雄心，輕輕一揮（筆或手），立見紛紛雪花，當屬少見。詩人以 Saint-John Perse，三組字爲筆名，結合拉丁文化（Saint）、英美文化（John, 盎格魯撒克遜文化）、波斯文化（Perse, 東方文化）爲一凝聚體，涵蘊超越地域理念，傲視寰宇的世界觀。

聖約翰・佩斯（Saint-John Perse, 1887～1975），本名阿列克斯・列傑（Alexis Leger），1887年 5月31日出生於南美洲法國殖民屬地安地列斯（Les Antilles）西印度群島的瓜德魯普（Guadeloupe）群島的潘-達-畢特（Pointe-à-Pitre），雙親爲法國僑民後裔，經營咖啡園和蔗林，童年享受著熱帶大自然四元素——土、水、天、光（la terre et l'eau, le ciel et la lumière）——浪漫的快樂歡愉生活。1896年，進入當地潘－達－畢特中學。1897年，島上地震，產業嚴重損失，引發經濟危機；1899年3月，全家遷回法國西南部，先住坡城（Pau），就讀坡城中學（今改名：聖約翰・佩斯中學 Lycée Saint-John Perse）。1899年5月，結識詩人賈穆（Francis Jammes, 1868～1938）。1904年，中學畢業後，移居波爾多（Bordeaux），入波爾多法學院，亦常出席文理醫學院；撰〈柯綠索頁的想像〉（柯綠索頁爲《魯賓遜飄流記》主角的姓。主角全名爲：Robinson Crusoé魯賓遜・柯綠索頁）。1905年，因賈穆介紹，認識詩人外交官高祿德（克羅岱爾, Paul Claudel, 1868～1955）。1905至1906年間，服兵役一年，退伍後，繼續學校課業。1907年，父親過世，負起家庭經濟，暫停學業。1908年，祖母過世。1910年，大學畢業，獲法學士。1911年，出版《頌歌》（Eloges），署名聖列傑（Saint-Léger），認識作家拉爾波（Valery Larbaud, 1881～1957）及《新法蘭西評論》（La Nouvelle Revue Française）的成員，另外，受高祿德鼓勵，積極準備外交人事考試。1912年，到英國，結識英國小說家康拉德（Joseph Conrad, 1857～1924），及印度泰戈爾（1861～1941），稍後，鼓吹

紀德譯介泰戈爾作品。1914年，通過外交人事考試，進入外交部任職。1916年，認識梵樂希（Paul Valéry, 1871～1945）。1916至21年出任駐中國北京外交官，1920年，穿越蒙古戈壁大沙漠，《遠征》即為此次探險的記錄。1921年，離開中國，坐船經由日本、美國，返法；1922年，任職外交部殖民司。1926年，與外交部長白里安（Aristide Briand）訂交。1930年起，停止文學活動，包括撰寫、發表、出版、重印舊書。1933年，升任外交部祕書長。二戰中，戰爭阻斷他的外交官生涯，卻成就了詩人的榮耀。1940年，納粹德軍佔領法國，法國作家因處境不同，分為附逆作家、流亡作家、沉默作家、抵抗作家四類；外交官佩斯選擇流亡，1940年到美國，1941年，維琪政府（Le Gouvenement de Vichy）褫奪其法國國籍並沒收財產，同年2月，擔任華盛頓「國會圖書館」文學顧問，定居美國華盛頓，與英美現代主義詩人群艾略特（T. S. Eliot, 1888～1965）、龐德（Ezra Pound, 1885～1972）、麥克里希（Archibald Macleish, 1892～1982）等接觸，重拾文筆，開始撰《流亡》（放逐，Exil），此詩作即題贈麥克里希；翌年，刊登芝加哥《詩刊》，復由馬賽的《南方筆記》（*Cahier de Sud*）和布宜諾艾利斯的《法國文學》轉載，隨後，加里曼書店祕密出版。1944年，恢復法國公民權，及外交部工作。1949年獲美國永久居留權。1957年，重返隔別17年（1940～1957）的法國，定居於南法普羅旺斯（Provence）臨近Polynésie的吉安（Giens）半島。1959年獲法國國家文學大獎，1960年當選美國學院榮譽會員，同年，獲諾貝爾文學獎。儘管詩的榮耀，戰

▲ Saint-John Perse (1887-1975)

後，戴高樂執政期間，無法選入法蘭西學院院士。1975年 9月24日去世。

依生涯歷程，佩斯有幾個階段性的身份，首先，他的年少出身是殖民地白種人後裔（La créolité）；其次，他是法國外交官（Le diplomate-écrivain, diplomate français）；接著，是流亡者（L'exilé）；貫穿此三者，他扮演「偉大的旅行家」（Il est un grand voyageur）。由此，他的詩集出版亦明顯分爲四個時期：1.安地列斯時期：《頌歌》（Eloges,1911），署名：Saint- Léger；2.亞洲時期：《遠征》1924，首次署名：Saint-John Perse；3.美國時期：《流亡》（*Exil*, 1942）、《雨》（*Pluies*,1944）、《雪》（*Neiges*,1944）、《給異鄉女之詩》（*Poème à l'Etrangère*, 1944）、《風》（*Vents*, 1946）、《海標》（*Amers*, 1957）；4.普羅旺斯時期：《年代記》（*Chronique*, 1959）、《群鳥》（*Oiseaux*, 1963）、《春分秋分之歌》（*Chant pour un équinoxe*, 1971）、《夜曲》（*Nocturne*, 1973）、《乾旱》（*Sécheresse*, 1974）。其總集《全集》（*Œuvres complètes*），於1972年巴黎加里曼書店出版，列入經典版「七星叢書」。

《遠征》，是佩斯詩作的里程碑。1920年5月，佩斯利用假期與友人進行一趟蒙古戈壁大沙漠之旅，歸來後，在北平城郊一間荒涼寺廟完成的詩篇。《遠征》，原文*Anabas*（安納巴斯）本意是：遠征內陸（Expédition dans l'intérieur），爲希臘哲學家、文學家贊諾芬（Xénophon, 約B.C.430～355）的軍事回憶錄，敘述波斯王西流士之子（Cyrus le jeune）的遠征軍對抗其兄亞達克齊斯二世（Artaxerxés II），兵敗撤退；作者爲當時撤退的主帥。一部「軍事回憶錄」的書名，在詩人想像的激情下，剃除戰爭征伐的慘劇，變妝爲洋溢異國情調的詩情畫意，飽含朝向遠方出發的匪夷遐想與探險記錄：「一個人不是不會憂傷的，但黎明前起身，審慎的同一株老樹打交道，下巴偎靠最後的星星，從戒齋的天空盡端，他可以瞧見一些純潔的偉大事物正快樂旋轉……」「我的馬駐立斑鳩啼咕的樹下，我吹著更清新的口

哨……如果牠們即將死去，看不到這一天，就讓牠們
安靜下來。人們傳言著我那位是詩人的兄弟的消息。
他再度完成頗具優美的作品有數人知曉此事。」「永
恒在沙漠上打呵欠。」此詩於1930年由詩壇重鎮艾略
特（T.S. Eliot,1888～1965）譯成英文，引起英美現代
派著名詩人的注意。

▲ Saint-John Perse (1887-1975)

　　《海標》（Amers, 1957），Amers，指所有明顯
而可固定的物體，像高塔、磨坊、浮標（浮筒）等，
置放海岸或海面上，以為航海者的標誌。揭示人類精
神的屹立不搖。「詩用來伴奏海之榮耀的吟誦過程。
／詩用來協助海之周圍的進行曲。／彷彿祭壇周圍的
動靜與合唱時迴旋曲的引力。」

▲ Saint-John Pers紀念郵票

　　1959年的《年代記》（Chronique），標誌著時代
新生的宏偉氣勢：「偉大的時代，瞧我們正在無限之
路上。」「偉大的時代，瞧我們。請以人類的心靈來
衡量。」

▲ Saint-John Pers筆蹟與簽名式

　　1960年，佩斯榮獲諾貝爾文學獎的評語，是：「由
於他高超的飛越與豐盈的想像，表達了一種關於目前
這個時代之富於意象的沉思。」他的詩，大都以「散
文詩」的形式，以意象豐富的抒情方式，回憶童年的
快樂、放逐的哀傷與自然界的力量。他這種把韻文與
散文匯成一條聖河的「散文詩」形式，幾乎是法國特
產的文體，可以找到文學史上的血緣，如19世紀韓波
（Arthur Rimbaud, 1854～1891）的《在地獄裡一季》
（Une saison en enfer, 1873）和羅特雷亞蒙（Comte de
Lautréamont, 1846～1870）《馬多侯之歌》（Les Chants
de Maldoror），以及同時期紀德（André Gide, 1869～
1951）的《地糧》（Les Nourritures Terrestres, 1897）。

▲ Saint-John Pers全集封面書影

▲ 《海標（Amers）封面書影

人類精神的王者風範－佩斯　**171**

政治的權力可以暫時攆走人生舞台登場的人物，卻踢不開足以支柱意志的指標。曾遭納粹德軍控制下的法國維琪政府，將之取銷國籍、褫奪公民權；榮獲諾貝爾文學獎光環，竟因政治恩怨，戴高樂執政期間，兩度無法選入法蘭西學院院士。然而，詩人佩斯以豐盈充沛，洋溢想像與激情的詩篇，無視現實情境的醜陋與排擠，樹立了人類精神的王者風範。

餘　波：

法國著名攝影家柯烈格（Lucien Clergue，1934年出生於阿爾城），1957年出版第一本攝影集《難忘的人體》（*Corps mémorable*），係搭配詩人艾呂雅（Paul Éluard, 1895～1952）詩句的裸女海浪集；第二本攝影集《波浪的誕生》（*Née de la vague*），全是海洋與女體影像，1968出版。第三本攝影集，1973年出版，書名《創世紀》（起源，*Genèse*），共有50幅裸女與湧盪海洋的黑白影像，搭配佩斯《海標》詩集內的詩句，把女體的柔軟與波浪的雄渾融合成絕美的力感。如是將佩斯詩句的艱深晦澀，化作生動活潑的影像，既強化了攝影的效果，換另一角度，也可以說欣賞攝影，拓展了詩的閱讀空間，延長了詩的生命力，這是攝影與詩兩種術相得益彰的美事。柯烈格稱佩斯為「面海的詩人」（Poète devant la mer）。這位攝影家曾於1990年11月29日，應台灣攝影家阮義忠先生之邀請，抵達台北，訪問五天。

相關閱讀：

莫渝譯《遠征》，遠景出版事業，1981年。

莫渝編譯《法國20世紀詩選》，河童出版社，1999年。

胡品清編譯《法蘭西詩選》，桂冠圖書公司，2000年。

莫渝編《凱旋門前──法國文人剪影》，華成圖書公司，2003年。

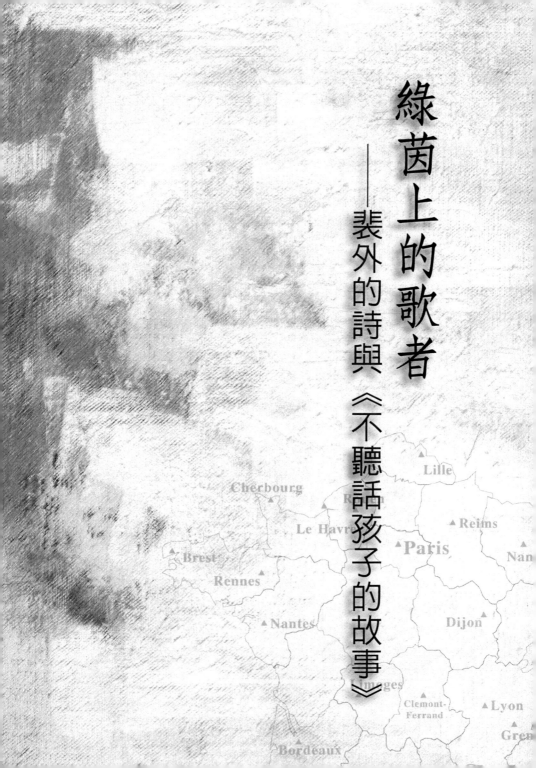

綠茵上的歌者

——裴外的詩與《不聽話孩子的故事》

詩，不盡然在室內靜靜閱讀，可以面對大庭廣眾朗吟，像智利的聶魯達、蘇聯的馬雅可夫斯基；也可以在國家重要慶典頌讀，像美國的佛洛斯特、台灣的李敏勇……等。最甜美的感受，或許是情侶偎依，互吐詩篇的情愫；或者在如茵碧草上，讓動人的抒情詩句，隨音樂旋律緩緩流瀉，充溢整個空間，引發共鳴。法國裴外的詩就具備這樣的魅惑。裴外的法文姓氏Prévert，由兩個法文字Pré（草地、牧場）和vert（綠色）組合，意即：綠色草原、綠原、綠茵。

裴外（Jacques Prévert, 1900～1977）是詩人、電影劇本作家、兒童讀物作者。1900年2月4日出生於巴黎郊區諾依里（Neuilly-sur-Seine），父親出身有錢望族，沉迷酒精，過波希米亞生活，熱中政治，母親出身寒門，但聰明賢淑。童年的裴外，充滿歡樂與笑聲，不曾錯誤任何慶典或馬戲團，也留意世界戲劇；認識演員的父親，常利用開演前，帶他到後台。1907年，到巴黎讀書。1908年，電影默片開始，每當黃昏，裴外經常沒買票（因為父親係戲劇批評家）到劇場觀看，同時，啃讀許多書，學校當局受不了他和弟弟（1915年死於傷寒），因而遭到調校。1909年，慢慢地開始逃學，在街頭自我學習。1914年，決定放棄學校讀書，賺錢謀生。1920～22年，在海軍服役，但態度不夠標準，經常被關禁閉。退伍後，擴大閱讀文學書刊，出入國家圖書館，會晤作家。1924年，喜歡上超現實主義理論與成員。1931年，作家裴外出現文壇。1932年，籌組劇團「出生之犢」（Prémices），以後改為「十月」（Octobre）。1933年，柯斯馬（Josephe Kosma）演唱裴外幾首名詩，如〈捕鯨歌〉、〈芭芭拉〉、〈枯葉〉等。1930年代中期，陸續撰寫電影劇本《藍吉先生之罪》（*Le crime de Monsieur Lange*, 1935）、《霧中碼頭》（*Quai des brumes*, 1935年）、《劇中怪人》（*Drôle de drame*, 1937年）、《日出》（*Le jour se lève*, 1939年）、《黃昏訪客》（*Les Visiteurs du soir*, 1942年）、《夏日之光》（*Lumières d'été*, 1943年）、《天堂的孩子》（*Les Enfants du Paradis*, 1944年，正確翻譯應是：劇院

最高層樓座位的小孩）等。1946年出版的詩集《話》（*Paroles*），由於詩句口語化，題材的俯拾即是，技巧的化腐朽爲神奇，使他成爲戰後廣受喜愛的大眾寫實詩人，享譽文學界。他的詩被柯斯馬等名作曲家譜成曲，到處演唱，風行一時。詩集除《話》外，尚有《景象》（*Spectacle*, 1951年）、《雨天與晴天》（*La Pluie et le Beau Temps*, 1955年）、《故事集》（*Histoires*, 1946-1963年）、《雜集》（*Fatras*, 1966年）、《銅版畫》（*Eaux-fortes*, 1973年）；另有兒童讀物《不聽話孩子的故事》（*Contes pour enfants pas sages*, 1946年）。1977年4月11日，裴外因癌症過世。1992年，全集編入廣納經典的「七星叢書」（la Pléïade, Gallimard 出版社）。

裴外詩篇創作的原動力是鼓舞人生的歡樂（joie），包括愛情的歡樂，大自然的歡樂，花鳥的歡樂，乃至於城市灰黯街道上孩童的歡樂。任何違反這股歡樂氣氛的事物，不論是政治的、社會的或宗教的權威，都成爲他指責、攻擊的對象，裴外就是這樣，在詩中掩藏自己對萬物的仁慈心懷。

十行詩的〈和平演說〉（Le discours sur la paix），是作者本人非常喜歡的政治嘲諷詩：

在一場極重要演說的尾聲
那位政府大官絆倒了
被一個漂亮的空洞語詞
跌進裡頭
不知所措地張開大嘴
喘著氣

▲ Jacques Prévert

露出牙

而其和平論點的蛀牙

活脫脫地暴露戰爭的神經

金錢問題的微妙。

這首詩，用字遣詞十分貼切，深具對比和矛盾。裴外選用「戰爭的神經」（第9行）對照詩題「和平演說」，及「和平論點」（第8行）。矛盾則出現在前3行：握有權勢的「政府大官」輕易「絆倒」，減弱「極重要演說」的份量；同時，語詞的「漂亮」和「空洞」，是截然的矛盾。「空洞」（第3行）又預伏引出「張開大嘴」（第5行）和「蛀牙」（第8行）。這首短詩，僅陳述官員醜臉窘態，暗示反戰思維，裴外另有篇幅較長，表達同樣思維的詩，如〈果核的季節〉、〈芭芭拉〉二詩；前者寫於1936年作品，用果核與核子等文字雙關語，提出反戰與代溝問題；後者，一邊與女友細語，一邊咒罵「眞是他媽的這戰爭」（眞是荒唐的這戰爭，Quelle connerie la guerre）。

在巴黎或異地，情侶親吻的鏡頭，比比皆有，處處可見，裴外的兩首情詩，一晨一夜，都凸顯特殊地標，增添花都巴黎浪漫迷人的景觀。

公　園（Le jardin）

千千萬萬年

也無以

道說

這永恒的剎那

妳吻了我

我吻了妳

在冬日微明的清晨
在巴黎的蒙蘇利公園
巴黎
在地球上
地球是一顆星

▲ Jacques Prévert紀念郵票

巴黎之夜（Paris at night）

在夜裡一根接一根的點燃三根火柴
第一根想看你整個臉
第二根想看你的雙眼
最後一根想看你的嘴
隨後完全漆黑，摟你入懷
讓我回味這一切。

▲ Jacques Prévert 簽名式

▲ 詩集《話》封面

　　動物是裴外創作的主題之一，其中，「鳥」又特別為他所鍾愛。在詩集《話》裡，有近二十首的「鳥」詩。鳥，在他的詩中，有時是傳達少女內心不敢或不能表愛的意象，如〈捕鳥人之歌〉；但大部分則是自由、平等、博愛的象徵。至於〈畫鳥〉一詩則提供了詩人（所有藝術工作者）創作的根本條件：自由，這首詩可以代表裴外的詩觀、詩學：先在畫布上畫敞開門的鳥籠，及相關事物，等鳥自動進籠，再刪掉籠子柵欄，等候鳥的鳴啼歌唱；鳥的鳴不鳴唱，也暗示作品的成功與否。

　　對上班族而言，固定而習慣的上下班，偶爾會閃現「脫軌」的念頭，裴外這首〈糟蹋時間〉（Le temps perdu，失時）相當自我調侃，來到工廠門口的工人，突然興起翹班的喜悅：好時光應該自己享用，

▲ Prévert 詩選 義大利文（？）版封面

不需賣給老闆。這樣的「適性」表現，在〈我就是這樣子〉（Je suis comme je suis，我就是這副德性）一詩，更具淋漓盡致：

> 我就是這樣子
> 我就是這副德性
> 當我想笑的時候
> 　我就哈哈大笑
> 我愛喜歡我的人
> 　這不該是我的缺點吧
> 要是每回我愛的人
> 　都不相同
> 我就是這樣子
> 我就是這副德性
> 你還要怎樣
> 你要我怎樣

（原詩第1節）

　　2000年5月22日，香港電影《偷吻》（*Un Baiser Vole*），朱銳斌導演，馮德倫、鍾麗緹、吳文忻、張綺桐主演，片中主題曲，包括裴外這首詩，十足流露個人主義隨心所欲的個性，頗像當今青少年曾流行的：「只要我喜歡，沒有什麼不可以」。這類口語化的詩，〈家常〉（Familiale）一詩則有家庭成員各自活動，缺乏語言溝通的淡淡愁緒。

　　裴外的唯一兒童讀物《不聽話孩子的故事》，雖然僅僅八個童話，篇幅簡短，多少帶著「故事新編」的含意，卻能賦予新趣味與新思維，自然包括作者一向的自由、樸實風格。〈駝鳥〉（L'autruche）一篇，即古典童話〈小拇指〉的新演義。小拇指預防回家迷路，沿途暗丟的小石子，卻遭尾隨的駝鳥吞食，引發兩者的交

談，駝鳥指責人類只利用牠的實用價值：拔駝鳥羽毛作帽飾，看到蛋，直覺煎食，並慫恿遭遺棄的小拇指離家，認識更廣大的世界——許多國家。〈島上的馬〉（Cheval dans une île）是一頭懂得思考的馬，不甘心平淡生活，想改變現況，更提出人類在馬房牆壁的標語「要善待動物」（Soyez bons pour les animaux），鼓動群馬，反抗人類，不時引吭高歌「自由萬歲」（Vive la liberté），島上與大陸的人民，聽到吼叫歌聲，並不以為然，實際上，暗潮卻在洶湧。八個童話中，〈長頸鹿的歌劇〉（L'opéra de girafes）篇幅較長，以小型劇本的方式，分原始場景、都會巴黎棚舍廣場、和非洲殖民地（裴外此無文寫於1946年之前，法國仍有許多海外殖民地，包括非洲）三處，演示長頸鹿的生態，第三場景，青年用槍射殺高大的長頸鹿，反遭微弱卑小的「舌蠅」（Tsé - Tsé）螫死；兩者倒地的情形，裴外作不同的描述：「孩子睡覺，看起來像死去，長頸鹿死了，看起來卻像睡覺。」整部《不聽話孩子的故事》雖是故事，倒像指責人類「不文明」的舉止，替動物陳情，為動物爭取「動物權」。

　　最後，引錄幾則裴外哲理式語錄：
　1.生像櫻桃／死如果核／愛似櫻桃園。

　　　　La vie est une cerise

　　　　La mort est un noyau

　　　　L'amour un cerisier.

　2.你在草地上吃飯／匆匆忙忙／一天或另一天／輪換草地吃掉你。

　　　　Mangez sur l'herbe

　　　　Dépêchez-vous

　　　　Un jour ou l'autre

　　　　L'herbe mangera sur vous.

3.眞的，好幾次，我想了結此生，╱但我不知如何著手。

> Bien sûr, des fois, j'ai pensé mettre fin à mes jours,
>
> mais je ne savais jamais par lequel commencer.

4.每一座教堂，總有些小缺失。

> Dans chaque église, il y a toujours quelque chose qui cloche.

5.我，生命的公務員，白天、夜間，我領取工資；時時我付帳，歲歲拖垮我，已經辭退我了。

> Moi, fonctionnaire de la vie, je touche mon salaire et
>
> de jour et de nuit; l'heure me paie, les années me
>
> ruinent et déjà me remercient.

——刊登《世界文學‧7‧文學中的幽默與反諷》（麥田），2003.06.

相關閱讀：

非馬譯《裴外的詩》，大舞台書苑出版社，1978年。

蓬草譯《不聽話孩子的故事》，聯合文學出版社，1987年

莫渝譯著《香水與香頌》，書林出版公司，1997年。

莫渝編譯《法國20世紀詩選》，河童出版社，1999年。

胡品清著《法國文壇之「新」貌》，華欣文化事業，1984年。

熊一先著《斐維「話語集」之研究Paroles d'homme et de Prévert》1984年6月碩士論文。

裴外的〈和平演說〉

從激昂慷慨振振有詞的宣戰，到握拳高伸彌漫各處的反戰，鷹派與鴿派之間，砲火與聲浪之間，槍與筆之間，一直伴隨與對立在人類演進的路途上，代代不曾歇息過。1930年代中期，歐洲戰火剛燃，法國青年裴外寫的十行短詩〈和平演說〉，至今，仍具有朗讀、嘲諷的意涵。

和平演說

在一場極重要演說的尾聲
那位政府大官
被漂亮空洞的一個語詞絆倒
跌在裡頭
且不知所措地張開大嘴
喘著氣
露出牙
而其和平論點的蛀牙
活脫脫地暴露戰爭的神經
金錢問題的微妙。

裴外（Jacques Prévert, 1900～1977），法國詩人、電影劇本作家、兒童讀物作者。1900年2月4日出生，1977年4月11日，裴外因癌症過世。在巴黎長大。1946年出版的詩集《話》，享譽文學界，由於詩句口語化，題材的俯拾即是，技巧的化腐朽為神奇，使他成為戰後廣受喜愛的大眾詩人。他的詩被柯斯馬等名作曲家譜成曲，到處演唱，風行一時。詩集除《話》外，尚有《景象》（1951年）、《雜集》（1956年），另有電影劇本《黃昏訪客》（1942年）、《夏日之

光》（1943年）、《天堂的孩子們》（1944年）等，及兒童讀物《不聽話孩子的故事》。

十行詩的〈和平演說〉，是作者本人非常喜歡的政治嘲諷詩。裴外選用「戰爭的神經」（第9行）對照詩題「和平演說」，及「和平論點」（第8行）。起筆三行，用「極重要」（extrêmement important）、「大」（grand）官、「漂亮的」（belle）幾個語詞，強調演說者大言不慚的窘態，暗示反戰思維；同時說明：握有權勢的「政府大官」輕易「絆倒」，降減「演說」的份量。另外，第3行的「漂亮」和「空洞」，是截然的矛盾，「空洞」又預伏引出「張開大嘴」（第5行）和「蛀牙」（第8行）。整首詩，用字遣詞十分貼切，深具對比和矛盾。

〈和平演說〉原文：

Le discours sur la paix　　　　　　　　　Jacques Prévert

Vers la fin d'un discours extrêmement important

le grand homme d'Etat trébuchant

sur une belle phrase creuse

tombe dedans

et désemparé la bouche grande ouverte

haletant

montre les dents

et la carie dentaire de ses pacifiques raisonnements

met à vif le nerf de la guerre

la délicate question d'argent.

荒謬劇壇的主帥

——伊歐涅斯柯

(Eugène Ionesco, 1909～1994)

⎯⎯戰結束後，一位羅馬尼亞籍的文藝青年，在母親的國土，擔任⎯⎯出版社校對員。先前，喜歡文學，閱讀法國詩文學，出版過一小冊詩集，還想撰寫法國詩學論文，這位具備法語教師資格的已婚青年伊歐涅斯柯，沒有劇本寫作與劇場經驗，竟然意想天開，動筆撰編自以爲是的劇本，連續三年演出三齣，均告失敗。然而，巴黎，的確是藝術家的天堂，供養著卓絕的天才。未及十年，原本遭冷落的劇作，轉爲得寵，加上新作，連連獲獎，開創「荒謬劇」的彩繪天空，成爲新劇場典範，擠身法蘭西學院院士，還在一九八二年三月下旬，和夫人一同抵達台灣訪問演講，是跟台灣有直接交流的法國當代傑出文學家之一。

歐金・伊歐涅斯柯（Eugène Ionesco, 1909～1994）1909年11月26日出生於羅馬尼亞的史拉提納（Slatina, 離首府布加勒斯特Bucarest約150公里），父親羅馬尼亞人，母親法國籍，係到羅馬尼亞工作的法國工程師之女。1913年，隨父母遷居法國，起先住在巴黎，稍後移居中部緬因省。1916年，雙親離異，歐金由母親撫養，1922年，回到羅馬尼亞，與再婚的父親同住，順利完成中學及大學教育。1926年，發現寶物似的大量閱讀達達主義與超現實主義的作家詩人著作，包括查拉（Tristan Tzara, 1896～1963）、布勒東（André Breton, 1896～1966）、素波（Philippe Soupault, 1897～1990）、阿拉貢（Louis Aragon, 1897～1982）等；1928年，中學畢業，隔年，進入布加勒斯特大學，研讀法國文學。1930年，開始發表詩作及文藝評論。1931年，用羅馬尼亞文出版小冊子詩集《小人物的悲歌》，係受到法國詩人馮西・賈穆（Francis Jammes, 1868～1938）的影響。1934年，獲法語教師文憑；1936年結婚；1938年，獲羅馬尼亞政府獎學金前往法國研究，撰寫博士論文〈波德萊爾以後法國詩的罪與死〉（此論文以後不了了之）。1942年，伊歐涅斯柯與家人移居法國馬賽。1945年，到巴黎擔任一家法律出版社校對工作。1948年，開始嘗試寫劇本。1950年，加入法國籍。從1950年至1975年，演出與出版約二十餘齣劇

本，包括：《禿頭女高音》（*La Cantatrice Chauve*, 1950年）、《上課》（*Le Leçon*, 1951年）、《椅子》（*Les Chaises*, 1952年）、《無酬殺手》（*Tueur sans gages*, 1959年）、《犀牛》（*Rhinocéros*, 1960年）、《國王彌留》（*Le Roi se meure*, 1962年）、《馬克白》（*Macbette*, 1972年）、《帶手提箱的男人》（*L'Hommes aux valises*, 1975年）等，另有小說《孤獨者》（*Le Solitaire*, 1973年），論文集《筆記與反筆記》（*Notes et Contre-Notes*, 1962年）、《解毒藥》（*Antidotes*, 1977年），回憶錄《日記隨筆》（*Journal en miettes*, 1967年）等。1971年選入法蘭西學院院士。獲獎紀錄，有：1954年，阿列（Alphonse Allais）桂冠獎；1959年，杜爾（Tours，法國城市）音樂節評論家獎；1963年，獲《上課》芭蕾舞劇譯本義大利大獎；1966年，獲作家協會戲劇大獎；1969年，獲國家戲劇大獎；1970年，獲歐洲文學奧地利大獎；1973年，獲耶路撒冷獎；1989年，獲法國喜劇之父莫里哀獎等等。1991年，出版《戲劇全集》（加里曼書店「七星叢書」）。1994年3月28日，伊歐涅斯柯過世，安葬於蒙巴拿斯墓園。

從20世紀前期「新戲劇」、戰後的「前衛戲劇」（先鋒戲劇）、反戲劇到荒謬劇壇，名稱雖變更，法國劇場活動想突破的求新思維，跟同時期整體文學的風潮密不可分。當小說界出現霍格里耶等人「新小說派」時，劇壇則由伊歐涅斯柯領銜的「荒謬劇」（荒誕劇）出場。他以新風格打破傳統面貌，以前衛姿態搶佔灘頭堡，與傳統的保守對立，表現人生與人性的「荒謬」。伊歐涅斯柯在一篇答辯文章中表明：「戲劇不是要傳播福音，不是在宣揚道德……劇作家只在

▲ Eugène Ionesco
（1909～1994）

▲ 1952年 手牽女兒Marie-France
（8歲）

荒謬劇壇的主帥－伊歐涅斯柯　*185*

提供見證，而不是教誨……也不作任何意識型態的傳達。沒有一個社會的或政治的主張，可以免除我們活在這個世界上的悲哀，可以減輕我們生存的痛苦和面對死亡的恐懼……我在探尋人生的黑暗面，並企圖賦以光明……。」底下略述其四齣代表作，也都屬於「荒謬戲劇」的典型作品。

《禿頭女高音》（*La Cantatrice Chauve*），伊歐涅斯柯第一齣劇本。1948年動筆，隔年完稿，1950年5月11日，首次演出，觀眾寥寥無幾。全劇計11景，是他學習英文一段插曲的經驗談。舞臺背景為英國中產階段的家庭客廳。角色六個人，包括兩對夫妻、一位女僕和消防隊長；情節著重在閒聊，由寒暄、談近況、說說類似寓言的小故事，還輕吟兒歌式的小詩〈火〉（第9景），到無意義文字的湊併（第10景），順口唸出法國詩人的詩句，詩人名字的回應，詩人名字的組合（第11景）；結尾兩對夫婦四個人一起出聲：「不是從那裡，是從這裡」（C'est pas par là, C'est par ici）連說六遍，然後回到第一景的開始台詞，才落幕。劇本傳達語言文字的僵化，與擺脫傳統劇情需求及三一律，企圖搭配劇名副標題「反劇本」（anti-pièce）的標榜——與傳統劇分庭抗禮。至於，書中並無「禿頭」或「女高音」這樣的角色，則因誤打誤撞的靈感。據傳彩排時，消防隊長將l'institutrice blonde（金髮女教師）唸成la Cantatrice Chauve（禿頭女高音），伊歐涅斯柯直覺此稱呼反而更適宜作品的「反戲劇」效果，劇名就由《輕鬆學英文》（*L' Anglais sans peine*）到《英國時間》（*L'Heure Anglaise*），改成《禿頭女高音》，沿用迄今。書名與內容儘管扞格不入，卻造成此劇的荒誕。

《上課》（*Le Leçon*），伊歐涅斯柯第二齣劇本，為獨幕喜劇（Drame comique），1951年2月20日首次演出。一位五十餘歲的教授，個別指導一位十八歲的女學生，從簡單的數算，到語言學，以及各國語言的翻譯；當中，女傭幾次進來攪局；教授不顧女學生牙疼無法靜心聽課，反而責怪學生不專心，還施展暴力；最後，指導

「刀子」一字翻譯時，激怒的教授，失手殺死女學生，由女傭幫忙抬走，這還是當天的第四十次，也就是說：有四十具屍體等著處理，教授是殺死四十位學生的兇手；結束前，門鈴響了，一位新的女學生又上門求教，這是「荒謬戲劇」周而復始的循環技巧，因此，此劇為伊歐涅斯柯的第二部「循環鬧劇」。作者將此劇定位為「喜劇」，這點頗有爭議；女傭的話曾指出「從算術到語言學，然後呢，從語言學就走向犯罪……」語言、語言學竟然跟犯罪有關連！讓本劇帶有黑色幽默的「殺死」學生，當然不是真實情境的謀殺，而是剝削、宰制、強壓低弱能力的學習者。《上課》一劇，就是透過一連串莫名其妙卻意趣橫生的對白，闡釋語言的力量，包括單純的互相溝通，以及擴大為施展權力的工具，向觀眾（讀者）揭示「習以為常」的教學品質。此外，「上課」的字義另有「教訓」、「忠告」之解，不止是課業的傳授，還暗示對教育機制的忠告。

這兩齣戲首次演出，均令作者難堪，然而，1957年2月16日，搬到Huchette劇院重演後，局面扭轉了，幾乎場場爆滿，有時還得預訂，不曾中斷的演出，至1987年末，總計一萬場次。

《椅子》（Les Chaises），伊歐涅斯柯第三齣劇本，1952年4月22日首次演出，這是一齣獨幕的悲鬧劇（Farce tragique）。主角是九十五歲老人和九十四歲老婦，兩人應是一對夫妻，結尾有男叫女「忠實的伴侶」（ma fidèle compagne）和女叫男「我的寶貝」（mon chou）的親密稱呼，而且要「一起腐化」，屍體沉入水中，「我們將在孤獨的水中腐化……毫無怨言。」（nous pourrirons dans la solitude aquatique----

▲ Huchette劇院演出海報

▲ Huchette 劇院演出伊歐涅斯柯戲劇時刻表（上2行）

▲ 《禿頭女高音》海報

▲ 《禿頭女高音》、《上課》封面書影、海報

▲ 《椅子》劇情

Ne nous plaignons pas trop.）。劇中，兩人儘談些歷史與戰爭事實，間有門鈴響聲，他們則認眞的招呼這些不存在的客人入座；他們對領軍作戰的上校和皇帝頻頻畢恭畢敬的說話，而上校和皇帝同樣不存在的。更重要的是，戲裡，舞臺上擺飾許多的椅子都是象徵，呈顯出緊貼現實生活情境的意義，但空洞。椅子，等候「有人來使用」，卻一再空無（vide）；空無的椅子是矛盾的象徵，無人入坐的空蕩椅子，佔據舞台空間，引起一陣椅子旋風；如是，具體龐大的「空無」蔓延開來，意味著同時倍增（la multiplication）與缺席（l'absence），層出不窮（la prolifération）與一無所有（le rien）的矛盾。因而，伊歐涅斯柯進一步在其論述中強調「相對我們自身的內裡，空間是巨大的。我們應該是未知世界的探索人、發現者，這未知世界原本屬於我們卻覆蓋我們。」（《筆記與反筆記》）

《犀牛》（Rhinocéros），是第十部劇本，三幕四景。1959年10月31日，先在德國杜塞爾多夫（Düsseldorf）演出，隔年 1月20日才在巴黎演出。這時，伊歐涅斯柯人名劇名和「荒謬戲劇」的潮流，已經佔領大家的心靈，因而促成首次演出的成功，另外，還得加上劇本保留傳統劇場情節的主結構，以及內涵的複雜多義性，給予不同觀眾產生的不同感受。外省小城的星期日上午，兩位好友約翰（Jean）和貝宏傑（Bérenger）約在咖啡店碰面。兩人個性相反，約翰自負、細心、有責任感，貝宏傑則懶散、缺乏毅力、不修邊幅、喜愛杯中物，曾被約翰調侃他沒沾酒精的乾渴喉嚨是「永遠得不到滿足的領土」；約翰還多次勸告及鼓勵貝宏傑：留意打扮、盡責、發揮才能，與當代文化與文學並駕齊驅。在他們聊天之際，街道闖入一頭犀牛，引發騷動，隨後整個小城改變了。全城上下由談話主題、生活中心，逐漸形成「犀牛化」，所有人陸續變形（métamoorphoser）爲犀牛，包括愛戀貝宏傑的女同事黛西（Daisy）。意志力堅強肯負責的約翰更以「文明必須被推翻、被清除」，來證明轉型「牛性」的需要：牛性合乎自然，道德是反自然（La morale est antinaturelle）。這項「犀牛化」行列，僅剩個

人主義的貝宏傑獨自奮鬥，他說：「我原本有時間跟上他們。但此刻太遲了。我是一個怪物，我是一個怪物。唉，我變不成犀牛，永遠不會，永遠不會！」接著，他發出豪語：「對抗每個人，我要保衛自己，對抗每個人，我要保衛自己！我是最後的人，我堅持到底！決不投降！」（Contre tout le monde, je me défendrai, Contre tout le monde, je me défendrai! Je suis le dernier homme, je le resterai jusqu'au bout! Je ne capitule pas!）舞台上，貝宏傑慷慨激昂侃侃大談時，面對的是上上下下一大堆（量化）的犀牛角，他單薄無力但語氣豐富震盪。

▲《犀牛》

　　隱喻（暗喻, metaphor）是文學的極佳技巧，《犀牛》一戲的成功就在「變形」（metamorphose）的隱喻，尤其是政治的隱喻。文學史上「變形」的典範故事，在西方有古拉丁詩人奧維德（Ovide, 約西元前43年至西元後17年）15卷本長篇神話史詩《變形記》（*Metamorphoses*），和卡夫卡（Franz Kafka, 1883-1924）的中篇小說《變形記》；東方有中國的《白蛇傳》；法國詩人拉封登（La Fontaine, 1621～1695）也有〈雌貓變人〉的寓言詩。不過，更貼切的意涵是伊歐涅斯柯的親身經驗。1930年代，德國納粹與義大利法西斯的興起，全體主義一致主義極權主義的風潮席捲各界各國；1938年，羅馬尼亞亦出現「鐵衛軍」（La Garde de Fer）的法西斯運動，人人以加入為榮。如是，透過體積魁梧皮質硬厚的「犀牛」，讓「頭上長犄角」象徵掌權握勢的，儼然一股無法撼動擊倒模樣的邪惡力量。儘管主角貝宏傑是個不負責任的個人主義者，伊歐涅斯柯仍賦與他重責——反抗全體，拒絕屈服、投降，即反對全體主義一致主義極權主義的威脅。

▲《犀牛》角色

▲《馬克白》海報

▲ 伊歐涅斯柯墓園

在《犀牛》這一劇，伊歐涅斯柯融合法國拉伯雷（François Rabelais, 1494～1553）式的詼諧，及德國卡夫卡（Franz Kafka, 1883-1924）式的變形，加上原始神話的包裝，隱隱傳達與全體主義「量化的畸形景象」對抗時，個人主義者與人文主義者的使命。這樣的政治隱喻，德國人法國人感受強烈，其他地區的觀眾亦從中汲取另樣非政治的回響，如笑劇、鬧劇等。

伊歐涅斯柯認為：「整個世界是荒謬的。」（Je trouve que le monde entier est absurde……）這觀點，從他的前輩亞利（Alfred Jarry, 1873～1907）已為之鋪路。被愛爾蘭葉慈（Yeats, 1865～1939）稱為「狂野之神」的亞利，在1896年演出《烏布王》（Ubu roi），荒謬劇隱然形成。半個世紀後，1950、60年代，「荒謬劇」由法國展開，佔領世界劇壇。法國本土的沙特（Jean-Paul Sartre, 1905～1980）、阿達莫夫（Arthur Adamov, 1908～1970）、惹內（Jean Genet, 1910～1986）、愛爾蘭的貝克特（Samuel Beckett, 1906～1989, 在巴黎以法語寫作，1969年諾貝爾文學獎得主的劇作家）、英國品特（Harold pinter, 1930～）、美國阿爾比（Edward Albee, 1928～）等，都囊括在內。當中，伊歐涅斯柯是劇本連演最多場次、最耀眼，產量豐富、為自己劇本雄辯論述最強的一位劇作家。而他本人的年齡，雖然未曾引發問題，倒也算文壇一則趣聞；原來，1950年代初，伊歐涅斯柯想打入初出茅廬的巴黎青年群，「捏造」年輕些，謊報為1912年出生，三十年後成名之際，他才表白真相。

相關閱讀：

胡耀恆譯《世界戲劇欣賞》，志文出版社，1974年初版。

阮若缺譯《二十世紀法國戲劇》，遠流出版公司，1993年。

阮若缺譯《犀牛》，書林出版公司，2001年。

蔡進松譯《伊歐涅斯柯戲劇選集：禿頭女高音、犀牛》，驚聲文物供應公司，1984年再版。

劉森堯譯《伊歐涅斯柯戲劇選集：禿頭女高音、椅子》，桂冠圖書公司，2003年。

伊歐涅斯柯語錄

1、 我覺得整個世界是荒謬的。

Je trouve que le monde entier est absurde.

（Interview avec Ulrich Wickert.）

2、 我希望最後的勝利是善的力量。

J'espère en la victoire finale des forces du bien.

（Le Figaro, 3 décembre 1993.）

3、 事實上，我像面對一大片黑暗的站在世界上，什麼都不懂，也不
知要懂什麼。

...en réalité je suis devant le monde comme devant un bloc opaque
et j'ai l'impression que je ne comprends rien à rien, et qu'il n'y a rien
à comprendre. (Ruptures de silence - Rencentre avec André Coutin,
Mercure de France, page 70)

4、 我們同時是文化與體制的囚犯，如果存有的話，應該去探尋超越
這裡最深度的真理。

Nous sommes prisonniers à la fois de nos cultures et de nos
organismes, et il faudrait chercher, s'il y en a, des vérités plus
profondes, des au-delà de cela. (Ruptures de silence - Rencentre avec
André Coutin, Mercure de France, page 46.)

5、 À quoi sert de vieillir?

(Dernières pensées dans Le Figaro du 14 mars 1994, deux semaines
avant son décès.)

Prier le Je Ne Sais Qui - j'espère: Jésus Christ.

(Derniers mots sur la pierre tombale d'Eugène Ionesco.)

伊歐涅斯柯年表

　　1909年11月26日（依據東正教曆法：11月13日），尤金・伊歐涅斯柯（Eugène Ionesco）出生於羅馬尼亞的史拉提納（Slatina, 離首府布加勒斯特Bucarest約150公里）。父親（同樣叫Eugène Ionesco）猶太籍羅馬尼亞人，母親黛蕾絲・依波卡（Thérèse Ipcar）法國籍，係到羅馬尼亞工作的法國工程師之女。

　　（1950年代初期在巴黎，伊歐涅斯柯想打入初出茅廬的青年圈子，「捏造」年輕些，謊報爲1912年出生，30年後才表白。）

1911年　　2月11日，妹妹瑪里莉娜（Marilina）出生。

1913年　　隨父母遷居法國，先住在巴黎，後轉到緬因省。

1916年　　父母親離異，伊歐涅斯柯與母親同住在巴黎第15區。
　　　　　父親回到羅馬尼亞首府布加勒斯特（Bucarest, Bucharest），從軍，投入戰場。
　　　　　（有段時期，誤爲已陣亡，實際是擔任布加勒斯特警察局的安全督察。）

1917年　　父親再娶。
　　　　　升任爲督察長。

1922年　　伊歐涅斯柯與妹妹回羅馬尼亞，與跟父親同住。
　　　　　在羅馬尼亞接受中學、大學教育，至1938年離開。

1926年　　與父親爭吵，離家出走。
　　　　　父親原希望兒子當工程師；兒子對文學與詩更有興趣。
　　　　　發現達達主義與超現實主義的詩人作家，包括查拉（Tristan Tzara, 1896～1963）、布勒東（André Breton, 1896～1966）、素波（Philippe Soupault, 1897～1990）、阿拉貢（Louis Aragon, 1897～1982）等。

	與在布加勒斯特銀行當職員的母親同住。母親安排女兒瑪里莉娜到銀行當打字員工作。
1928年	通過中學會考（中學畢業）。
1929年	進入布加勒斯特大學，研讀法國文學，準備取得法語教師文憑。
1930年	開始發表詩作、文藝評論。 認識學法律與哲學的女大學生布里蘿紐（Rodica Burileanu）。
1931年	用羅馬尼亞文出版一本小冊子詩集《小人物的悲歌》（*Élégies pour êtres miunscules*），係受到法國詩人馮西·賈穆（Francis Jammes, 1868～1938）的影響。
1934年	獲法語教師資格。
1936年	7月8日，與布里蘿紐結婚。 10月，母親過世。
1936～38年	任教於軍區某中學。
1938年	獲羅馬尼亞政府獎學金前往法國研究，撰述博士論文〈波德萊爾以後法國詩的罪與死〉（Le Péché et la mort dans la poésie française depuis Baudelaire）。論文並未完成。
1940年	8月，在布加勒斯特市一所中學任教。
1942～3年	伊歐涅斯柯一家移居法國馬賽。
1944年	女兒瑪莉—法蘭西（Marie‐France）出生。
1945年	任職一家法律出版社的實習校對員。 住在巴黎第16區。
1945年	11月，父親在布加勒斯特過世。
1948～9年	完成《禿頭女高音》文稿。
1950年	5月11日，《禿頭女高音》（*La Cantatrice Chauve*）首次演出。 加入法國籍。

1951年	2月20日，《上課》（*Le Leçon*）首次演出。
1952年	4月22日，《椅子》（*Les Chaises*）首次演出。
1954年	《阿麥岱或如何擺脫》（*Amédée ou Comme s'en débarrasser barra*）上演。
	獲第一屆阿列（Alphonse Allais）桂冠獎。Alphonse Allais（1854～1905）係法國幽默作家、藥劑師。
1955年	《傑克或服從》（*Jacques ou la Soumission*）上演。
1956年	《阿爾瑪的即席演出》（*L'Impromptu de I'Alma*）上演。
1957年	2月16日，《禿頭女高音》與《上課》在Huchette劇院重演，這兩齣戲不曾中斷演出，至1987年末，總計一萬場次。
	6月23日，《未來在蛋裡》（*L'Avenir est dans les œufs*）首次上演。
	9月10日，《新房客》（*Le Nouveau Locataire*）首次上演。
1958年	「伊歐涅斯柯論戰年」。
	隨著劇本《禿頭女高音》、《上課》、《椅子》跨海到英國演出，伊歐涅斯柯名氣水漲船高，支持與反對聲浪出現；伊歐涅斯柯與英國評論家泰南（Kenneth Tynan）互打筆戰，文章顯露伊歐涅斯柯辯駁能力，及創作與理論齊進的才氣。
1959年	6月23日，《無酬殺手》（*Tueur sans gages*）首次演出。
	參加在芬蘭首都赫爾辛基的前衛（先鋒）戲劇對談。
	獲杜爾（Tours，法國城市）音樂節評論家獎。
	10月31日，《犀牛》在杜塞爾多夫（Düsseldorf, 德國河港兼工業城）演出。
1960年	1月20日，《犀牛》（*Rhinocéros*）首次在巴黎演出。
	移居巴黎第1區里倨利（Rivoli）街14號（至1964年）。
1961年	接受「文藝騎士」勳位獎。

1962年	12月15日，《國王彌留》（*Le Roi se meur*）首次演出。
	出版論文集《筆記與反筆記》（*Notes et Contre-Notes*）。
1963年	2月8日，《空中飛人》（*Le Piéton de l'air.*）首次演出。
	獲《上課》芭蕾舞劇譯本義大利大獎。
	回到童年歡樂的場所、教堂、磨坊等，頗有「失樂園」的感受。
1965年	2月28日，《渴與飢》（*La Soif et la Faim*）首次演出。
1966年	《清煮蛋》（*L'œuf dur*）上演。
	出版《生與夢之間》（*Entre la vie et la rêve,* 與龐內法Claude Bonnefoy對談錄）。
	獲作家協會戲劇大獎。
1967年	出版回憶錄《日記隨筆》（*Journal en miettes*）。
1968年	出版《過去的現在，現在的過去》（*Présent passé, passé présent*）。
1969年	12月，獲國家戲劇大獎。
1970年	授勳榮譽勳位騎士。
	獲歐洲文學奧地利大獎。
	《謀殺遊戲》（*Jeux de massacre*）上演。
1971年	2月25日，選入法蘭西學院院士，前一任為保蘭（Jean Paulhan, 1884～1968）。
1972年	《馬克白》（*Macbette*）上演。
1973年	4月30日，獲耶路撒冷獎（作品集，特別是《犀牛》）。
	出版小說《孤獨者》（*Le Solitaire*）。
1975年	《帶手提箱的男人》（*L'Hommes aux valises*）上演。
1977年	出版政治、文學與文化論文集《解毒藥》（*Antidotes*）。
1979年	出版論文集《問題男人》（*Un Homme en question*）。
1981年	出版繪畫論集《白與黑》（*Le Blanc et le Noir*），有15幀伊歐涅斯柯石版插畫。

1982年	出版一本三十年文集：Hugoliade。
	1-2月，參加波昂大學會議，榮獲德國梅里特（Mérite）騎士團徽章。
	3月24日，與夫人一同抵達台灣訪問。
	3月26日，在台北「耕莘文教院」演講〈文化與政治〉。
1984年	授勳榮譽勳位軍官級。
1987年	2月23日，伊歐涅斯柯戲劇個展。
1988年	出版日記《斷續的探求》（*La Quête intermittente*）。
1989年	2月，國際筆會由伊歐涅斯柯提議頒發「自由獎」給捷克劇作家哈維爾（Vaclav Havel）。
	5月7日，伊歐涅斯柯獲「莫里哀獎」。莫里哀（Molière, 1622～1673）係法國17世紀戲劇家，創作34齣劇本，被尊崇為「法國喜劇之父」。
	12月30日，獲羅馬尼亞文學家聯盟榮譽會員。
1991年	出版《戲劇全集》（加里曼書店，七星叢書 *Pléiade*）。
1992年	當選「自由歐洲知識份子委員會」（Comité des intellectuels pour l'Europe des libertés 簡稱：C.I.E.L.）委員。
1993年	出版義大利譯文《戲劇全集》（七星叢書）。
1994年	3月28日，伊歐涅斯柯在巴黎寓所逝世。
	於巴黎聖塔香吉正教教會舉行國葬儀式後，安葬於蒙巴拿斯墓園。

失憶者的新生

——阿努伊的戲劇《無包袱的旅人》、《安提岡妮》等

保留記憶，將過去的印象重新呈現意識裡，是人類的特殊能力，累積記憶的學習，正是經驗的增添；記憶超強者，擁有較佳的學習基礎。然而，記憶依賴腦力活動，突如其來的腦部傷害，將造成過去記憶的喪失。此即心理學所稱的：失憶者、失憶症病患、健忘症病患，法文：amnésique，英文：amnesia，當事人也許茫然不知。此種失憶，因發生原因與程度的差異，學理上仍有不同層次的說明與醫學療癒方式。法國劇作家阿努伊，在《無包袱的旅人》一劇中，為失憶者提供新生的方法。旅人出遊，沒有行李羈絆，心情何其輕鬆愜意！

阿努伊（Jean Anouilh, 1910～1987），1910年6月23日出生於法國西南部酒鄉波爾多（Bordeaux, 離巴黎約560公里）。父親裁縫師，母親為鋼琴教師，兼地方交響樂團的樂師，常到外省各區著名俱樂部舞台演出。8歲時，跟隨家人出去，特別是阿卡雄（Arcachon）俱樂部看戲，由此耳濡目染，阿努伊發現也接觸了古典大作家：莫里哀（Molière, 1622～1673）、馬里渥（Marivaux, 1688～1763）和繆塞（Musset, 1810～1857）等劇作。12歲開始寫詩。15歲住在巴黎，對戲劇產生愛好。1928年，成為巴洛爾（Jean-Louis Barrault, 1910～1994）學生，阿努伊閱讀並喜愛前輩劇作家，包括英國的蕭伯納（Geroge Bernard Shaw, 1856～1950），義大利的皮藍德婁（Luigi Pirandello, 1867～1936），法國的高祿德（Paul Claudel, 1867～1950）等。同年，擔任導演朱衛（Louis Jouvet, 1887～1951）的祕書，因觀賞朱衛導演吉羅杜（Jean Giraudoux, 1882～1944）的《齊格菲》（Siegfried），大為贊歎，進一步決定踏入劇壇，先是劇作家（dramaturge），1959年起擔任導演（metteur en scène）。1987年10月3日過世。

阿努伊是一位專職的多產劇作家，從1932年完成第一部作品起，共寫了四十多齣劇本，質與亮堪稱列名法國戲劇史的前矛。其表現範疇涵蓋喜劇和悲劇、民俗劇和市民劇、抒情與滑稽。1942年，他將作

品分程兩類：悲劇類的「黑色劇」和喜鬧劇的「粉紅劇」；後來，依細分爲五類：

黑色劇（La pièce noire）：充滿悲劇和虛無，《白鼬》（*L' Hermine*, 1932年）、《無包袱的旅人》（*Le Voyageur sans baggage*, 沒有行李的旅人, 1937年）、《野女孩》（*La Sauvage*, 1938年）、《尤里迪絲》（*Eurydice*, 1942年）、《安提岡妮》（*Antigone*, 1944年）、《美狄亞》（*Médée*, 1953年）等。

粉紅（玫瑰色）劇（La pièce rose）：黑色悲劇中，夾帶希望。《小偷嘉年華會》（*Le Bal des voleurs*, 1938年）、《桑利斯的約會》（*Le Rendez-vous de Senlis*, 1939年）、《雷歐卡迪亞》（*Léocadia*, 1939年）等。

諷刺劇（La pièce grincante）：《阿爾岱》（*Ardèle ou la marguerite*, 1948年）、《鬥牛士華爾滋》（*La Valse des toréadors*, 1951年）、《地窖》（*La Grotte*, 1960年）、《麵包店老闆、麵包店老闆娘和小廝》（*Le Boulanger, la boulangère et le petit mitron*, 1968年）、《金魚》（*Les Poissons rouges ou mon père*, 1970年）、《樂團》（*L'Orchestre*, 1973年）等。

光明劇（La pièce brillante）：《城堡之邀》（*L'Invitation au château*, 1947年）、《鴿子》（*Colombe*, 1951年）、《父親學校》（*Cécile ou l'école drs père*, 1954年）。

古裝劇（La pièce costumées）：《雲雀》（*L'Alouette*, 1953年）、《貝可特或上帝的榮譽》（*Becket ou L'Honneur de Dieu*, 1959年）等。

底下，略述阿努伊比較受注意的幾部齣劇本。

▲ 阿努伊
（Jean Anouilh, 1910～1987）

《無包袱的旅人》（沒有行李的旅人，*Le Voyageur sans baggage*, 英譯「Traveller without Luggage」）是阿努伊首次成功的劇本，1937年寫的一齣諷刺喜劇。同吉羅杜的《齊格菲》一樣，主角加斯東（Gaston）是戰爭下的失憶者（amnésique, 失憶症病患，健忘症病患）。他在收容所（asile）安靜生活了十七年。某一天，五個家庭前來相認，當中，雷諾（Renaud）家一眼瞧出是失蹤多年的兒子傑（Jacques）。順理，先將他安置在雷諾家，以便喚醒記憶。加斯東逐漸發現傑克曾是一位騙子、惡棍；欲強吻女僕，將好友推下樓而喪命；與出嫁前的弟媳瓦倫婷（Valentine）有過戀情，瓦倫婷仍有意重續舊情；爲了同女裁縫師結婚，和母親爭執，母子親情近乎冰凍隱失。瞭解了過去的一切真實，加斯東內心萬分惶恐，拒絕承受這些醜陋的往事。他在消失（自殺）與新生之間猶豫、抉擇，他對瓦倫婷說：「無庸置疑，我單獨一人，真的，這種人注定可以實現自己的夢想……我是一個人，亦能如此，我要像新生孩童一樣。這個特權不適用罪犯。」（Je suis sans doute le seul homme, c'est vrai, auquel le destin aura donné la possibilité d'accomplir ce rêve de chacun... Je suis un homme et je peux être, si je veux, aussi neuf qu'un enfant ! C'est un privilège dont il serait crimiel de ne pas user.）。失憶症（健忘症）成爲他擺脫罪孽，尋求解脫的手段。最後，他挑選另外一個單純家庭，「重新做人」，獲得自由。阿努伊的筆下的英雄角色，直認想抹掉良心的污點是不可能，除非接受既成事實或死去；但這齣黑色戲劇的處理，卻在自由幻想的氣氛得到解決。

　　《小偷嘉年華會》（1938年）是一齣四幕的輕鬆喜鬧戲。小偷三人幫在溫泉小鎮巧遇三家族，偷兒動發財的夢想，喬裝公爵與神職人員；對手亦非傻瓜，存心捉弄敵方；雙方各懷鬼胎，進行熱鬧的鬥智，劇中充滿幻想，激濺興致，引發想像力，讓場面逗趣搞笑，既通俗又無傷大雅，每次上演，大受歡迎，是阿努伊初期最成功的劇本之一。

《安提岡妮》（*Antigone*, 1944年），是希臘故事的古戲新演，這樣取材的方式，歷代均出現，卻為20世紀歐陸劇壇的特色之一，不少名家都朝此面向再創作，且展示可觀的成績。阿努伊的此劇本1942年完成，1944年上演，當時，仍處德國納粹佔領期間，自然擺脫古希臘劇作家索發克里斯（Sophocles, 西元前496～406）寫作《伊底帕斯王》與《安提岡妮》架構的原型，隱含時代的新意涵。底比斯國王伊底帕斯（Oedipus）得知自己弒父娶母稱王的醜事後，親手刺盲雙眼，由女兒安提岡妮陪伴，四處流浪，以洗刷罪愆；國事交由三位兒子執政。老二趕走老大，自立為王，老大流亡在外，招兵買馬預備奪回王位，一場激戰，雙方殺死對手，王位落入伊底帕斯王母親（以後的妻子）的兄弟克瑞昂（Créon），克瑞昂下詔表揚老二，卻讓老大波利尼西斯（Polynice）暴屍戶外，並下令任何人不得收埋；此時伊底帕斯已亡故，安提岡妮回到底比斯，不忍大哥的靈魂四散飄泊無處可歸（古希臘宗教戒律：人死必入土，否則靈魂遊散，無法安息），違抗王令，因而觸法遭判處決。索發克里斯的《安提岡妮》（西元前441年上演）以克瑞昂為主角，擁有絕對權勢的國王，主宰一切，向神挑戰，排斥異議，不容違命，安提岡妮只是順從宗教倫理的乖女子。阿努伊的劇本，一樣安排死神降臨的結尾，但他將克瑞昂視同凡人，通情達理的明君，將安提岡妮塑造成追求純潔的象徵，兩人進行抒情般的對白交談；安提岡妮說：「我希望世間美麗，像小時候一樣，否則我就死。」即使是死，也感覺到「啊！墳墓！少女的嫁床！」將死昇華為美麗的圖案，如此詩意，肇因

▲《無包袱的旅人》海報
" Je suis sans doute le seul homme, c'est vrai, auquel le destin aura donné la possibilité d'accomplir ce rêve de chacun... Je suis un homme et je peux être, si je veux, aussi neuf qu'un enfant ! C'est un privilège dont il serait criminel de ne pas user."

▲ Antigone pleurant son frère Polynice
安提岡妮報哭長兄波利尼西斯

▲《雲雀》（L' Alouette, 1953年）

▲ 安提岡妮上吊自盡《安提岡妮》

安提岡妮的視死如歸以及求美的心理。在當年納粹鐵蹄下的巴黎演出時，如同舞台衛兵環視下，求得平靜一死的安提岡妮，再搭配劇場「伴歌者」訴之以情的旁白解說，場場爆滿，連演六百餘場，深獲法國民心。此劇與沙特的《蒼蠅》（1943年）、卡繆的《卡里古拉》（1945年）合稱法國現代三大劇本。

　　跟《安提岡妮》一樣，《美狄亞》（*Médée*, 1953年）也是以古希臘神話故事爲架構的古戲新演。美狄亞是希臘神話中國王之女，不顧家人反對，嫁予傑遜（Jason），並協助盜取金羊毛。十年後，兩人感情起波折，傑遜欲遺棄美狄亞，另取科林斯國王的女兒；美狄亞扮演復仇女神，送一襲沾劇毒的禮服，並掐死自己的兩個孩子，好讓傑遜痛不欲生。最早期最著名的劇本是古希臘作家尤里皮德斯（Euripides）寫的，西元前431年在雅典上演；在法國，17世紀的高乃依（Pierre Corneille, 1606～1684）也有同名劇本的演出（1965年）。阿努伊筆下相同題材的獨幕劇美狄亞，凸顯女子報復的烈火性格，有意在「找尋自我，追求眞正幸福」的歷程中，加入人性的一面──美狄亞的出軌，與牧羊人外遇，獲得肉體的慰藉。女性自我意識的覺醒，也是此劇的主題之一。

　　英法百年戰爭（約西元1346～1453年）後期，聖女貞德（Jeanne d'Arc, 1412～1431）的事蹟，是後世文學家喜愛詮釋的題材，單以戲劇而言，即上演百多齣，包括英國的蕭伯納（George Bernard Shaw, 1856～1950），德國的布萊希特（Bertolt Brecht, 1898～1956），各個作者都以自己的立場詮釋貞德的生命、經歷、受審及死亡的代表意義與眞實性。阿努伊的《雲雀》（百靈鳥，*L'Alouette*, 1953年），也加入這行列中。蕭伯納將貞德塑造成女超人，阿努伊僅將之描繪成悲劇女英雄。劇情重點放在貞德受審的過程，強調貞德不銜接受妥協反抗權威的強烈個性；並不時以「俚語」、「粗話」流露貞德的鄉野農婦性格；另一方面，則以「雲雀」爲意象，暗示貞德溫柔親切（tendresse）與樸實天眞（naïveté）的人間氣質。

20世紀法國劇壇，出現列名者不止二百位，阿努伊（Jean Anouilh, 1910～1987）是承先啓後的重要人物，他的劇藝，不論新劇或古戲新演，他所塑造的（英雄）人物，都帶世俗性格，富現代意涵。他接受吉羅杜（Jean Giraudoux, 1882～1944）和 高克多（Jean Cocteau, 1889～1963）的影響，啓示了「荒謬劇場」的貝克特（Samuel Beckett, 1906～1989）和伊歐涅斯柯（Eugène Ionesco, 1909～1994）；有趣的是後二位即所謂「外籍兵團」的大將；分別來自愛爾蘭與羅馬尼亞，擠身巴黎，以用法文書寫，搶奪法國人的光彩，但也被法國人接納。

▲ 《安提岡妮》法文版封面

▲ Antigone" de Jean Anouilh

▲ 《城堡之邀》（L'Invitation au château）英譯《月暈》（Ring Round the Moon）
演員：Parker Stevenson and Ferrell Marshall

相關閱讀：

楊銘塗　劉建中譯《阿努義戲劇選集：雲雀‧月暈》，驚聲文物公司，1970年

詹玲玲　林雅珠譯《小偷嘉年華會‧美狄亞》，桂冠圖書公司，1994年。

阮若缺譯《二什世紀法國戲劇》，遠流出版公司，1993年。

▲ Directed by Christopher Roberts May 2000 Mint Theatre

芬芳普羅旺斯的不凋花

——巴紐的「馬賽三部曲」、「童年三部曲」

法蘭西學院（L'Académie française）是法國最高學術機構，院士席位由各行各業德高望重的名流擔任，俗稱 immortel（不朽者、不凋花），因為是終身職，必待亡身後，才有繼任者，因此，自1635年成立以來，名額（fauteuil，席位）固定四十。歷任院士中，自然不乏文學界的精英，如悲劇大師高乃依（1647年）和拉辛（1672年）、童話之父貝洛（1671年）、伏爾泰（1746年）、詩人拉馬丁（1829年）梵樂希（1925年）、文豪雨果（1841年）、小說家法朗士（1896年）等。電影是1888年才開始發展，1931年法國出現有聲電影；電影聚結舞台戲劇、音響科技等事業，號稱第八藝術，其影響逐漸成為凌駕其他藝術的文化現象。法蘭西學院在17世紀誕生，電影是19世紀的產物，到了20世紀中期，兩者進行親密的交集，1946年，馬塞‧巴紐以電影工作者的身份，首位榮登法蘭西學院院士，象徵古老的學院容納最新的藝術。然而，巴紐不只是電影工作者，他還是法國人引以為豪的劇作家、小說家。

馬塞‧巴紐（Marcel Pagnol, 1895～1974），1895年2月28日出生於馬賽（Marseille）附近的奧巴尼（Aubagne）市，父親喬瑟夫‧巴紐（Josephe Pagnol）為小學教師，母親奧古斯婷‧朗索（Augustine Lansot）是裁縫師。1897年，全家遷居馬賽郊區的聖露市（Saint-Loup）。1910年，母親因肺充血過世。1913年中學畢業，成績優異，獲哲學業士。1914年擔任中學輔導教師，1916年，與西蒙（Simone Collin）結婚，同年取得語文學士，1917年在幾間專校任助理教授，1922年擔任巴黎康多榭（Condorcet）中學教授。1923年，開始創作劇本。1927年，離開教職，專心寫作。同年寫劇本《爵士》（Jazz），隔年，諷刺喜劇《托帕茲》（Topaze），1929年，《馬里留斯》（Marius），1930年，《芬妮》（Fanny）都極為成功，遂轉向電影發展。1932年，回到馬賽，籌設個人電影製片廠，號稱「普羅旺斯的好萊塢」（Hollywood provençal）。1933～37年，巴紐執導的幾部電影，都很成功。1941年，與西蒙離婚。1942

年，出售電影製片廠。1944年，當選戲劇作曲者與作者協會主席，認識賈克琳（Jacqueline Bouvier），隔年兩人結婚。1946年，以電影工作者的身份，榮登法蘭西學院院院士。1951年，父親過世。1954年和1967年，兩次選錄普羅旺斯作家都德（Alphonse Daudet, 1840～1897）名作《磨坊文札》（*Lettres de mon moulin*）拍成電影，第一次選書中〈高尼爾先生的祕密〉、〈三次低音彌撒〉、〈高賢神父的藥酒〉三篇，第二次選〈居居南神父〉，均深獲好評。1957～1962年，出版回憶小說「童年三部曲」：《父親的榮耀》（*La Gloire de mon père*, 1957年）、《母親的城堡》（*La Château de ma mère*, 1958年）、《祕密的時光》（*Le Temps des Secrets*, 1960年）、連同遺著《愛戀的時光》（*Le Temps des Amours*, 1977年），亦合稱「童年四部曲」。1963年，出版「山崗之泉」（Les Eaux des Collines）系列兩部：《戀戀山城》（*Jean de Florette*）和《泉水姑娘瑪儂》（*Manon des sources*）。1973年出版小說《鐵面具的祕密》（*Le Secret du Masque de fer*）。1962～1973年陸續出版他的全集（Œuvres complètes），包括：戲劇1卷、電影2卷、回憶錄與小說3卷。1974年4月18日，在巴黎過世。1995年，巴紐百年冥誕，全法國的媒體有大篇幅的報導，並舉行盛大的遊行活動紀念。

　　馬塞‧巴紐的藝文寫作與活動可以分四階段，初期1926～1937年，約八齣劇本；中期1931～1954年共執導二十一部電影；1957年之後，共寫約十餘部小說。1962年，還將活動伸向電視。另外也翻譯莎士比亞兩部戲劇《哈姆雷特》和《仲夏夜之夢》，及古

▲ Marcel Pagnol（1895 - 1974）

▲ Marcel Pagnol筆蹟

▲ 馬塞‧巴紐紀念郵票，1995年摩納哥發行

▲ 馬塞‧巴紐紀念郵票，1993年法國發行

羅馬詩人維吉爾（Virgil，西元前70〜19）的詩集《田園詩集》（Les Bucoliques，牧歌集）。

底下略述其2齣劇本與2部小說。

《托帕茲》（*Topaze*）是他的成名劇本，1928年作品，在1932年、1936年和1950年三度拍成電影，是一齣4幕諷刺喜劇。小學教師托帕茲原本崇尚道德，老實安分；在爾虞我詐的商業生活圈中，逐漸喪失本性，向錢看齊，金錢至上。為求私己的利益，欺瞞朋友，矇騙眾人，變成厚顏無恥的公司經理。他曾對老友達米資（Tamise）說：「啊！金錢，……你不懂它的價值……睜開你的眼睛，看看生活，看看你的當前……金錢可能是一切，它允許一切，它給予一切……」（Ah! l'argent…Tu n'en connais pas la valeur…Mais ouvre les yeux, regarde la vie, regarde tes contemporains… L'argent peut tout, il permet tout, il donne tout…）。這齣戲對白生動，角色鮮明，贏得大眾的喜愛。

1929年的《馬里留斯》（*Marius*），巴紐最成功的4幕6場劇本，1931年拍成電影。故事在南法馬賽（Marseille）港的酒吧（bar）展開。凱撒（César）經營酒吧，兒子馬里留斯幫忙照顧，少女芬妮（Fanny）與母親在附近開家蝦蟹甲殼類專賣店。芬妮與馬里留斯是青梅竹馬，芬妮非常喜歡馬里留斯，甚至迷戀狂愛，但故意裝作無所謂的與其他男子交往，想刺激馬里留斯的吃醋；還接受酒吧常客潘尼斯（Panisse）的求婚，潘尼斯五十高齡卻富有。馬里留斯熱愛海洋，這是他最強烈的希望，結束對芬妮的關心，渴望出海。但是芬妮順利將他逮進圈套，兩人戀愛了。馬里留斯覺得有娶芬妮的責任，以維護自己的名譽，「榮譽，像火柴，只有點一次的機會。」（L'honneur, c'est comme les allumettes: ça ne sert qu'une fois.）然而，情節發展暗潮迭起波濤洶湧，既富娛樂，又具刺激，拓衍後續的另二部劇本、電影《芬妮》（1932年）和《凱撒》（1936年），組合「馬賽三部曲」。

「我出生於嘉拉班山下，滿山的羊群，那是最後一批牧羊人的時代。」（"Je suis né dans la ville d'Aubagne, sous le garlaban couronné de chèvres, au temps des derniers chevriers".）這是距今百年前，離巴紐寫作時已近一甲子了，他的童年回憶由此開端。他敘述美麗芬芳的普羅旺斯，敘述山丘的發現、山谷的翠綠，敘述父親喬瑟夫、母親奧古斯婷、朱爾叔叔、羅絲阿姨、小弟保羅、獵人、朋友利利、小妹……等。在野性的大自然、友誼、愛情、惡作劇（壞點子）、歡樂氣氛、打獵的驚喜、迷路的緊張……組成童年的迷人世界。《父親的榮耀》爲「童年三部曲」之首。作者先敘述地緣、家世，從祖父的活動區談起，重點放在父親，父親的職業、家庭教育、親子互動、父親參與狩獵。全書44節，屬於狩獵前後的活動佔19節（26-44節），約五分之二的篇幅。整部小說斷續地介紹「普羅旺斯大地的芬芳」，是一篇篇美文，第18節則提早指導小巴紐認識大詩人維吉爾。高潮則是狩獵活動的開始，十來歲的兒子小巴紐，擔心父親打獵的成果欠佳，獵物的最佳表現是獵得眾禽之王——兩隻巨大的歐石雞（bartavelle），暗中神來一筆的幫忙，贏得了「父親的榮耀」。

▲ 《爸爸的榮耀——普羅旺斯的童年》

▲ 《媽媽的城堡——普羅旺斯的成長》

▲ 《鐵面具的祕密》法文版封面

▲ 《馬里留斯》法文版封面

　　《父親的榮耀》一書，到巴紐小學階段，主要角色是父親，主旨是孝順的兒子，尊敬父親並爲之加冕；《母親的城堡》則延續敘述孩子長大，中學假期的生活記事。除山林野趣、認識新朋友外，重點放在母親，其實仍是全體成員的活動。前往山丘荒廢農莊改建的「新舍」（La Bastide Neuve）度假，路程遙遠，要徒步繞過幾處私人土地；幸好遇到喬瑟夫教過的學生布及戈（Bouzigue），擔任水道監工（piqueur du canal），樂意引導穿越捷徑——非法穿過四座貴族城堡：刀疤伯爵的城堡（母親的城堡）、無人城堡

▲ 《父親的榮耀》、《母親的城堡》封面書影（取自電影鏡頭）

（睡美人城堡）、臥病老人的城堡、老軍官的城堡（母親的害怕la peur de ma mère），中間出現不少引發樂趣與難堪的事件，度假的行程儼然經歷一次驚險記。

《父親的榮耀》與《母親的城堡》二書，在1990年拍成電影，加深故事的渲染、溫情的傳播、大地的芬芳。由於電影的拍攝以普羅旺斯，以法國為根據，觀眾言「美得令人喘不過氣來！」（C'est d'une beauté à couper le souffle!）

美國心理學家貝爾·福克說：「大自然是孩子的教育之神，孩子可以在自然界的一草一木、一雨一露、一花一土中，孕育出更聰穎的智慧，更堅毅的胸襟，更敏銳的觀察力。」教育心理學家班克的話：「古今東西的偉人專家，多半來自鄉野，多半有段親土親自然的童年。」或者我們可以這麼說：因為美麗的山林，起伏的丘陵山谷，豐腴的鄉土，孕育了馬塞·巴紐心靈的充實。

馬塞·巴紐的文字不時夾帶幽默淘氣，以《父親的榮耀》乙書言，諷刺辛辣有之，如針對宗教尤其是教皇的奢靡：「教皇生活淫逸之程度，與貴為國王者相比，有過之而無不及。」（譯書頁47）。親子間也有嘻皮笑臉的調侃話：「小孩比爸爸媽媽晚出生，錯過了教育父母的機會，只好尊重他們無可救藥的壞習慣，絕不能讓爸媽傷心。」（頁101）。

19、20世紀幾位普羅旺斯出身的作家，都德（Alphonse Daudet, 1840～1897）的成就早已是百年來普羅旺斯文學的驕傲，晚馬塞·巴紐一個月出生（3月30日）的喬諾（Jean Giono, 1895～1970，另一譯名：季奧諾），來自阿爾卑斯山下的馬諾斯克（Manosque），他的「牧神三部曲」，被紀德稱譽為「來自普羅旺斯的維吉爾」，他的文學成果是20世紀法國鄉土文學的大師級著作，有4部作品由巴紐拍成電影。文學史上，馬塞·巴紐正好銜續、並置他們的腳印，且發揚之，以20世紀電影的聲光技巧，薪傳他們的成就。巴紐自己發光，連

帶將身旁的發光體一起耀眼。不論馬賽三部曲，或童年三（四）部曲，馬塞·巴紐在戲劇界、電影圈、小說界，甚至兒童文學界，這些寫實與幽默的作品中，對人物的評斷、人心的剖析、美德的闡揚、景象的留影，都是從馬賽、普羅旺斯出發，都爲已逝時代留下甜美親切的追記回憶。眾多優點中，特別值得注意的，「心存善念，保護長者」，就像尊敬愛護父親一般；在小說或劇本與電影的影響威力下，馬賽與巴紐不可分：馬賽以巴紐爲榮，巴紐以馬賽爲耀；地名，套上他的人名和書名，組成：「馬賽：巴紐的榮耀」（Marseille：La Gloire de Pagnol）。

La Maison Natale de ...Marcel Pagnol   Le fameux Alcazar   Les débuts...   ...et la gloire

▲ 祖屋　　Marcel Pagnol　　　　　　　　　　　　　當選院士

相關閱讀：

張慧卿譯《爸爸的榮耀》，水晶圖書公司，1999年

李桂蜜譯《媽媽的城堡》，水晶圖書公司，1999年

陳太乙譯《祕密時光》，高寶國際集團，2000年

張慧卿譯《愛戀時光》，高寶國際集團，2000年

王玉齡、陳麗玲譯《山崗之泉（上）、（下）》，遠流，1996年

巴紐語錄

1. 有人叫呆瓜跳舞，你就不能充當樂團。

    （Quand on fera danser les couille, tu ne seras pas à l'orchestre.）

2. 榮譽，像火柴，只有點一次的機會。

    （L'honneur, c'est comme les allumettes: ça ne sert qu'une fois.）

3. 想玩牌，就得詐騙朋友。

    （Si on ne peut plus tricher avec ses amis, ce n'est plus la peine de jouer aux cartes.）

4. 身在海中，就得戴綠帽。

    （C'est dans la marine qu'il y a le plus de cocus.）

5. 典雅腔調的文字，總會包含美麗的圖畫。

    （Les mots qui ont un son noble contiennent toujours de belles images.）

6. 要是你想到海上，卻無滅頂的冒險（卻擔心翻船），那麼別買船，去買一座島！

    （Si vous voulez aller sur la mer, sans aucun risque de chavirer, alors, n'achetez pas un bateau: achetez une île !）

7. 應當防備靈敏的人，他們以縫紉機起家，卻以原子彈收尾。

    （Il faut se méfier des ingénieurs, ça commence par la machine à coudre, ça finit par la bombe atomique.）

8. 作品全集，真是一個自命不凡又淒涼的名稱！

在群星間浪遊

——聖修伯里的《夜航》與《小王子》

1

《小王子》乙書是20世紀後半期，風靡全球的一本法國文學名著，每年百萬冊的銷售量，翻譯成各地文字的譯本已達130多種。從1969年起，在台灣出現過50種的版本，中國亦有10餘種版本，數量仍陸續增加中；台灣的大學院校還有碩士的學位論文。1994年作者百年冥誕時，各地的紀念活動有：法國印製50元紙幣，以色列、捷克、克羅地亞等國印製紀念郵票。這樣一本讀物，普遍被歸入「兒童文學」行列裡的不同類別：童話、寓言、哲理童話或寓言式的童話故事，貼切的說法該是「繪本故事書」；雖然談不上圖文並茂，作者親繪的四十多幅畫，倒也發揮相得益彰的效果：蟒蛇吞象的帽子、小王子的造型、氣球般的候鳥季移、乖巧的狐狸、玫瑰園、用滑輪取井水、……等等，給讀者留下深刻印象，都增濃這部中篇文學書刊的傳播，從而成為九歲至九十歲老少咸宜的讀物。

有些辭書簡介作者，附加聖修伯里的直接頭銜是：飛行員／作家，或者是：飛行員／詩人；飛航是他的職業和興趣，寫作是他無怨無悔的精神安頓。單純的寫作，也許迷惑不了不同國族地區階層職業年歲的讀者群；況且他沒有詩的創作，但幾本著作內，沙漠或高空景象的描繪，哀傷心緒的披露，動人文字的表達，充滿著特有的詩情畫意，導致加冠「詩人」名銜。

實際上，《小王子》一書洋溢著詩情畫意和唯美憂鬱的描繪，如：玫瑰園中的對話（第20章）、小王子與狐狸的交談（第21章）、迷戀沙漠與星光（第24章）、飛行員呵護小王子（第24章）、小王子時時掛念B612小行星的玫瑰、書末殷切的憶念……等。

另一方面，這本書卻充滿了荒謬的場景，例如：1. 小王子身世模糊、缺乏家庭教育與教養問題、何來餐點盥洗用具、離家出走現象；2. 跟小王子一樣大小、不比一間房子大的小行星，只住一人的星球，

不食人間煙火，卻無限取用；3. 利用候鳥旅遊星球間，這種「自助」活動超神奇的；4. 第16章，點燈人的忙碌作為；5. 小王子不可思議的出現與消失。全書荒謬處處，卻僅僅僅出現一次「荒謬的」（absurde）字眼，即：「因為在廣大的沙漠裡，貿然找井，太荒謬了。」（第24章）。然而，法國文學史上，甚少處理《小王子》一書的「荒謬」問題，反而將之轉給與《小王子》同時的卡繆《異鄉人》（1942年出版）。

《小王子》一書雖然近似「仙童奇譚」，是乖異小外星人的一份遊記，其主旨卻強調「愛」是一種「責任」。將愛構築在彼此「建立關係」的基礎上，即書中狐狸懇求的「豢養」過程。這類的哲理，自然是聖修伯里扮演文字教誨道德家和飛航戰鬥英雄的結合，前者隸屬法國17世紀格言語錄作家的傳統，後者為現代科技文明的先鋒。

2

聖修伯里 （Antoine de Saint-Exupéry），1900年6月29日出生於法國里昂市。父母親均具貴族血統，五位兄弟姐妹中排行老三，上面兩位姐姐，為家裡長男，下有弟妹各一。四歲時（1904年），父親過世，母親性情溫和，愛好藝術，帶五位孩子回到在普羅旺斯的娘家祖屋，由外祖母和姨媽照顧。1921年4月，徵召入伍，擔任飛航聯隊維修員；私下，參加民間航空公司的飛航訓練。翌年10月，獲得軍事飛行員證書，以少尉軍銜擔任飛航官，派駐各地，至1923年退役。第一部小說《南方郵航》，於1928年年底出版。1931

年12月，第二部小說《夜航》（夜間飛航）出版，由紀德（1869～1951）撰序，隨即獲法國費米納獎。1937年3月18日，在紐約療傷、養傷期間，寫作《人類的土地》。翌年2月，《人類的土地》出版，5月，獲法蘭西學院小說大獎；6月，英譯本在美國出版，書名改爲《風‧沙與星》，並進入「暢銷書」的排行榜。1940年8月，法國向納粹德國投降，聖修伯里離開駐紮阿爾及爾的空軍職務，取道葡萄牙、摩洛哥，抵達紐約。1941年初至1943年5月，僑居美國期間，寫作並出版《戰鬥飛行員》（1942年）、《給一個人質的信》和《小王子》二書（1943年2月、4月）。1943年5月5日，回到北非，編入原屬飛航聯隊。7月31日，聖修伯里接受偵察任務，由科西嘉島基地起飛，朝里昂飛去，未久，即失去蹤影。據云：遭到德國空軍攻擊，人機同墜地中海。

聖修伯里一生約二十年的的飛航生涯，其記錄與事故如下：1922年，獲「軍事飛行員」證書。1923年1月，燃料系統出問題，勉強著陸。1932年，駕駛新型水上飛機，試飛失敗。1935年12月，參加巴黎往西貢航線的記錄航賽，飛機迫降利比亞沙漠，被困5天，這一次經驗，預伏《小王子》寫作的背景。1938年2月，由南美州飛回紐約，摔成重傷。1944年7月31日，執行空中偵察，失蹤。

3

聖修伯里的飛行記錄和文學寫作，既是並行的發洩，也是重疊的心智展示；以「文字書寫」表達內在的衝動，靠「飛航刺激」展露外在的行爲，由作家／飛行員的聚合體，形塑了聖修伯里的「行動哲學」，而背後助力卻是德國尼采（Friedrich Nietzsche, 1844.10.15～1900.08.25）的「超人哲學」。雖然聖修伯里不是尼采的轉世（間隔約50天），1900年出生的聖修伯里，不僅十分喜愛同年離世的尼采著作，也銜續其文采。聖修伯里說過：「我總是隨身帶著尼采的書。這

傢伙讓我愛不釋卷。」尼采在《查拉圖斯特拉如是說》有這樣豪情激越的文句：「你當超脫於自身之外，並且要走得更遠，登得更高，直到看見群星已在你的腳下。」在尼采時代，航空器（飛機）還在蘊釀中；晚後的聖修伯里卻以操縱航空器為樂，在高空群星間遨遊、探索、奔馳，甚而以肉身藏匿消失之。幾本聖修伯里的著作，均有走遠和旅行星空的記載。在《小王子》書裡，飛行員畫好綿羊，想用繩子綁住，以免走遠走丟。小王子說了話：「讓牠直往前走吧，沒有誰能走得很遠⋯⋯」（《小王子》第3章）。「遠」的概念，很難辨認。小王子離開B612小行星，藉候鳥移居的協助，拜訪幾顆單人居民的星球，倦遊之後想家，靠「蛇」的親吻，回到自己的孤寂世界，一般讀者衡認B612小行星是他永遠的歸宿，實際上，很難確定是否順利返航，連飛行員都殷切盼望一有他的消息，就請：親切點！別讓我如此哀傷，趕快寫信告訴我：他回來了⋯⋯。

《夜航》第16章末尾：

> 「太美了」，法比昂想著。他在聚集高密度珠寶的群星間浪遊（errait），這是除此之外別無另一世界，是除了他，法比昂，和夥伴，絕對沒有生物的世界。如同傳說中的城市盜賊，封閉（murés）在珠寶室內，不知如何出去。就在冰冷的寶石間，他們浪遊（errent），享受無盡的富有，卻遭封死（condamnés）。

這段翱翔的描述，既是對星空的讚美，也是絕美的下場——永遠囚禁在無限富有的廣瀚群星珠寶室。

星光的蠱惑，主導了聖修伯里寫作的動力；星光的柔魅，誘引了不同世代的讀者，再三神遊聖修伯里的絕美世界。不論小王子也好，飛行員也好，作者聖修伯里本人也好，他們三位一體，最後，都在群星間消失。這是英雄的悲劇，是時代責任的承諾。

相關閱讀：

胡品清譯《夜間飛行》，水牛出版社，1994年。

莫渝譯《小王子》，桂冠圖書公司，2000年。

《小王子》各家出版社出版品。

與小王子同心
——閱讀《小王子》筆記思考

1. 小王子在沙漠和飛行員第一次碰面，即再三懇求飛行員幫他畫一隻綿羊。換作你，和陌生人第一次碰面，你如何主動開口，或要求對方？

2. 在《小王子》這本書裡，出現了哪些動物？哪些植物？哪些會發出美妙聲音的物體？

3. 在《小王子》這本書眾多角色中，你的個性，和哪一個角色最接近？

4. 小王子有哪些心細的行為，值得學習與效法？

5. 讀完《小王子》這本書，請你用30個字，描述小王子的外貌與心地。

6. 「憂鬱」是什麼意思？和「哀傷」有何關聯？

7. 你覺得小王子在什麼時刻最快樂？為什麼？

8. 在那幾顆小行星的住民中，哪一位的行為和風度，比較上，值得注意和學習的？

9. 玫瑰花「豢養」小王子，小王子「豢養」狐狸，三者之間的友情，會不會出現三角問題？

10. 小王子、狐狸、玫瑰花三者之間的關係，如何連結？

11. 飛行員所繪的，一直珍藏的兩幅畫，你比較喜歡哪一張？簡單說一說理由。

12. 小王子離開自己的星球後，到幾個小行星和各處旅行，有什麼啟示。

13. 小王子對地球的評述，和對其他星球的看法，有什麼關聯和差異？

14. 「蛇」在《小王子》這本書中，扮演什麼角色？

15. 閱讀《小王子》這本書，你有沒有被感動？試說明原因。

16. 談一談小王子與作者（或飛行員）之間的關係。

17. 從小王子與狐狸的關係，能不能歸納出小王子與玫瑰花的關係。

18. 《小王子》這本書主要場景都在「沙漠」發生，是否意味作者對「沙漠」的偏愛？

19. 第6章小王子心情哀傷難過時，就獨自望著夕陽；當你不如意、不愉快或沮喪時，你如何安頓、排遣、發洩或傾訴此刻的心理？

20. 還沒閱讀《小王子》這本書之前，你原本期待「小王子」是怎麼樣的一個人物（小孩）？

貓，呼風喚雨

——埃梅的《穿牆人》、《貓咪故事集》

貓，坐在庭院中的椅凳上，神態嚴肅卻自若，大夥圍成圓圈，眼神專注，毫無聲響。受寵般的祭師，緩緩將利爪伸往耳後，隨即連續快速五十餘回。翌日早晨，下了一場大雨，解決二十五天來的乾旱。人畜清爽無比，花園裡田園中草地上，萬物欣欣向榮。

　　文學創作者宛如祭師，運用文字與情節的魅力，蠱惑眾生，屏息靜氣。這篇題名〈貓爪〉的故事，出自埃梅之筆。

　　埃梅（Marcel Aymé, 1902～1967），法國小說家、劇作家、兒童文學作家。出生於法國東北部鄉村專寧（Joigny, 瓊尼Yonne省境），父親從事鐵匠工作，家境貧窮，埃梅是六位孩子中排行最小。兩歲時，母親過世，由擁有農莊和瓦窯的外祖父母撫養，外祖母亡故（1911年），跟著經營磨坊業的姨丈姨媽生活。廣大的森林、草原和池塘，假期中牧童般看顧牛群的鄉村田園生活，給予日後的寫作啟示很大。中學畢業（1919年），因一場病，無法進入理工大學。服完兵役（1922～23年）後，從事多項行業，如：磚石工人、小生意、舞台跑龍套、上班族等。1925年到巴黎謀生，並努力自學，以生活的歷練和觀察，嘗試寫作。1926年發表小說《焚林》（*Brûlebois*）；第二部小說《去回》（*Aller-Re;our*），自行向加里曼出版社推薦，被接受，二書同在1927年出版。此後，埃梅積極投入文學創作，每年撰寫一本新著：一部長篇小說，或一冊短篇小說集，甚至文集。1929年的《死亡之桌》（*La Table aux crevés*），獲得荷諾杜文學獎（Le prix Théophraste-Renaudot）。1930年起，已是職業作家；1933年的《綠色牝馬》，名利雙收，轉向加入電影工作，結婚成家育女，對「預約寫作」不再討厭。整整四十年間，埃梅共計出版長篇小說17部：《無名街》（1931）、《變貌記》（*La belle image*, 1941）、《巴黎之酒》（*Le Vin de Paris*, 1947）、《陌生人的抽屜》（*Le Tiroirs de l'inconnu*, 1961）等；短篇小說集9部：《穿牆人》（*Le passé-muraille*, 1943）、《侏儒》（1934）等；戲劇10部：《學生之路》（1946）、

《四個眞實》（1951）、《他人之頭》（*La Tête des autres*, 1952）、《月亮鳥》（1956）、《青色蒼蠅》（1957）等；童話3冊：《綠色牝馬》（*La Jument verte*, 1933）、《貓咪故事集》（*Les contes du chat perché*, 1934、1950、1958）等。

《貓咪故事集》共收17篇，以各種家禽家畜及飼主大小主人爲角色，農莊與鄉村是活動場域。作者在書前，言「這些故事是爲4歲至75歲的兒童而寫。不多說，我無意阻止自認腦袋清楚的讀者。相反的，每個人都在歡迎之列。」作者歡迎任何人閱讀，而直到目前，這部書仍是受歡迎的最佳（兒童）讀物。埃梅的成功，印證：每位立志爲文的「文學家」，都該爲自己的同胞，留下至少一冊優良的兒童讀物。《貓咪故事集》和《綠色牝馬》的鄉野景觀，是埃梅童年少年生活的再現，也證實埃梅是描繪鄉村優秀畫家。〈貓爪〉（La patte du chat）爲《貓咪故事集》裡首篇，及最受歡迎的童話／生活故事，取材「貓爪過耳，天要下雨」（Le chat qui passr sa patte par-dessus son oreille, il va pleuvoir.）的俗諺，做爲故事的主幹。

與這類俗諺演繹相似的是另一篇教育小說〈格言〉（Proverb）。敘述剛被提名法國一級教育勳章（棕櫚葉勳章，les palmes académiques）得獎人的父親，興奮之餘，因十三歲孩子久久無法完成課業，以格言「趕得早不如來得巧」（Rien ne sert de courir, il faut partie à point. 原意：快跑無用，該及時動身）爲作文題目的課業。先是暴跳責罵，繼而一想兩人合寫，最後自己代筆，由兒子照抄。一星期後作業發還，不僅得分最低，更在全班學生面前，當作壞例子，講解

▲埃梅

「不該這樣寫」。但，兒子不敢直言真相，父親沾沾自喜，還盼繼續發揮兩人合作的效果。〈貓爪〉故事，雖有嘲諷，但崇尚生存尊嚴與尊貴的著筆處甚多。〈格言〉乙篇則嘲諷兼具批判：孩子的課業，大人代筆；學校教育與家庭教育的摩擦；大人之間才華與財力的暗自較量，牽扯下一輩的友誼關係。

〈七里靴〉（Les Bottes de sept lieues）衍自17世紀貝洛（Charles Perrault, 1628～1703）的古典童話〈穿長靴的貓〉，但賦予新義。小男孩穿上原本標價昂貴卻便宜購得的靴子，為的僅僅趁夜間飛跳到地球另一端，採集一大束最早的陽光（晨曦），好讓入眠的辛勞母親減緩疲憊。

在譜系上，埃梅的寫作繼承了法國文學中現實主義和幽默嘲諷的傳統，也接受怪誕技巧，尤其是十六世紀拉伯雷（François Rebelais, 1490～1553）的誇飾荒誕。等到他辭世後，1970、80年代，拉丁美洲幾位文學大師紛紛受到全球注目，魔幻寫實主義的技法甚囂塵上，一時蔚為奇觀。如果閱讀埃梅的文學，也能找到相似的血緣。〈穿牆人〉（Le passé-muraille）就是最佳範例。短篇小說集《穿牆人》，全書共10篇各自獨立故事，包括前述的〈格言〉和〈七里靴〉；〈穿牆人〉是書裡的首篇，被拍成電影。一位中年職員的巴黎市民，無視自己具有隱形般穿越牆堵的異稟，安分守己；直到遭新任上司多次指責，才發揮天賦捉弄之；更進一步，策畫銀行、珠寶店、富豪之家的盜竊，還與已婚的金髮美女幽會。穿牆人的本事即穿牆，最後也栽在牆壁間。第二次偷香離開之際，因先前頭痛誤食藥片，身體卡在厚牆間，凍住。

埃梅的文學十分貼切真實生活，這類小市民的幻想，滿足了大眾不敢踐履的異想天開。他是習俗的優秀觀察員，提供的怪誕想像，足以紓解日常生活的沉悶，重要的是他不給予教訓，卻顯示當前世界某種外貌的真相。由於在短篇小說的成績，埃梅儼然繼莫泊桑（Guy de Maupassant, 1850～1893，被譽為「短篇小說之王」）之後，一位有口皆碑的傑出作者。

延伸閱讀：

張南星譯《巧貓故事》，國語日報附設出版社，1982年。

黃有德譯《穿牆人》，皇冠出版社，1990年。

邱瑞鑾譯《貓咪躲高高》，聯經出版公司，1989年。

邱瑞鑾譯《綠色之馬》，聯經出版公司，1989年。

莫渝譯〈貓爪〉，刊登《國語日報．11版．故事》，2000年5
　　月25日至6月17日。

▲ 《貓咪故事集》

▲ 《綠色牝馬》封面

▲ 《貓爪》封面

▲ 穿牆人

Marcel Aymé
1902-1967

une discrète tendresse

互傳訊息的秋波

——本納的《狼的眼睛》、《宛如一本小說》

德語詩人里爾克（Rilke, 1875～1926）年輕時，到巴黎訪問法國雕塑家羅丹（Auguste Rodin, 1840～1917），計畫撰寫《羅丹論》，並擔任其祕書工作。1902年歲末某天，他在巴黎植物園觀賞動物。鐵柵欄裡不停走動的「豹」，讓他印象深刻。積於移情作用的同理心，詩人化身為監禁的困窘動物，面對空無世界，流露無限的悲哀，因而寫下傑出的十二行詩〈豹〉；起筆兩行詩句：「牠的目光因柵欄的晃動／變得困倦，什麼也看不見」。客體的目光困倦，主體受其感染，自然「愁上加愁」；換另一角度，回眸一笑或暗送秋波，接受者將亦將有會意的一瞬。暗送秋波，回眸一笑，會說話的眼睛，三種形容用語意涵等質。

眼睛，靈魂之窗，心之窗口，既能傳神，也會傳話，稱之「眼神」或「秋波」，都是將之比擬流動的液體，具導體傳電作用，能發出訊息，傳達主人的原意。人，如此，動物亦然否？人與人之間，可以暗送秋波，回眸一笑。人與動物之間，也可以藉眼神傳話，用秋波表情嗎？丹尼爾・本納中篇小說《狼的眼睛》，證明了在動物與人之間，「眼睛」也扮演神妙的角色。

丹尼爾・本納（Daniel Pennac, 丹尼爾・貝納），1944 年出生於法國殖民地摩洛哥（1912-1956年間，法國統治）的卡薩布蘭加（Casablanca），父親從事軍職。童年隨父親駐地移防，四處為家，行跡遍及非洲與東南亞。在法國南部尼斯取得文學士，獲教師資格。本納生活經驗豐富，曾經當過伐木工人、計程車司機，目前在巴黎市一所中學擔任法文老師。1970年代，他開始文學寫作。1973年出版第一部散文集《為誰服兵役？》，寫作文類偏重小說、推理小說、詼諧小說、以及適合孩子閱讀的讀物，包括1980年的《大個子雷克斯》（*Le grand Rex*）、1982年的*Cabot Caboche*，《聖誕老人》、《亞爾他的孩子》、《狼的眼睛》（*L'oeil du loup*, 1984）。在一次打賭後，他到南美巴西旅居兩年，觀察巴西兒童生活的景況，同時，

發現文學界的黑色幽默技巧，嘗試相似的寫作，獲得成功。1985年，出版「黑色系列」的首冊《吃人妖的運氣》（*Au bonheur des ogres*），以後，陸續完成《卡賓槍仙子》（*La fée carabine*, 1987，中譯本：《謀殺地圖》）、《散文的小女販》（*La petite marchande de prose*, 1989）、《基督徒與摩爾人》（*Des Chrétiens et des Maures*, 1999）、《熱情之果》（*Aux fruits de la passion*, 1999）、《放蕩》（*La Débauche*, 2000），《瑪洛汕先生》（*Monsieur Malaussène*, 1995）、《孩子先生們》（*Messieurs les enfants*, 1997，中譯本：《奇妙的變身之旅》）。另有閱讀指導的論述集《宛如一本小說》（*Comme un roman*, 1992, 中譯本：閱讀的十個幸福）、《宛如在劇場》（*Comme au théâtre*, 1996）等。

▲ 丹尼爾‧本納

▲《宛如一本小說》法文版封面

《狼的眼睛》全書分四部分：他們相遇、狼的眼睛、人的眼睛、另一世界。他們，指動物園一隻關了十年的獨眼狼，和一直望著狼的小男孩。男孩，來自酷熱的非洲；狼，來自嚴寒的北美洲阿拉斯加；地理寒暑的碰撞，人狼由單眼對視到四眼交會，透過秋波的傳送，深入瞭解對方的身世。故事主角是名字「阿非利加」（Afrirque，非洲，他的出生地）的小男孩，他在戰火下失去家人，由一位奸商「老陶」（Toa）照顧，阿非利加做事勤快，有講述故事的天賦，許多動物都成了他的好友，尤其是單峰駱駝「鍋子堆」（Casseroles）。老陶將「非洲」轉「賣」給「羊仔王」（Le roi des chèvres），阿非利加當起牧羊人；某夜的一次意外，被「羊仔王」趕走，搭便車遠行，中途車禍受傷，由比亞夫婦收留。阿非利加在非洲三階

▲《閱讀的十個幸福》中文版封面

段的生活，正好經歷非洲的三個生態環境：灰濛非洲（草原非洲，一大片高而乾的草地，以及水分充沛的猴麵包樹）；栗色非洲（黃色非洲，廣瀚的撒哈拉沙漠）；青綠非洲（暖溼的熱帶雨林非洲）。獨眼狼「藍毛」（Loup Bleu），阿拉斯加之狼，也歷經失親傷眼的波折，即使遭擒獲關在鐵籠內，對人類一直嗤之以鼻；由鄙視轉為驚奇，最後碰到阿非利加，像春雪暖化般融蝕高傲的心。作者丹尼爾・本納深知孩童心理，也擅長闡釋成人心智，在這本小說，彷彿有意引領大小讀者環球旅行，認知地球的人文生態環境（包括熱帶雨林消失的預警），以及串聯鑄合南北半球的企圖。

此外，丹尼爾・本納是說故事的高手，擅於營造情節的鋪陳，懸疑的布局與趣味，使得其推理小說屢獲多項大獎與暢銷，成了佼佼者的當紅作家。

小說寫作得心應手之際，身為教育工作者的本納，鑑於年輕學子在閱讀上的某些排斥與諸多問題，引用加拿大作家、法學家哈利布敦（Thomas Chandler Haliburton, 1796～1865）的話：「有些書在廚房讀，有些在客廳讀。一本真正的好書隨處讀。」（Certains livres se lisent à la cuisine, d'autres au salon. Un vrai bon livre se lit n'importe où.）因此，他以自己教學經驗，結合暢銷書作者的立場，在1992年，出版《宛如一本小說》（Comme un roman, 中譯本：閱讀的十個幸福）。書前說明：「人生不是一本小說，我知道……我知道。但，只有浪漫情懷可以將之變得合宜。」（La vie n'est pas un roman, je sais… je sais. Mais il n'y a que le romanesque pour la rendre vivable.）在一次訪談中，他也提出「閱讀的樂趣」（plaisir de lire），希望提升閱讀課外書的深度與廣度。在這本論述中，本納印刻他閱讀條款的名言——讀者不受時效約束的權利（droit）：1.不讀的權利。2.跳頁讀的權利。3不必讀完全書的權利。4重讀的權利。5什麼都讀的權利。6包法利主義（對號入座移情轉化症）的權利。7隨處讀的權利。8.偷偷摸摸閱讀的權利。9.高聲朗讀的的權利。10.保持沉默的權利。

1909年諾貝爾文學獎得主瑞典女作家拉格洛芙（Selma Lagerlöf, 1858～1940），撰寫一部幻想的兒童讀物《尼爾斯騎鵝歷險記》（1906-7年），讓本國學童熟識自己家鄉國族的風土習俗。法國作家丹尼爾·本納站在20世紀末21世紀初，全球化的風潮，提出《狼的眼睛》這部輕鬆讀物，含帶地球村的融洽之意。在學習認知上，區域的本土意識與全球化的廣博理念，應該並不牴觸。

▲ 《狼的眼睛》法文版封面

《狼的眼睛》結構單純，故事情節拉長拉廣，由兩個不同空間的生存體，巧妙地在巴黎動物園會聚，既是民族民俗的融合，也是動物（人）本性善良的流露。《狼的眼睛》於1984年出版，1994年由雷塞（Catherine Reisser）繪圖，改出新版發行；緊接著，電影導演卡鳥珊（Hoël Caouissin，1941年4月13日出生）親自改編為劇本，導演成一齣動畫片電影，在1998年榮獲多次獎項，如：芝加哥國際電影節兒童片大獎、漢城家庭電影節成人大獎、孩童片一獎、紐約第41屆國際電影節銅牌獎等，這樣轉嫁的崇高榮譽，更肯定原著作者本納鋪陳小說情節的專長，增加故事的懸疑性和刺激感的伏筆。

▲ 《狼的眼睛》中文版封面

▲ 「阿非利加」（男孩名字）的坐姿（電影《狼的眼睛》劇照之一）

在這冊小小趣味讀物，作者似乎還想指導我們：1. 對未來懷抱著夢想。烽火後，一名女子將小男孩阿非利加託付商人老陶的話：「請告訴他一些人生的道理，讓他能對未來懷抱著夢想吧！」（中譯本，頁82），這是為人父母與教育工作者的共同期望。2. 鼓勵失意者。他們離開非洲，來到另一世界，男主人比亞爸爸工作沒有著落，女主人比亞媽媽說的安慰話：「不要太擔心，一定可以找到什麼事情來做做。」

▲ 電影《狼的眼睛》海報

▲ 《謀殺地圖》中文版封面

▲ 《奇妙的變身之旅》中文版封面

（頁132）。3. 真情永存。失散的動物們，奇蹟似的聚在市立動物園內，單峰駱駝「鍋子堆」對阿非利加說：「不要懷疑，我來這裡，是為了等你。」（頁134），融入甚多感人情誼的一句話！

在重眾多創作中，被詢及最喜愛哪一部，丹尼爾・本納表明他的每一本的書，都是聞名遐邇的葡萄酒，而《瑪洛汕先生》絕對是上等葡萄酒，請大家不須節制地暢飲。瑪洛汕是他創造的角色，一再出現其系列小說裡。《狼的眼睛》也是值得暢飲的讀物，符合本納親自列舉的閱讀條款。

閱讀丹尼爾・本納的書，令人愉快；接觸丹尼爾・本納的書，使人善良。前者指故事情節的趣味與懸疑，後者指隱示的溫馨道德。

相關閱讀：

劉美欽譯《狼的眼睛》，玉山社，2002年。

賴慧芸譯《謀殺地圖》，圓神出版社，2002年。

李淑寧譯《奇妙的變身之旅》圓神出版社，2002年。

里維譯《閱讀的十個幸福》高寶集團，2001年。

張亞麗〈翻譯外國文學或是改寫？〉，收在《世界文學》第002期，麥田出版社，2002年

法國推理小說與西默農

儘管純文學與通俗文學有所區隔，但絕非壁壘分明。通俗文學中的言情、警匪鬥智，早已生根於純文學的園圃，增濃文學的甜意與懸疑的緊張；相對的，發揮啟智作用的趣味文學，逐漸單獨成為偵探小說（roman policier, The detective novel）或推理小說（polar），形成「高貴心靈的娛樂」之譽，其歷史未及200年，卻可溯源至古希臘悲劇《伊底帕斯王》裡，國王身世之謎與先王死因的調查。

法國推理小說，大約在1840年代初起步。1855年，出現第一部偵探小說《紅橋謀殺案》（L'Assassinat du Pont-Rouge），作者巴巴拉（Charles Barbara, 1817～1866）描敘一件幾乎消遙法外的殺人罪，故事裡融合著細膩的懊悔與仇恨。這類故事的情節與角色安排，身居破案的偵探當然是中心人物。在雨果著名小說《悲慘世界》（孤星淚, Les Misérables, 1862）裡，有比較明顯的人物刻畫——追捕罪犯的警察沙威，但沙威是國家法律的代表人物，這類形象比較不為大眾接受，讀者期待民間偵探的機智與親和力。《悲慘世界》出版隔年（1863年），《勒滬菊命案》（L'affaire Lerouge）書中的偵探，有關鍵而顯著的表現；作者加伯黎奧（Emile Gaboriau, 1832～1873）被尊為「法國推理小說之父」。加伯黎奧，1832年11月9日出生於法國西部夏特宏省（Charente -Maritime）的索瓊（Saujon），先後從事代書、派駐非洲騎兵團的軍人、報社記者；當時（19世紀中葉），資本主義興盛，報業發達，新聞作者同時是小說作家。加伯黎奧先寫歷史小說，接著，受到愛倫坡作品的影響，開始寫作偵探小說。其第一部作品《勒滬菊命案》即模仿愛倫坡的〈莫格街血案〉（Meurtres dans la rue Morggue, 1841年，又名：莫格街雙屍命案）。1863年，《勒滬菊命案》在《國家報》（Le Pays）刊載，未受注意；三年後，《太陽報》（Le Soleil）重新登載，則大為轟動；以後陸續出版《歐希瓦命案》（Le Crime d'Orcival）、《一一三檔案》（Le Dossier No.113）、《樂寇先生》（Monsieur Lecoq）、《頸上之繩》（Le Corde au cou）、《他人之錢》（L'Argent des autres）、（巴黎奴隸）

（*Les Esclaves de Paris*）等21部。由於早年參加非洲騎兵團，染上惡疾，未能根治，1873年9月28日過世於巴黎，享年僅41歲。《勒滬菊命案》取材一椿寡婦被殺的社會新聞，在作者身兼記者採訪報導後，加添角色的情愛，貴族與平凡女子的眞情，意圖以情婦的私生子取代合法的婚生子，融入偵探、調查、推理的過程，構成一部既浪漫又懸疑的長篇故事情節，因而，在初期推理小說界，《勒滬菊命案》有凌駕《紅橋謀殺案》之上的風評。書中偵探樂寇（Lecoq，「公雞」之意）的形象，成爲往後加伯黎奧一系列小說的要角。《勒滬菊命案》書中，被殺的寡婦名爲「勒滬菊」（Lerouge），字義「紅色」，書名亦可解作「紅色事件」。

　　美國作家愛倫坡（Edgar Allen Poe, 1809〜1849）的幾篇小說，如〈黑貓〉、〈陷阱與鐘擺〉、〈橢圓形畫像〉、〈莫格街血案〉、〈瑪麗・羅傑疑案〉、〈失竊的信件〉等，一直是推理小說的濫觴，作者被封爲「偵探小說的鼻祖」，自然會影響到法國的作者群。與愛倫坡文學血緣相近且密切者，當屬詩人波德萊爾（Baudelaire, 1821〜1867）。波德萊爾於1847年1月，透過法譯版，閱讀愛倫坡的〈黑貓〉，大爲激賞；1848年7月，首次翻譯愛倫坡的小說〈催眠術的啓示〉。1849年10月7日，愛倫坡過世；1851年10月，波德萊爾向倫敦書商訂愛倫坡作品集。1852年3、4月，發表長文〈愛倫坡生平與著作〉及小說譯文，1863年將愛倫坡《怪談》的翻譯出版權出售。波德萊爾過世後，其全集第五卷、第六卷即愛倫坡《怪談》和《新怪談》，先後於1869、1870出版。儘管波德萊

▲ 喬治・西默農

▲ 西默農與妻子德瑞莎
（Simenon et Teresa）

▲ 西默農電話卡

爾沒有寫作偵探小說，但美國鬼才愛倫坡的小說，卻藉著法國鬼才波德萊爾的精彩譯筆，在法語界傳承迄今。愛倫坡的〈莫格街血案〉以巴黎市街為背景，書中，塑造一位記者身分的偵探：奧格斯特・杜蘋（C. August Dupin, 另譯作：杜賓、杜邦），為法國顯赫的名門後代，事業受到挫敗，靠遺產度日，唯一樂趣是閱讀，與書做伴。他喜歡幻想，喜歡靜靜地呆在黑夜書房內思考問題，對生活中產生的疑案充滿著濃厚興趣，他有偵探所具備的超強分析力，和豐富想像力，尤其注重人的心理活動。這樣的秀異人才，盧布朗（Maurice Leblanc, 1864～1941）模仿之，創造名聞遐邇的亞森・羅蘋（Arsène Lupin, 1906），成為繼加伯黎奧之後，重要的推理小說家。從杜蘋到羅蘋（De Dupin à Lupin），既是有趣的主角轉化，也是法國偵探小說史的重要標誌。盧布朗，1864年11月11日出生於盧昂（Rouen, 巴黎東北邊140公里）的中產階級家庭，父親從事海軍工業。四歲時，祖屋火災，兩年後，普法戰爭，父親攜子搭船前往蘇格蘭（Ecosse）避難，一年後回來，就讀高乃依中學（Lycée Corneille）。青年時期17歲的盧布朗，最心儀兩位作家：福婁拜和莫泊桑，也以這兩位當作學習的楷模。福婁拜的父親外科醫生還為盧布朗的母親分娩（接生）過。盧布朗有一管精巧的文筆（un beau brin de plume），原本朝「最具巴黎格調的記者」（un journaliste très parisien）發展，1890年，出版第一部短篇小說集《夫妻》（Des Couples），被稱為「儼然莫泊桑」（C'est de Maupassant.----- Léon Bloy說的）、以及「就像福婁拜」（C'est du Flaubert. ------ Jules Renard說的）。小有名氣後，陸續出版小說《女子》（Une femme, 1893）、《死者之書》（L'œuvre de mort, 1896）、《熱情》（L'Enthousiasme, 1901）、及短篇集《受苦的人》（Ceux qui souffrent, 1894）、《雙唇合攏》（Les lèvres jointes）等。直到1905年，應出版商拉菲特（Pierre Laffitte）的雜誌《我全知》（Je sais tout）月刊邀稿，撰寫偵探小說，首先登場的是《亞森・羅蘋的投案》（L'arrestation d'Arsène Lupin）。此後，法國境內出現

這位足以跟英國福爾摩斯（Sherlock Holmes）等量齊觀的偵探界人物——綠林羅賓漢式的（un Robin des Bois）俠盜（紳士竊盜，gentleman-cambrioleur）亞森·羅蘋。亞森·羅蘋道地的法國人，不太嚴肅，常用的武器是心靈特性；他不是貴族卻生活得像無政府主義者（無憂無慮），倒像貴族生活般的無政府主義者；他不一板一眼，卻嬉皮笑臉。三十餘部亞森·羅蘋系列故事，成為最廣為人知的法國推理讀物。福爾摩斯（Sherlock Holmes）是英國柯南·道爾（Arthur Conan Doyle, 1859～1930）塑造的著名偵探。

▲ 法國西默農紀念郵票

▲ 比利時西默農紀念郵票

▲ 瑞士西默農紀念郵票

▲ 麥格雷探長郵票（尼加拉瓜，1972）

▲ 麥格雷探長郵票（聖馬利諾，1979）

▲ 麥格雷探長郵票（法國，1996）

　　與盧布朗同時期的卡斯頓·勒胡（Caston Leroux, 1868～1927），1868年5月6日出生於巴黎郊外。高中畢業後投入報社工作，同時，寫短篇小說及舞台劇劇本。1880年，在《巴黎之音》（L'Echo de Paris）負責劇評，兼司法記者，因深入報導一件刑案，聲譽大振，轉入《晨報》（Le Matin）後，擔任駐外特派員，為讀者報導世界各地重大新聞事件，也因此，有廣擴的世界視野出現在作品內。共寫三十餘部作品，題材包括偵探、冒險、驚悚、言情等。其中最富盛名者，當屬《歌劇魅影》（Le Fantôme de l'opéra, 1911），因拍成電影及改編成舞台劇（1982年作曲家安德魯·韋伯）。勒胡的另一成就，是推理小說，如《黃色房間的祕密》（Le mystère de la chambre jaune, 1907）、《黑衣女子的香水》（Le parfum de la dame en noir, 1909）、《親親比比和謝西里》（Chéri-Bibi et Cercily, 1921）、《殺人機器》（La machine à assassiner, 1923）等。《黃色房間的祕密》是其創作推理小說的代表作。引介到日本時，江戶川亂步

（1894～1965，有「日本偵探推理小說之父」之譽）稱許爲「現代推理小說的典型」，因爲它發揮「密室奇案」的完美設計。1937年（昭和12年），日本《新青年》雜誌社票選推理作家、翻譯家的傑作，《黃色房間的祕密》榮獲第一名。勒胡於1927年4月15日過世。

　　盧布朗與勒胡兩位，均爲19世紀之子，卻活躍於20世紀前期的跨世紀推理作家，眞正屬於20世紀且傑出者，非屬喬治·西默農不可。喬治·西默農（Georges Simenon, 1903～1989），1903年2月13日出生於比利時列日（Liège），家人迷信2月13日不吉祥，更改爲2月12日。16歲時，供職保險公司會計主任的父親（Désirè Simenon）過世，西默農輟學，進入《列日日報》當記者；17歲，發表《拱橋上》，被譽爲天才少年，隨即加入一群號稱「火藥桶」（La Caque）的畫家、作家、藝文愛好者廝混，除談文論藝之外，也飲酒、吸麻藥。1922年到巴黎，全心投入文學寫作，每天強迫要寫80頁的稿紙，最快紀錄是三天完成一部小說（非一篇），他用兩打以上的筆名，發表短篇故事與流行小說。1923年，與在列日認識的年輕女藝術家洪瓊（Règine Renchon）結婚，這段婚姻以離婚收場，西默農晚年與德瑞莎（Teresa）結婚，至白頭辭世。從1923年至1939年，是他「小說工業化」的時期（量產化時期），「生產」超過200部通俗小說。1929年，旅遊荷蘭時，以曾祖父爲模特兒的「麥格雷」探長，開始在腦海萌生，西默農將之描繪成位階巴黎刑警隊隊長。1931年，首部「麥格雷」探長的小說《拉脫維亞人彼得》（Pietr-Le-Letton）出版，單單1931年到1934年四年之間，他就寫了19部「麥格雷」探長的小說。納粹德國佔領時，他由瑞士轉往美國，暫時旅居，1955年返回歐洲，最後定居瑞士。1989年11月4日，在瑞士洛桑住宅，西默農握著妻子德瑞莎的手說：「好了，我要睡覺」（Enfin, je vais dormir.），86歲的小說家就此離開世間。

　　西默農筆下最成功的角色，就是探長麥格雷（Maigret）。逆反傳統中神機妙算型，或虎膽硬漢型，麥格雷煙斗不離手，下巴胖實、

肩膀寬厚的粗獷中年人（這長相跟名字Maigret字義「瘦個子」正好相背），與平常的普通人家一樣，無特殊起眼之處。這個造型是西默農對曾祖父留存印象的投射。麥格雷脾氣暴燥，和部屬相處卻融洽，是親和力強的長官。麥格雷辦案主要手法，不在訪視現場的蛛絲馬跡，而是與相關人士聊天談話，探詢他們的心理及內心世界，藉以獲知訊息，再經分析思辨，理出破案的線索。如此作為，儼然洞析犯罪心理學，也因此，西默農的偵探小說有另一名稱「心理偵探小說」，他，順理登上「心理偵探小說的鼻祖」。儘管名蓋通俗小說界，紀德、葛蕾特等知名作家稱譽西默農是20世紀最偉大的作家之一。

▲ 喬治・西默農著作法文版

西默農在1981年封筆，將近一甲子的文字書寫工作，總共推出400多部小說，大部分是偵探小說，屬於「麥格雷」系列的故事有84部，全球銷售超過五億冊，作品被翻譯成50多國語言，改編成50多部電影及電視劇，稱得上20世紀全球最多產與最暢銷的作家。早在1952年，西默農即因輝煌文學成果，榮膺比利時皇家學院法語暨法語文學院士。一尊全身雕像，也矗立於荷蘭德爾薩斯城。2003年，是這位舉世聞名的法語偵探小說家喬治・西默農的百年誕辰年。比利時政府宣佈2003年是「喬治・西默農年」，從4月到年底有一連串的慶祝活動，表揚這位偉大作家，及「麥格雷」系列的著名世界。他的家鄉列日有戲劇演出與展覽會。比利時貨幣局發行鏤刻西默農畫像的10元歐元

▲ 喬治・西默農著作中譯版

限量版。比利時與法國的電視台製作資料展示與邀請作家訪談等紀念節目。巴黎圖書館舉辦「麥格雷探長在巴黎」特展，將巡迴至倫敦、紐約等地。巴黎加

里曼書店出版8冊豪華精裝的《喬治‧西默農全集》，列入經典版的「七星叢書」（La Pléiade），尚有2本喬治‧西默農百科全書、20本西默農與麥格雷探長系列、25本平裝版；另一出版社推出50本麥格雷探長系列。至於其他國家，如英國、德國、西班牙、義大利、美國等，亦有相關的出版與活動。

相關閱讀：

‧加伯黎奧小說中譯版：

郭幼迴譯，《勒滬菊命案》（上）（下）遠流文化公司，1994年09月

‧卡斯頓‧勒胡小說中譯版：

楊力譯，《歌劇魅影》，遠流文化公司，1994年02月

鄭秀美譯，《黃色房間之謎》，星光出版社，1996年04月

邱玉珍譯，《黃色房間的祕密》，遠流文化公司，1999年01月

郝嵐昀譯，《黑衣女子的香氣》，遠流文化公司，1999年11月

‧喬治‧西默農小說中譯版：

郭功雋譯，《運河命案》，台灣商務印書館，1969年

郭功雋譯，《岔路口之夜》，寶學出版社，

阮次山譯，《貝森夫人》，水牛出版社，

葉淑燕譯，《雪上污痕》，遠流文化公司，1998年

闞瑞湘譯，《探長的耐性》，遠流文化公司，1998年

孫桂榮譯，《黃狗》（1），木馬文化公司，2003年2月

楊啓嵐譯，《雪上泥痕》，木馬文化公司，2003年2月

程鳳屏譯，《屋裡的陌生人》，木馬文化公司，2003年2月

阮若缺譯，《超完美鬥智》，木馬文化公司，2003年2月。

顏湘如譯，《我的探長朋友》，木馬文化公司，2003年7月

張穎綺譯，《看火車的男人》（6），木馬文化公司，2003年9月

楊啓嵐譯，《佳人之死》（7），木馬文化公司，2003年11月

附

錄

Lille

Cherbourg

Rouen

Le Havre

Reims

Paris

Nan

Brest

Rennes

Nantes

Dijon

Limoges

Clemont-
Ferrand

Lyon

Gren

Bordeaux

叛逆小子韓波
──獻身繆斯與自由

　　約翰‧尼古拉‧亞杜‧韓波（Jean Nicolas Arthur Rimbaud, 1854～1891），1854年10月20日出生於法國北部臨近比利時邊境的查理城。父親為陸軍軍官，母親是富農女兒。父親遺傳給小韓波的是：廣闊的額頭、明銳的藍眼、栗灰色的頭髮、如無羈野馬般的流浪氣質、熱愛外國語和旅行、孜孜不倦的求知慾；從母親繼承了：高個子、尖銳聲、繃緊的面頰、傲慢、與鐵一樣堅定的意志。雙親個性失和，於1860年父母離婚，六歲的小韓波由母親撫養，母親接受教育不多，但好強、固執、具權威，期望孩子能循正統學校教育，出人頭地，因而管教甚嚴。在這種束縛之下，小韓波隱隱地滋生叛逆的個性，引發日後多次離家出走遠遊的浪子行徑。

　　　　我要到遠方去，雙手插入漏底的口袋。
　　　　外衣也磨損襤褸了。
　　　　我踽踽青空下，繆斯，我效忠您：
　　　　啊！我夢見繽紛的愛情！

　　　　唯一的褲子破了個大洞。
　　　　我這個小矮人的夢遊者，沿著荒蕪來路
　　　　撒下小石子。大熊星座是我的客棧。
　　　　天上的星顆柔細地窸窣衣裳。

　　　　坐在路旁，聽聽星語，
　　　　九月的良夜，令我感受到露水
　　　　滴灑額頭，如酒般。

在奇形怪影中我寫下詩篇，

如同彈著豎琴，我繫緊破鞋的

帶子，一隻腳頂住心胸。

在這首題名爲〈我的流浪〉的詩篇，作者表達出年輕詩心的浪漫
——效忠繆斯（詩神）與憧憬——追求遠方，尤其是夜空的美和愛。

十九世紀前半葉的法國文壇，從20年代起，抒發自我情緒的
浪漫主義，稱霸了二十餘年後，曾爲浪漫主義四大詩人之一的繆
塞（1810～1857），首先對浪漫主義發難；接著，葛紀葉（1811～
1872）提出「爲藝術而藝術」的藝術至上論，調整浪漫主義的濫情，
添加科學與哲學領域的拓展，知識與眞理的探索，對古希臘的嚮往和
崇拜，逐一出現巴拿斯派詩人群。黎瑟（1818～1894）於1852年出版
《古代詩集》，波德萊爾（1821～1867）於1857年出版《惡之華》，
算是奠立了巴拿斯派的聲音。巴拿斯（Parnasse）原爲古希臘山名，
希臘神話中阿波羅與文藝女神的居所，稱得上文藝聖山，以此爲文藝
思潮集團之名，自有認同與歸屬。其主腦黎瑟及成員在1866年、1871
年1876年十年間，先後編輯三冊《當代巴拿斯》詩選。可以這麼說，
六、七〇年代，正當巴拿斯派詩人群掌舵法國詩界之際，韓波開始接
觸文學，踏入詩壇。

聰慧優異的中學生韓波，受到修辭學教授伊松巴爾（Izambard）
的鼓勵，嘗試習詩。這位良師益友，開啓韓波文學寶庫的鑰匙，家鄉
的默思（Meuse）河畔是兩人文學漫步的好場所。1869年，15歲的韓
波獲全國中學生拉丁詩獎第一名；接著，1870年1月，詩作〈孤兒們
的新年禮物〉發表於《大眾雜誌》後，陸續在報章刊登詩作與評論；
同年5月，他寫信給巴拿斯派領袖之一詩人邦維爾（1823～1891），
希望能有機會選入《當代巴拿斯》詩選，成爲巴拿斯派詩人。

1870年7月時普法戰爭爆發，法軍戰敗，動亂的時局，引發韓波第一次離家出走，8月底，他身無分文地搭火車到巴黎去，下車時，沒有車票，被捕入獄，寫信求救於學校教授伊松巴爾。9月，因為帝制崩潰，第三共和成立而獲釋；10月，第二次離家，至11月初，才返回家鄉。這次的出走，朝北方的比利時，於途中見到一位傷亡的青年戰士，韓波寫下一首十四行詩〈谷間眠者〉：

　　這是個綠色洞穴，潺潺小溪
　　瘋狂地扯住銀色的
　　雜草叢；太陽在傲然的山頭上，
　　照耀；這是個光芒散放的小谷間。

　　一位年輕戰士，張嘴，光頭，
　　頸子浸入沁涼的籃水芹中，
　　他睡著；雲彩下，攤直草間，
　　在陽光四射下蒼白的置身綠原上。

　　雙腳伸入菖蘭叢，他睡了，微笑如同
　　病童的笑，他入眠了：
　　大自然，親熱的撫摸他：因他冷了。

　　馨香無法震悸鼻孔；
　　他睡在太陽下，手貼放胸上，
　　靜默的。在右側有兩個赤紅的傷洞。

　　面對一具屍體，16歲的年輕詩人維持著冷靜超然，他客觀而正確的描述小山谷河邊的死亡軍人，詩中，沒有一句恐怖的叫喊，沒有一句詛咒，沒有一句譏諷，沒有一句評註，這一切都為了要使我們確認

這位睡／死去的青年是置身於田野的美景裡，是臥死於大自然的和諧中。同樣面對屍體，韓波的前輩詩人波德萊爾（1821～1867）攜女友到郊區散步，看到路旁腐爛動物屍體，寫下膾炙人口的〈腐屍〉，這兩首詩一平緩一辛辣，分別爲16歲和25歲不到的青年所寫，卻同是法國文學史的珍品。

1871年2月，韓波放棄學校的復學，再度到巴黎。巴黎公社成立時（3月18日至5月28日），有一段時間，韓波行蹤不明，5月13日在家鄉出現。如是，騷動的巴黎，詩文的巴黎，似乎隨時都在呼喚著他——前進巴黎。

1871年5月，寫信給詩人魏崙（1844～1896），獲得歡迎的回函；9月下旬，韓波攜帶剛完成的每節4行共25節的百行長詩〈醉舟〉，前往巴黎。一位17歲的鄉鎮少年，未曾見過海洋，僅憑家鄉默思河流水的日夜激盪，一些海洋書詩，如雨果的小說《海上勞工》、維恩科幻小說的《海底兩萬浬》，葛紀葉的詩〈死的喜劇〉，波德萊爾的詩〈旅遊〉等，耳濡目染地浸入韓波的心靈，想像自己是一艘在現實裡沉醉、逐波的船。〈醉舟〉一詩即一條船的自述，「當我在無表情大河順流而下」……「浮浴於海洋詩篇中」……全詩流露出這位年輕詩人以新的眼光，環視世界，發揮出令人驚奇的想像力與繁複紛呈的意象。這些意象既是詩人的海市蜃樓，也是真實大海，二者糾纏交錯的流變中，船／我被吸納了。時至今日，〈醉舟〉既是韓波的代表作、代名詞，也進入法國詩文學長河的經典。跟〈醉舟〉同時期的〈母音〉（元音）一詩，強調字母的顏色：「A黑，E白，I紅，U綠，O藍」，尤爲新奇。

在巴黎，韓波結識一群詩人。彼此熱絡交往，同魏崙尤爲親暱，且發展出同性戀的行爲；1872年7月，兩人聯袂出遊，逗留比利時、倫敦等地；兩人時聚時離，魏崙留下一些文字記錄，在〈淚滴著我的心〉詩開頭摘引韓波一句話：「雨溫柔地落在城市」，詩的末節：「這至深的苦惱／無從知曉爲何／沒有愛沒有恨／我的心如此苦

惱！」另外，在〈布魯塞爾・單純的壁畫〉詩中說「城堡，全是白色／連同側面，／落日／周圍的田野：啊！我們的愛／就在那兒築巢！」1873年7月，魏崙無法忍受韓波的不告而別，在布魯塞爾槍傷韓波，二人決裂，韓波遠離，魏崙因而入獄，在獄中寫下他的懺悔詩與文，其詩為：

在屋頂上，
　　天空如此藍，如此靜！
在屋頂上，
　　枝椏搖曳著棕櫚葉

在看得見的天空
　　鐘聲緩緩地想著，
在看得見的樹上，
　　鳥兒獨自哀鳴著。

老天啊！老天！這就是生命，
　　單純且寧穆。
從城市傳來了
　　平和之聲。

——哦！在那兒，你做了些什麼？
　　不停的哭泣，
你說，在那兒，你做了些什麼？
　　當你年少時。

韓波則回到新住處，繼續寫作，完成《在地獄裡一季》。這本小冊子執筆於1873年4～8月，先前的閱讀準備，包括魔法書、鍊金術等

一些書刊，書名原想訂爲《異教徒之書》或《黑人之書》，由後者，可以聯想到跟非洲黑人土著有關。這部小書，包括8篇或長或短的散文詩，作者公然宣稱逃向（或前進）非洲，與工人結合，才可以在原始情況裡忘卻宗教、道德和當時的市儈氣，是法國文學界首次攻擊19世紀歐洲的文明、科學，以及國家機器所扮演誇大狂的角色。所謂「地獄」，作者自稱他是「被打入地獄者」，韓波的叛逆個性甚強，且潛伏內心甚早，不願受傳統教條的束縛，在首篇〈往昔，……〉即言明：這本小冊子是他的《地獄手記》（在地獄寫作的筆記）。

1873年10月，出版散文詩集《在地獄裡一季》之後，韓波不再寫詩不談文學，到處流浪冒險，更換工作，最後，在阿比西尼亞從事軍火生意，發了一筆小財。這時，巴黎文學界興起象徵派，詩壇新領袖魏崙整理、發表韓波舊作《彩繪集》，並於1886年出版單行本，韓波的詩名一時噪起，遠在非洲的作者，卻絲毫無意於此。《彩繪集》是1871～3年間斷續寫作的42篇散文詩，書名*Illuminations*，有多重含義：著色的版畫、染色的浮雕、幻象、奧祕……等，題材包括：童年的追憶、霧中都市（倫敦）的景色、清晨田野散步、港口的幻象、海上風光等；在表現的技巧上，呈現新的手法：詩體形式的解放、意象豐富的新穎、打碎陳舊的規則……等。

1891年2月，韓波的膝蓋嚴重受傷；5月，由海外送回國內，在馬賽醫院鋸斷右腿；8月，傷勢復發；11月10日，病逝於醫院，得年37歲。

年輕的韓波習詩未久，讀到1866年出版的《當代巴拿斯》詩選，寫信給邦維爾表明：欣賞「所有優秀的巴拿斯派詩人」，希望自己在一、兩年之內，「將成爲巴拿斯派詩人」，還發誓「會永遠崇拜兩位女神：繆斯與自由」，末尾懇求邦維爾「親愛的老師，拉拉我，我還年輕，助我一臂之力……」。信寫於1870年5月24日。然而，隔年，《當代巴拿斯》詩選第二冊出版，未見韓波詩篇選入，1876年的選

集，也未獲青睞。擺脫選集的困擾，曾經珍惜卻棄詩如糞土，寂寞身後名，大師級的韓波，生前僅出版兩本小冊子的散文詩集，他的寫作生涯集中在1869～1873年的四、五年間，相當於15至19歲的青春年華，稱得上「文藝小子」，在法國，甚至世界文學史上，是個饒有趣的現象，只能以「奇蹟」，「神讖」，「彗星」來解說了。

參考書刊：

1.《韓波詩文集》，莫渝譯，台北，桂冠圖書公司，1994年。
2.《魏崙抒情詩一百首》，莫渝譯，台北，桂冠圖書公司，1995年。

———2001年2月6日初稿。

刊登《聯合文學》197期（2001年3月），

標題：〈在地獄浪遊——叛逆小子韓波〉。

普羅旺斯、磨坊與都德
——《磨坊文札》閱讀筆記

十九世紀後期的法國文學界

　　十九世紀初，法國浪漫主義席捲人們內心的抒情與淚水，達二十餘年，到1830、40年代，是浪漫主義走向現實主義的轉折期，1850、60年代，整個法國文壇幾乎全是現實主義的轄領區，接著，由於哲學的實證主義與科學主義，加上法國本土生理學與醫學的新發展，轉化成文學的科學精神，以及促成「自然主義」思潮的湧現。1860年代是法國自然主義形成期，1870年代與80年代是法國自然主義鼎盛期，1890年代初則走向傾頹衰弱了。這時期，活躍的文壇作家中，龔古爾兄弟（Edmond et Jules de Goncourt, 1822～1896, 1830～1870）的小說開創自然主義的道路與方向；繼起的左拉（Emile Zola,1840～1902），追隨巴爾札克「人間喜劇」，用20年（1871～1893）撰寫「盧貢・馬加」家族史系列20卷本的長篇小說，被奉為領袖。此外，尚包括「短篇小說之王」之譽的莫泊桑（Guy Maupassant, 1850～1893）和都德等人。後二位也有多部長篇小說的寫作，莫泊桑寫了六部，都德出版十三部；都德的創作雖然較少自然主義的理論基礎，但與這幾位文友過從甚密，且有「五人餐會」（或稱「福婁拜晚餐會」）的長期藝文活動，也被歸類之，而南法普羅旺斯風光的描繪、詩情畫意的濃鬱、溫情主義的流露，形塑了都德文學風格獨特的優點。

都德生平與著作

　　阿爾封斯‧都德（Alphonse Daudet, 1840～1897），西元1840年5月13日出生於法國南部的尼姆（Nîmes）。九歲前的童年生活非常幸福，這段快樂歲月使他終生熱愛故鄉的風土人情。1849年，由於父親經營的製絲業破產，舉家從陽光普照的普羅旺斯地區，移居多霧的里昂。1856年，都德畢業於里昂中學，放棄大學生活，在阿列學校（Collège d´Alès，位於楔苑斯地區Cévennes）覓得一份輔導教師的工作。1857年11月1日，都德離開阿列學校，前往在巴黎的二哥艾涅斯特（Ernest Daudet）處；這位二哥大他三歲，擔任《觀察家》（Spectateur）的採訪記者，以後成為著名的政治評論家與歷史學者。

　　都德攜帶一卷詩冊到巴黎，想尋求出版機會，費了很大精力，六個月後，才有一家小出版商願意接受，但印製費用由都德本人負擔。詩集《多情女》（Les Amoureures）於1858年問世，大部分詩作是在里昂和阿列寫的。十八歲的都德，因這冊詩集獲得小小名氣，開始出入巴黎文藝界與文藝沙龍，如安斯洛夫人（Mme Ancelot）主持的沙龍，就在此，結識詩人維尼（Alfred de Vigne, 1797～1863）。1860年夏，他在南方（法國通稱Midi），與家族會晤，也拜會詩人米斯特哈（Frédéric Mistral, 1830～1914）。同年，詩集受到皇后歐琴妮——拿破崙三世之妻——的欣賞，1861年起，將他安排至國會主席莫尼公爵（Duc de Morny, 1811～1865，拿破崙三世的異母兄弟），擔任第三秘書的職務。這項工作不僅使他能獨立謀生，並且有許多時間追求文學，從事旅遊。1861年12月至翌年2月，因可能罹患結核病，接受醫生建議，在北非阿爾及利亞停留有三個月；這期間，都德完成第一齣劇本《最後的偶像》，隔年在巴黎上演。1862年冬，前往科西嘉島；1863年夏到普羅旺斯，在位於楓特維爾鎮（Fontvieille）的伯叔家居留一段時間。回到巴黎，撰寫劇本，並風風光光地參與上流社會

的交際界。1865年3月，莫尼公爵過世，都德辭去工作，專職寫作。
1865年，再次逗留普羅旺斯後，決定動筆寫作《磨坊文札》，隔年
夏發表了其中的片段，為此，贏得一位巴黎女子的芳心，1867年1月
23日，作家與朱莉亞‧阿拉德結婚。此後，幾乎每隔一兩年就有小說
或故事集出版，偶爾亦有戲劇的嘗試。1874年出版的小說《福羅蒙小
弟與李斯列大哥》，深得好評，銷售極佳，且於1876年獲得法蘭西學
院小說獎。1874年起，僑居巴黎的俄國屠格涅夫（1818～1883）和幾
位法國作家，如福婁拜（1821～1989）、龔古爾（1822～1896）、左
拉（1840～1902）及都德，共五人，經常在福婁拜家聚餐，直到1880
年，這項藝文活動才因故停止。中年以後，都德創作力持續旺盛，唯
身體健康逐漸嚴重惡化，1897年12月16日，病逝於巴黎寓所，20日，
安葬在拉楔茲神父墓園（Le Cimetière du Père-Lachaise）。其長子列
翁‧都德（Léon Daudet, 1868～1942）也是一位有名的小說家和新聞
記者。

　　阿爾封斯‧都德寫作勤快，著作相當多，底下依年代順序列出重
要者：

　　1858年　《多情女》（詩集，*Les Amoureures*）
　　1868年　《小傢伙》（*Le Petit Chose*）
　　1869年　《磨坊文札》（*Lettres de mon moulin*）
　　1872年　《達哈斯貢的吹牛者》（*Tartarin de Tarascon*）
　　　　　　《阿爾城姑娘》（劇本，*L'Arlésienne*）
　　1873年　《星期一故事集》（*Les contes du Lundi*）
　　　　　　《故事集》（*Les contes et récits*）
　　1874年　《福羅蒙小弟與李斯列大哥》（*Fromont jeune et Risler ainê*）
　　1876年　《傑克》（*Jack*）
　　1877年　《闊佬》（*Le Nabab*）
　　1879年　《流亡王族》（*Les Rois en exil*）

1881年　《紐瑪‧盧梅斯湯》（*Numa Roumestan*）

1883年　《傳道者》（*L'Evangéliste*）

1884年　《沙弗》（*Sapho*）

1885年　《阿爾卑斯山的吹牛者》（*Tartarin sur les Alpes*）

1886年　《達哈斯貢的防衛》（*La défense de Tarascon*）

1888年　《巴黎三十年》（*Trente ans de Paris*）

　　　　《作家回憶錄》（*Souvernirs d'un homme de lettre*）

　　　　《不朽》（*L'Immortel*）

1890年　《港口達哈斯貢》（*Le Port-Tarascon*）

1895年　《小教區》（*La Petite Paroisse*）

　　以上的著作，大部分屬於小說，1868年的《小傢伙》（或譯作《小東西》），是半自傳的感傷小說，描述他童年艱苦時光。1872年的劇本《阿爾城姑娘》，爲《磨坊文札》書內第六篇同題故事改編成的歌劇，與音樂家比才（Geroges Bizet, 1838～1875）合作，1872年10月1日演出，大獲成功。1873年出版的《星期一故事集》，其中以1870年普法戰爭背景的〈最後一課〉、〈小間諜〉、〈柏林之圍〉是大家熟悉的愛國短篇小說。以法國南方小城達哈斯貢爲名的四部小說，故事主角傲慢卑俗、胡鬧懶散，充滿詼諧滑稽，爲法國文學史著名諷刺小說，可以銜續十六世紀拉伯雷（François Rebelais, 1494～1553）的《加剛督亞》（*Cargantua*）和《邦大格利》（*Pantagruel*）。1876年的《傑克》，公認爲都德最好的長篇小說，描寫生病的可憐青年傑克，在鐵工廠工作情況，是文學史最早表現機器時代的工人小說之一。1884年的《沙弗》，故事情節類似小仲馬（Alexandre Dumas fils, 1842～1896）的《茶花女》（*La Dame aux Camélias*，1848年），描述巴黎青年在化妝舞會結識女郎沙弗（Sapho，原係西元前六世紀古希臘著名女詩人之名），雙方譜出一段癡情女爲負心漢吃苦的戀曲；這部愛情小說（近年已有歸入「情

色文學」的現象），1934年上過銀幕，復由法黑（Geroges Farrel）導演，1970年出品，將19世紀的背景挪移爲現代，電影片名中譯《神女生涯原是夢》。

一般論者稱讚阿爾封斯・都德的文筆：具有自然、細膩和生動，在淺說短述裡，不知不覺地引人微笑或含淚；這種風格，有評論家將之比擬作英國的狄更斯（Charles Dickens, 1812～1870），兩人在童年都有相似的不幸生活。

關於《磨坊文札》

以地中海爲核心，跟法國有歷史地理淵源的景點，包括南法普羅旺斯、蔚藍海岸、科西嘉島、北非的阿爾及利亞等，形成殊異又凝聚的一環，這些景點的人文習俗與傳說，是《磨坊文札》一書主架構的三處場域，在都德活躍的時代，這三處均歸法國轄地。

北非的阿爾及利亞在1830年至1962年期間爲法國殖民地，都德曾於1961年底親履斯土。〈在米里亞納〉、〈蝗蟲〉二篇是阿爾及利亞的遊記，前者描敘回教徒小村的景觀，後者係非洲熱風（焚風）、蝗害與蝗災處置的歷程，此二地的居民均屬信奉回教的阿拉伯人。〈橘子〉乙篇則是回憶曾經逗留阿爾及利亞城市巴利達（Blidah）的橘子園，對這個城市，紀德（1869～1951）在《地糧》（1897年）乙書裡亦多次描述過。

科西嘉島（法文Corse, 英文Corsica），是地中海第四大島嶼，自1768年，法國買下整座島嶼，除短期失控外，一直是法國的一個省份，距離義大利的薩丁尼亞島僅14公里，民間語言是義大利方言，官方語言則爲法文，就人民所得與文盲比例等標準言，科西嘉島是法國最貧窮、最落後的地區；一代王者拿破崙（1769～1821）出生於本島，由此出發，立足法國，縱橫睥睨全歐洲，且染指北非埃及；法國小說家梅里美（Prosper Mérimée, 1803～1870）《高龍巴》（*Colomba,*

1841年，另有譯名：科西嘉的復仇）的背景就是科西嘉島；飛行員作家《小王子》作者聖修伯里（1900～1944），第二次世界大戰末期，也由此島航空基地起飛，執行最後一次空中偵察任務而失蹤。《磨坊文札》內，〈血腥島燈塔〉、〈「快樂號」的垂死掙扎〉和〈海關關員〉三篇就是以此島嶼海洋為寫作背景和取材的逸事。

都德來自普羅旺斯，普羅旺斯是法國東南方的亮麗地區，海水、陽光、鄉村、方言、古蹟、人文等會聚之地；這地區，就歷史言，曾是古羅馬帝國的一省，轄區內，幾乎全盤羅馬化，西元14至18世紀，亞威農是天主教教宗掌管兼駐地，整個普羅旺斯保留甚多古代記憶；而幾處重點小城有各自的特殊風光：馬賽（Marseille）——法國第二大城，瀕臨地中海聯繫北非的重要港市；土倫（Toulon）——法國重要軍港；坎城（Cannes）——著名的影展場所，影展期間，大小明星一齊亮相、爭寵，等同美國的邁阿密海灘；尼斯（Nice）——蔚藍海岸的中心據點；格拉斯（Grasse）——眾香雲集的香水之都；艾克斯（Aix- en- Provence）——畫家塞尚（Paul Cézanne, 1839～1906）出生地；奧倫奇（Orange）——介於里昂與亞威農之間的古城，是古羅馬帝國鼎盛時期的大城，法國南北文化交流的據點，有古羅馬遺留的露天劇場；亞威農（Avignon）——是教宗（教皇）城，普羅旺斯的核心點；阿爾（Arles）——中古世紀羅馬阿爾王國都城與宗教中心，畫家梵谷（Van gogh, 1853～1890）近300件畫作的實際場景；達哈斯貢（Tarascon）與鮑垓（Beaucaire）——分立隆河兩岸的雙子星城；喀馬格（Camarque）——田野、沼澤充斥，是一處粗獷的原始地區；尼姆（Nîmes）——都德出生地，童年生活的樂園，法國最古老的羅馬城鎮，結合著義大利競技場和西班牙鬥牛場風格；楓鎮（Fontvieille）——《磨坊文札》書內「磨坊」（風車）所在地，目前為阿爾封斯・都德陳列館。

《磨坊文札》的首篇〈安頓〉，詳述磨坊周邊的景觀，「我到達的那晚，不說假話，總有二十來隻兔子圍坐階前……」，「在這座磨

坊中，我如此安適！……一個遠離報紙、馬車，濃霧的暖和馨香的小角隅……。」都德就安頓在這個「暖和馨香的小角隅」裡，展開他這些迷人的書札記錄。時代進步，社會轉型，新興麵粉工廠取代傳統磨坊業，年邁的高尼爾先生，依然撐起維護舊式操作：「那群歹徒，用魔鬼發明的蒸汽機製作麵包，而我使用善良上帝呼吸的西北風工作……」，直到眞相大白，〈高尼爾先生的祕密〉乙篇敘述的正是人間一再重演的令人憐憫的悲喜劇。〈群星〉乙文，描敘少年牧人在山區的單調生活，對美麗農莊女的感覺，單純似白紙般無邪，結尾兩人共同欣賞星夜的情景，宛如優美情詩，值得再三回味。〈阿爾城姑娘〉是癡心男的殉情故事，情節起伏懸疑，既同情爲情所困的自殺青年，也對白髮人送黑髮人，發出難忍的噓唏；故事改寫成劇本，在舞台上，賺得更多的眼淚。〈兩家客棧〉是都德家鄉尼姆的寫照。

1860年，都德回鄉，曾拜會大他10歲的詩人米斯特哈（Frédédic Mistral, 1830～1914）。當時，都德20歲，米斯特哈30歲，都正值青春創作期，詩人提供長篇詩稿給晚輩瀏覽，並用家鄉方言（普羅旺斯的語言）朗讀。西元十二至十三世紀，普羅旺斯地區採用奧克語，發展出文學的黃金時代；十四世紀中葉，北方文化取得支配權，普羅旺斯文學逐漸衰微，終至銷聲匿跡。1854年，爲淨化普羅旺斯語言和復興普羅旺斯文學傳統，幾位普羅旺斯的詩人文學家，於亞威農籌組「費利波希吉詩文社」（Félibrige），初期領導人爲魯馬尼耶（Joseph Roumanille），米斯特哈更劍及履及，以普羅旺斯語言寫作長詩，這樣努力的成果，終於在四十年後1904年，榮獲諾貝爾文學獎（與西班牙劇作家艾契加里共得）。〈詩人米斯特哈〉乙文即是當時的會晤，有兩人平實的交談，也描繪出普羅旺斯小村的風光。事後的追記，都德這麼贊美：「我非常欽佩我面前的這個人，想到他在廢墟中找尋母語，而且做出成果來。」

都德《磨坊文札》這部揉合散文與小說的故事隨筆文體，呈顯幾個特點：1.都德詩人的特質，加上青少年階段爲現實生活的掙扎奮

鬥，流露感傷的溫情主義，同時，散發詩情畫意的美感韻味。2. 由亞、歐、非三洲陸地所包圍的地中海，是世界最大內海，地緣因素形成本區夏季乾熱冬季濕暖的特殊氣候。借都德之筆，欣賞沙漠的風光與令人心悸的驚濤駭浪。3.南法普羅旺斯不僅陽光亮麗，文明發達，還保留充滿粗獷原始的野趣；〈咯馬格〉一文就是追索的目標。4. 都德進入殖民地異教國度阿爾及利亞時，他是解除殖民主意識的姿態，並無君臨之感。這些優點，加上都德說故事的技巧，增濃幾篇傳說的魅力，在法國，不僅是成人喜愛的書刊，亦屬宜於青少年的優良讀物。

　　Moulin，風車、磨坊，原本是利用大自然界的風力，取代人力，發展出輕型工業的一項動力資源；等到有了以煤、石油更龐雜便利動力資源的工業革命之後，Moulin這種輕型工廠，就落伍，被迫退出競爭的行列，任其荒廢、傾圮，成為古董、遺蹟。關於《磨坊文札》書內的「磨坊」，據考證，都德本人並不曾擁有過這麼一座古老陳舊的磨坊，倒是離達哈斯貢南方的楓鎮（Fontvieille），尚存幾座。該鎮有四位獨身兄弟住在一座城堡內，城堡附近的松林小丘，留下一座荒廢的磨坊，都德很喜歡到那兒靜觀風景、沉思寫作。因這部作品的廣泛流傳，原先落伍、荒棄的磨坊，經過整建維護後，目前成為阿爾封斯·都德陳列館，是南法普羅旺斯觀光旅遊據點之一。

　　《磨坊文札》成書共24篇。最早，有12篇於1866年秋天，發表在巴黎的《時局》（L'Evénement），其中5篇署名瑪利·加斯頓（Marie-Gaston）；第二次，6篇發表在《費加羅》雜誌。1869年12月，單行本問世（篇數不及24篇，篇序有更動），至1879年版始成今日樣貌。進入二十世紀，法國作家兼導演巴果爾（Marcel Pagnol, 1895～1974）曾選錄書中〈高尼爾先生的祕密〉、〈三次低音彌撒〉、〈高賢神父的藥酒〉三篇，拍攝電影，於1954年上演，深獲好評。

餘　波

　　1930、40年代，中國和台灣分別有作家與都德結緣。1930年代的
上海是人文匯聚的「海派」文學重鎮，集合了極力汲取外國文藝新思
潮的一批前衛作家。當中，戴望舒（1905～1950）是沉迷法國文學的
一位青年詩人，1925年秋，他開始在上海震旦大學學習法文，之後，
有法國詩與小說翻譯的發表與出版；1932年11月8日自費搭船赴法國
留學，年底抵達法國馬賽，到巴黎停留後，轉往里昂中法大學（1921
年，李石曾、吳稚暉等人籌設的勤工儉學學校），在里昂讀書寫作停
留了約兩年（約1933年到1935年夏），其間，曾來往巴黎，也前往西
班牙旅行兼蒐集資料。戴望舒居留里昂期間，1934年3月，曾探訪都
德一家人於1849～1851在里昂的舊居，撰寫一文〈巴巴羅特的屋子——
—記都德的一個舊居〉，稍晚，刊登1938年3月1日《宇宙風》雜誌62
期。此文，敘述都德年少時與父母兄弟移居里昂的舊址周邊環境，雖
然門上釘著市政府的石製牌子，標誌文學家曾經的居留處，卻因新住
戶老婦人的無知，遭到拒絕，無法入內參觀，感到怏怏然。生前，戴
望舒未將此文收進其任何著作，晚近，由一些人士編輯選入相關文
集。戴望舒譯介甚多法國與歐美文學，唯獨缺少都德著作，僅留下這
篇記實散文，似乎顯得異樣。

　　1940年代日治時期的台灣，文藝青年葉石濤（1925年出生）台
南州立第二中學（以後改爲「省立台南一中」，現爲「國立台南一
中」）畢業後，進入日文文學雜誌《文藝台灣》當助理編輯，同時，
撰寫短篇小說〈林からの手紙〉（林君的來信），刊登在1943年4月
的《文藝台灣》5卷6期。葉石濤這篇短篇小說描敘青年葉柳村，有一
日，由老人阿元伯接獲好友林君（文顯）的來信，託他跑一趟到鄰鎭
的龍崎莊，代爲探視慰問五年未見的祖父與妹妹。信中還微略地提及
鄉村景觀與胞妹的美麗和氣質。原本有點懊惱打亂當日作息的柳村，

經老人阿元伯補充說明，反而增添探訪的興趣，轉換心情，踏上這趟鄉野之旅。讀者欣賞了鄉村古樸的建築，也領略淳厚的人情味，與林君妹妹春娘交談甚歡，進一步滋生情愫。青年名爲「柳村」，實有「柳暗花明又一村」峰迴路轉之意。這篇小說的開頭，和《磨坊文札》第12篇〈一對老夫妻〉的情節相似，或者說有「學習」、「模仿」的痕跡。都德〈一對老夫妻〉的起筆是青年接到信息，受託訪視睽違十年的年邁祖父母。

1981年9月，莫渝的中譯本《磨坊文札》，在劉俐小姐協助下（她親贈《磨坊文札》法文精裝本），由台北志文出版社出版以來，雖然一直有不少的讀者，甚至遠在香港的作家侶倫撰文介紹，似乎沒能掀起對南法普羅旺斯的風靡。直到1990年代，英國作家彼德・梅爾（Peter Mayle）著作《山居歲月》和《戀戀山城——永遠的普羅旺斯》中譯版的出現，加上台灣經濟提昇開放觀光旅遊的客觀因素，普羅旺斯形成醒目的旅遊焦點。事實上，《磨坊文札》的文學筆調，應該更能觸及旅人的心靈，具有旅遊書刊隨身讀的文學意義。

《西蒙・田園詩》

古爾蒙抒情小詩集

Simone, poèmes champêtre
Par Remy de Gourmont

1. 秀 髮

（ Les Cheveux ）

西蒙，有大祕密
在妳的秀髮森林裡。

妳散發乾草的氣味，散發
野獸待過石頭的氣味；
妳散發皮革的氣味，散發
剛剛簸揚過小麥的氣味；
妳散發木柴的氣味，散發
早上剛送來麵包的氣味；
妳散發沿著荒廢圍牆
綻放的花朵的氣味；
妳散發樹莓的氣味，散發
剛被雨水淋洗過常春藤的氣味；
妳散發燈心草的氣味，散發
黃昏時才刈割的蕨類的氣味；
妳散發冬青的氣味，苔蘚的氣味，
妳散發從樹籬脫落籽實而
萎黃枯草的氣味；

妳散發蕁麻和染料木的氣味，
妳散發苜蓿的氣味，牛奶的氣味；
妳散發茴香和茴芹的氣味；
妳散發胡桃的氣味，散發
剛採收成熟水果的氣味，
妳散發枝椏開滿花朵的
柳樹和椴樹的氣味；
妳散發蜜的氣味，散發
在草坪漫步的生命的氣味；
妳散發土地與河流的氣味；
妳散發愛的氣味，火的氣味。

西蒙，有大祕密
在妳的秀髮森林裡。

2. 山楂花
（L' Aubépine）

西蒙，妳的纖纖玉手有抓傷痕跡，
妳哭了，我因這意外而想發笑。

山楂花防備它的內心與肩部，
誓願將肉體獻給最美的親吻。

她披上夢想與祈求的大薄紗
為了與整個大地結合；

當守夜的蜂群夢到苜蓿與茴香時，
她便與朝陽結合，

還有青鳥、蜜蜂與飛蠅，
以及全身絲絨般的大熊蜂，

還有金龜子、胡蜂、金黃色大胡蜂，
以及蜻蜓，和蝴蝶

一切有翅膀的小昆蟲，以及
在空中沉思般舞蹈與漫步的花粉；

她與中午的太陽結合，
還有雲彩、清風和雨水

所有這些都走開了，還有夕陽
紅如玫瑰，明似鏡，

還有月亮和露珠，
以及天鵝座、天琴座和銀河；

她前額何其白皙心靈何其純潔
以至她以整個大自然鍾愛自己。

3. 冬　青
(Les Houx)

西蒙，太陽在冬青樹葉上微笑；
四月回來跟我們嬉戲。

她的肩膀背著幾具花籃，
送給荊棘、栗樹、柳樹；

她一一丟撒了些在草坪的綠草間，
在小溪邊，沼澤邊，水坑邊；

她保留黃水仙給水邊，將長春花
給樹林，給枝椏伸展的地方；

她在陰影處扔下紫羅蘭，而樹莓下
她用不膽怯的裸足將之隱藏深埋；

她把雛菊給每一處草原
給迎春花一串鈴鐺項鍊；

她在森林裡丟下鈴蘭
沿著清涼小徑丟下銀蓮花；

她在屋頂上栽種鳶尾草
而我們的園子裡，西蒙，風和日麗，

她散佈耬斗菜和三色堇，
風信子以及好氣味的桂竹香。

註：Les Houx，枸骨葉冬青。

4.霧

（Le Brouillard）

西蒙，穿上妳的大外套和黑色厚木鞋，
我們像在船上一樣要穿越濃霧。

我們要前往美的島嶼，那兒
女人美麗如樹木，赤裸似心靈；
我們要前往的島嶼，男人溫柔
像獅子，有紅棕色的長髮。
來到永在的世界，是我們的夢想期望
其法律、歡樂、供給繁花盛開汁液的神明
以及讓枝葉閃爍微微發響的薰風。
來吧，純真的世界自棺木冒出。

西蒙，穿上妳的大外套和黑色厚木鞋，
我們像在船上一樣要穿越濃霧。

我們要前往的島嶼，由那兒的群山
我們看見鄉村的安詳空間，
靜靜吃草的幸福動物，
牧羊人像柳樹一樣，人們用長柄叉
將一束束麥稈堆放二輪大貨車上；
天色還亮著，綿羊停在
園子門前的家畜棚附近，
散發地榆、龍蒿和茴香的氣味。

西蒙，穿上妳的大外套和黑色厚木鞋，
我們像在船上一樣要穿越濃霧。

我們要前往的島嶼，那兒灰色青色的松樹
當西風吹拂它們的髮髮間就會唱歌。
我們躺臥芬芳的涼蔭下，聆聽到
欲望遭受折騰的心靈呻吟
且期望肉體復活的時刻。
來吧，無限正攪亂且發笑，世界正沉醉：
我們一邊在松樹下織夢，也許一邊聽到
愛的話語、神明的話語、遠方的話語。

西蒙，穿上妳的大外套和黑色厚木鞋，
我們像在船上一樣要穿越濃霧。

5. 雪
（La Neige）

西蒙，雪像妳的脖子一樣白，
西蒙，雪像妳的膝蓋一樣白。

西蒙，妳的手冰冷像雪，
西蒙，妳的心冰冷像雪，

雪，只為火般的吻融蝕，
妳的心，只因離別的吻融蝕，

雪在松枝上哀傷，
妳的額頭在栗色髮下哀傷。

西蒙，妳的姊妹雪在院子裡睡息。
西蒙，妳是我的雪我的愛。

6. 落　葉

（Les Feuilles Mortes）

西蒙，我們到林間去，因為樹葉都掉落了；
它們蓋住了青苔、石塊和小徑。

西蒙，妳喜愛腳踩落葉的聲音嗎？

它們顏彩何其溫和，聲音何其嚴肅，
它們在地面上

西蒙，妳喜愛腳踩落葉的聲音嗎？

它們在黃昏時刻何其憂傷
它們叫聲何其柔和，當風催趕時！

西蒙，妳喜愛腳踩落葉的聲音嗎？

當腳踩住它們時，它們內心滴淚，
它們化作女人衣服上

西蒙，妳喜愛腳踩落葉的聲音嗎？

走吧，總有一天我們會像可憐的落葉。
走吧，已經入夜了，風帶走我們

西蒙，妳喜愛腳踩落葉的聲音嗎？

7. 河

（La Rivière）

西蒙，河唱著純真之歌，
走吧，我們到燈心草和毒芹之間；
中午了，大人離開了犁，
而我，我想看看清水中妳的赤腳。

河是魚和花的母親，
是樹　鳥　香　色的母親；
她給吃了麥粒又飛往
遙遠地方的鳥兒喝水；

她給綠肚的藍蠅
和搭建樓閣的水蜘蛛喝水。

河是魚的母親，她賜給牠們
小蟲、草、空氣和臭氧；

她給牠們愛；她給牠們翅膀
以便逃回世界盡頭牠們得女伴處。

河是花和虹的母親，
是仰賴水和些許陽光才生長的母親：

她滋養岩黃芪和牧草，有
蜜香味的繡線菊，和毛蕊花

它們的葉子輕柔似鳥的羽毛：
她滋養小麥、苜蓿和蘆葦；……

河是森林的母親，美麗的橡樹
用葉脈由清澄河床汲取水分。

下雨時，河把天空變得像懷孕一樣
那是河升到天上，又落下來；

河是十分有力又純潔的母親，
河是整個大自然的母親，

西蒙，河唱著純真之歌，
走吧，我們到燈心草和毒芹之間；
中午了：大人離開了犁，
而我，我想看看清水中妳的赤腳。

8.果　園

（Le Verger）

西蒙，到果園去
帶著柳條籃子。
我們一邊走入果園
一邊對蘋果樹說：
「現在是蘋果季節。」
到果園去，西蒙，
到果園去。

蘋果樹上滿滿胡蜂飛舞，
因為蘋果熟透了：
在老蘋果樹周圍
有巨大細語聲，
蘋果樹上滿滿的蘋果，
到果園去，西蒙，
到果園去。

我們採收卡爾維蘋果，
鴿子蘋果和斑皮蘋果，
還有釀酒的蘋果
其果肉微微細嫩。
現在是蘋果季節，
到果園去，西蒙，
到果園去。

妳有蘋果的香味
在妳的衣服妳的手上
而妳的秀髮全都是
八月的柔香。
蘋果樹上滿滿的蘋果，
到果園去，西蒙，
到果園去。

西蒙，妳就是我的果園
是我的蘋果樹；
西蒙，趕走那群胡蜂
從妳的內心和我的果園。

現在是蘋果季節，
到果園去，西蒙，
到果園去。

9. 園　子
（Le Jardin）

西蒙，八月的園子
芳香，豐富且柔和：
有胡蘿蔔和蘿蔔
茄子和甜菜
以及混雜在淡白色生菜中間
供病人食用的琉璃苣；
更遠處，是一群捲心菜，
我們的園子豐富且柔和。

豌豆沿著支架攀緣；
支架宛如少婦穿著
紅花綴飾的綠洋裝。
這裡有蠶豆，有
來自耶路撒冷的南瓜。
洋蔥一下子冒出
還戴上王冠似的，
我們的園子豐富且柔和。

蘆筍整個花邊掛上
珊瑚珠鍊變得更成熟；
貞女般的龍鬚草，

適合作為彩繪大玻璃窗的藤蔓，
而隨意生長的筍瓜
被大大太陽曬紅了臉頰；
還聞到百里香和茴香的氣味，
我們的園子豐富且柔和。

10. 磨　坊
（Le Moulin）

西蒙，這座磨坊非常古舊了，其輪子
因苔蘚而全綠，在大洞裡旋轉；
我們擔心輪子轉著轉著，轉壞了
就像永恆的酷刑。

四牆顫搖，彷彿置身
午夜大洋的汽船；
我們擔心輪子轉著轉著，轉壞了
就像永恆的酷刑。

天黑了；聽得到沉重磨盤在抽泣
跟祖父母同樣低柔同樣老邁；
我們擔心輪子轉著轉著，轉壞了
就像永恆的酷刑。

磨盤像祖父母那樣低柔那樣老邁，
以至小孩能使它們停止，一滴水能推動它們
我們擔心輪子轉著轉著，轉壞了
就像永恆的酷刑。

它們絞碾窮人與富人的小麥，
也絞碾黑麥、大麥和雙粒麥；
我們擔心輪子轉著轉著，轉壞了
就像永恆的酷刑。

它們也像慈善的偉大使徒，
製成麵包祝福我們挽救我們；
我們擔心輪子轉著轉著，轉壞了
就像永恆的酷刑。

它們供養人類以及讓我們撫摸與
為我們而死的弱小動物；
我們擔心輪子轉著轉著，轉壞了
就像永恆的酷刑。

它們工作、抽泣、旋轉、嘀咕，
打從曩昔以來，打從世界初始；
我們擔心輪子轉著轉著，轉壞了
就像永恆的酷刑。

西蒙，這座磨坊非常古舊了，其輪子
因苔蘚而全綠，在大洞裡旋轉。

11. 教　堂

（L'Eglise）

西蒙，我很好。黃昏的音籟
溫柔得像孩子們吟唱的讚美歌；
陰暗的教堂宛如古老的宅院；
玫瑰花散放愛情和薰香的濃味。

我很好，我們慢慢地悄悄的走，
同割草回來的人打招乎；
我走在前頭打開柴扉，替人引路，
狗一直尾隨我們，投以鬱鬱眼色。

當妳祈禱時，我會縈念那些人
他們築蓋了這些圍牆、鐘樓、塔，
龐大的殿堂恰似一頭馱獸
負載著我們每日罪行的重擔：

縈念那些人，他們磨平正門的石塊
而且在門廊下砌了一座大聖水盤；
縈念那些人，他們在窗玻璃繪上諸王像，
以及一位沉睡於農家的幼兒。

我會縈念那些人，他們鑄造十字架，
公雞。鉸鏈與門把護鐵；
縈念那些人，他們雕刻美麗的木製聖女
代表雙手合抱與死亡。

我會縈念那些人，他們熔化了
別人將小金環投入的鐘樓青銅，
縈念那些人，在一二一一年
挖掘聖侯可埋骨的墓穴，認作寶藏……

我會縈念那些摸過祭餅的手
那些祝福過的手，洗禮過的手；
我會縈念戒指、大蠟燭，彌留苦痛；
我會縈念哭泣的女人眼眸。

我也會縈念墳園的死者，
他們只有草與花作伴，
他們的名字在碑石上還隱隱可讀，
十字架護衛他們直到末日。

當我們回來時，夜色該籠罩了；
松林下，我們該像幽靈般，
我們會想起上帝，自己，種植事物，
想起等我們的狗，想起花園的玫瑰。

《西蒙，田園詩》漢譯史

1

古爾蒙（Remy de Gourmont, 1858～1915），法國作家、詩人、評論家。出生於法國西部諾曼地的貴族家庭莫特（Motte）城堡內。中學畢業後，到剛城（Caen，古典詩人馬雷伯故鄉）研讀法律，接著，前往巴黎，1881年，進入國家圖書館當職員，並參與文學活動。1886年，在《時髦》雜誌看過象徵主義的文章前，他即撰寫各種通俗文章與一部長篇小說《雌鵟》（1886）。1889年，與詩人沙曼（Albert Samain, 1858～1900）創辦《法國水星》雜誌，負責編輯工作，並成為最具權威的批評家。受到古里頁夫人和余思曼（Huysmans, 1848～1907，法國作家）的影響，曾沉迷於祕術。

1891年，他一篇題名〈愛國主義這玩意〉的文章，導致離開國家圖書館，嚴重的皮膚病也使他臉面變形，這兩件事打擊他很大，把興趣轉向孤獨和研究，因而從事博學的論文著述：《神祕的拉丁語》（1892年）；評論：《理想主義》（1893年）、《面具的書》（1896年）；創本：《戴歐達王》（1889-1893）、《李里特》（1892年）；詩集：《玫瑰連禱詞》（1892年）；小說：《魔術故事》（1894年）、《沈默的朝聖者》（1896年）、《狄奧麥德王的駿馬》、《婦人之夢》（1899年）、《盧森堡之一夜》（1906年）、《處女心》（1907年）。

隨後，古爾蒙放棄博學論著與小說創作，全力撰寫思想遊戲的文章，這方面的著作有《法語美學》（1899年）、《思想修養》（1900年）、《風格問題》（1902年）、《愛情現象》（1903年）、

《跋》（1903～1913）、《文學散步》（1904～1927）、《哲學散步》（1905～1905）等。在不間斷的寫作中，他同杜佳汀（Edeuard Dujarain）合辦《思想評論》（1904年），先擔任編輯，後升爲主任。

古爾蒙一生獨身，1915年9月27日清晨逝世於巴黎寓所。巴黎市政府在其寓所懸掛銅牌，上面寫著：「1898～1915，古爾蒙在此居住」；另外，故鄉的公園裡，也有他的大理石半身雕像。他的浩瀚著作中，影響深遠的是思想論述和評論文章。《法語美學》和《風格問題》所表達語言的歷史認識，影響普爾漢（Paulhan）、梵樂希（Paul Valéry, 1871～1945，法國詩人）、龐德（Ezra Pound,1885～1972，美國詩人），爲詩界開啓一條新路。評論方面，因學識淵博、文筆公正無偏見，特別明顯地影響了英語國度的人士，如赫胥黎（Aldous Huxley, 1894～1963，英國作家）、艾略特（T.S.Eliot, 1888～1965，英國詩人）、龐德等，他們讚美古爾蒙是他那個時代的批評良心。

2.

古爾蒙的著作龐雜，包含詩、小說、創本、評論、思想論著等，但譯成中文的，僅寥寥可數的小說和詩而已。小說的中譯本有：

1. 《魯森堡之一夜》：鄭伯奇譯，上海泰東圖書局，1922年5月初版。

2. 《處女的心》：姚蓬子譯，上海北新書局，1927年8月再版；重慶作家書局，1944年5月1版；上海作家書局，1947年7月初版；台北巨人出版社翻印，1970年；台北正文出版社翻印，1970年9月初。

3. 《色的熱情》（短篇小說集）：（曾）虛白譯，上海眞善美書店，1928年9月初版。

4. 《婦人之夢》：（姚）蓬子譯，上海光華書局，1930年3月初版。

3.

在中國文壇，所了解的古爾蒙，除了簡單介紹外，僅限於上述三部小說與幾首詩（具有田園風格的抒情詩）。由於古爾蒙在整國法國文學史並非顯著人物，因而中文的《法國文學史》幾乎難得有他的影子，倒是一部《新文藝辭典》裡有這樣的介紹：法國小說家、詩人、哲學家與批評家。不但在文學上，他的素養非常地充足，就是在科學上，他的造詣也很深切。他充滿著異教的思想，大膽地狂妄地主張著肉的快樂說與自我中心的本能主義。他的名作《魯森堡之一夜》是神與人的對話的集合，這種思想和主張，顯然是所謂的現世主義的表現，此外，他有烏鴉、禮拜堂等的小說，愛國主義的玩具，象徵文學的論文，薔薇的連禱的詩集等等（該辭典，頁163～164）。

最早介紹古爾蒙小說的是「創造社」主將之一的鄭伯奇。鄭本人寫小說、詩、評論。他翻譯《魯森堡之一夜》時，寫了一篇很長的〈代序〉（撰於1921年11月11日，京都），副題「賴彌·德·古爾孟（人及其思想）」，詳述古爾蒙的文學理論，是當時最好的了解文獻。在這篇長序中，鄭伯奇也翻譯一首詩〈雪〉，全文如下：

> 西曼，雪兒像你的膝頭一樣白，
> 西曼，雪兒像你的脖項一樣白。
>
> 西曼，你的心兒和雪一般冰冷，
> 西曼，你的手兒和雪一般冰冷。
>
> 雪兒不過火的親吻不會消融，
> 到了別離的親吻你的心才動。

雪兒在松樹枝頭怪是清愁，

金髮下，你的臉兒越顯消瘦。

我的姐姐雪兒，在庭前深深睡著，

西曼，你是我的雪也是我的愛喲！

——自《西曼》集中

　　《西曼》是古爾蒙的一組11首的抒情詩Simone，1897年出版，書名*Simone, poèmes champêtre*（西蒙，田園詩），1901年重印一次。周作人在《陀螺》（北京新潮版，1925年9月）譯詩文集內，以「西蒙尼」爲名，譯了6篇，取名「田園詩六首」（法國果爾蒙作）；戴望舒於1932年將全部11首譯出，冠以《西茉納集》，距離他赴法前僅兩個月，並有〈譯後記〉短文，略述古爾蒙（果爾蒙）詩風：他的詩有著絕端地微妙——心靈的微妙與感覺的微妙、他的詩情完全是呈給讀者的神經，給微細到纖毫的感覺的，即使是無韻詩，但是讀者會覺得每一篇中都有著很個性的音樂。戴譯后記日期署：1932年7月20日，全部11首譯詩重新集錄在《戴望舒譯詩集》（湖南人民出版社，詩苑譯林，1983年4月）。另一位詩人卞之琳也譯了一首〈死葉〉，收進《西窗集》（上海商務版，1936年），近期則收進《英國詩選》（卞之琳譯，湖南人民出版社，1983年3月）。

　　1949年以前介紹古爾蒙的情形，大略如上所述。

　　1950年代以後的台灣文壇，葉泥在譯介日本詩之餘，由日文轉譯古爾蒙的這組抒情詩，陸續在《復興文藝》、《現代詩》等刊物發表，古爾蒙筆下柔情款款的女性「西蒙」，似乎深受詩人們喜愛。這組譯詩經葉泥重新整理，再次刊登於《文學季刊》7、8期（夏、秋季號合刊，1968年11月20日），包括西蒙（11首）、夢、及其他（4首）、古爾蒙小傳、阿保里奈爾〈憶古爾蒙〉四部分，總題爲「西蒙及其他」，這些作品除末2首詩，又重刊於《心臟詩刊》（高雄，

1986年）。較遺憾的是這麼迷人受歡迎的抒情詩，沒有印行單行本。跟葉泥一樣，何瑞雄根據日本上田敏和堀口大學的兩種日譯本，再次迻譯《西蒙田園詩》，集進《動物詩集・西蒙田園詩》（台南開山書店，1969年8月），《動物詩集》係另位法國詩人阿保里奈爾作品。此外，零碎翻譯的則有：覃子豪譯〈落葉〉（見覃子豪全集II，頁57）、〈雪〉（覃子豪全集III，頁176）；白水譯〈十月的野薔薇〉（《中國文藝》5卷3期，1956年9月10日）；郭文圻譯〈薔薇〉、〈落葉〉、〈秀髮〉三首（見《愛與夢》世界名詩選譯，台南華明出版社，1970年元月）；龍潭譯〈教堂〉（《中外文學》，1卷11期，1973年4月）；莫渝譯〈教堂〉（《法國十九世紀詩選》，志文出版社，1979年11月）。

　　1950年代，台灣出版的一部《文藝辭典》（虞君質，吳燕如編，復興書局，1957年1月初版），也列有「古爾蒙」條文，部分語句引自前述的《新文藝辭典》，全條文錄下：法國文學家。他是個多才的作家，曾主編《法國水星》半月刊近二十年。他除了作詩歌、作小說外，還有好些關於哲學、生物學、語言學之著作，但以批評之作《假面集》二卷爲最重要。此作乃評論象徵派詩人之論集，解釋象徵主義之意義至爲明晰，對於象徵派諸詩人都極有研究；論者因稱之爲「象徵派的發言者」。他尊重個性尊重現世，可爲近代異教精神復興之代表。他以爲人生應當愛重自我，及時行樂，尋求幸福。他的名著盧森堡之一爲神與人之對話，主張純熟的現世主義。他的詩也很有名，名作西蒙凡十三章，自稱「西園詩」。其詩注重抒寫情調，不落於其他象徵詩人之比喻一流。（該書頁49、50，附原文部分省略）。

4.

　　在法國，古爾蒙的詩作幾乎被遺忘了，很多的詩選集都沒有他的作品。相反的，在中國，在台灣，古爾蒙成了法國抒情詩的代表人

物。1950年代的台灣詩壇，由於葉泥的譯介，詩人白萩撰寫「給洛利」的一組10首作品，洛夫撰寫「贈聖蘭」的一組10章短詩，似乎是葉泥譯介後的迴響。白萩作品較不明顯。洛夫自言「純然是為聖蘭而作，屬於私自的感情，原不足為外人道。」（洛夫詩集《靈河》題記），但綜觀這10章作品，從抒情，從語氣，從素材，隱隱約約地可以看出「聖蘭」和「西蒙」都是詩人筆下渴求的女性——溫婉、深情、柔順。

5.

有趣的是1950年代台灣詩壇，有位女詩人筆名即「西蒙」，寫詩譯詩，被譽為「詩壇一顆熠熠發光的星體」（向明：〈女詩人群像〉，《文訊》39期10頁，1988年12月）；在中國，最近亦出現一位名叫「西蒙」的年輕詩人（是男是女，待查），有3首作品輯入《青年愛情詩抄》（北京作家出版社，1988年4月），全書沒有作者介紹，編者僅在後記略筆言明選「100位35歲以下的青年詩人二百餘首新作」，因而無從進一步認識這位中國「西蒙」。

6.

上文，於1989年2月22日初稿完成，曾以〈古爾蒙在中國〉與〈古爾蒙在中國、台灣〉先後刊登《香港文學》59期（1989年11月）及收進莫渝著《法國文學筆記》（桂冠版，2001年11月）。

1970年代，筆者有心重譯這冊抒情小集，因法文原書或詩選未覓得購讀，僅在一冊讀本見到〈教堂〉乙作。1981年秋，筆者在法國托書店代購此書，未曾獲得。1991年，為《夢中的花朵——法國兒童詩選》撰〈法國兒童詩歌導論〉時，引錄〈河〉一詩，略作比較。2001年，編《法國情詩選》，有關古爾蒙部分，仍採葉泥譯作4

首。印象中，1970年代與趙天儀交往時，曾見其展示翻閱日本堀口大學（1892～1981）有關古爾蒙的日文譯本，似乎是日佛（日法）對照版。

拜電腦科技之賜，從網際網路獲得許多廉價知識與訊息。古爾蒙的Simone, poèmes champêtre 抒情詩集就這樣於2002年8月獲得，亦得知其另外的詩作，盼有朝一日能完成《古爾蒙詩集》。

2005年4月間，先行譯畢《西蒙，田園詩》小集。此回，應該是在台灣出現的第三次譯筆，是首次直接由法文翻譯，距離原作出版相隔了百年。相隔百年，人間情愛的質數也許依舊，但表達的方式、技巧與暴光程度大有變化；《西蒙，田園詩》小集似乎也在檢驗之中。

柏拉圖（Plato）說：「一旦碰觸愛情，每個人都成了詩人。」（At the touch of love, everyone becomes a poet）。閱讀古爾蒙的《西蒙，田園詩》小集，希望有這份誘因：閱讀情詩，讓每個人都變成詩人。

（2005.04.26.）

純情與浪漫的古希臘女子

—— 《比利提斯之歌》導讀筆記

一、彼埃‧魯易的生平

彼埃‧魯易（Pierre Louÿs, 1870～1925），1870年出生於比利時的剛城，

1888年，在巴黎亞爾薩斯專校就讀，認識安德烈‧紀德（André Gide, 1869～1951），交往密切，兩人關係持續至1895年。1891年，創辦《螺號》雜誌，提倡唯美文學。1894年，出版《比利提斯之歌》；1896年，出版《阿芙羅蒂》；1898年，出版《女人與木偶》；1900年，出版《波宙爾王奇遇記》。1925年6月4日，逝世於巴黎。

彼埃‧魯易繼承法國文學中心儀古希臘文化的風尚，也間接推動唯美和色情／情色文學的傾向，《比利提斯之歌》與《阿芙羅蒂》可以算是這類作品的經典。

二、古希臘的生活方式、活動場域與法國文學

1.美神與酒神之間

古希臘的智者將人間的活動，與神話中的諸神，做相當密切的輝映，人性和神性也有相當密切的吻合。生活在希臘神話中，美神阿芙羅蒂（Aphrodite, 等同羅馬神話的維納斯Venus）與酒神狄奧尼索斯（Dionysos, 巴克斯Bakkhos）最合於人間百態。人性的求美求愛，須討好阿芙羅蒂，祭典儀式狂歡活動端賴狄奧尼索斯。

2.心靈樂土阿卡笛

　　古希臘雅典和斯巴達之間的貝羅波奈半島上，有一處山地名叫「阿卡笛」（法文Arcadie, 英文阿卡笛亞Arcadia），當地牧羊人所吟哦的歌曲，亦即牧歌，演變爲後世「田園文學」與「田園詩」的濫觴，加上詩人們的歌頌描述，「阿卡笛」成了幸福樂土與世外桃源的一個代名詞。

　　雖然比利提斯並非出生於希臘，根據書中〈比利提斯的生平〉長文的介紹，與墓誌銘的描述：對父親的印象，僅止於名字達磨費洛斯，是希臘人，母親霍尼金則來自腓尼基族裔，曾用希臘比普洛斯城的地方語言教她唱歌；她的童年與少女時期，就是在她稱爲「林澤女神的大地」，在類似阿卡笛牧歌環境下成長的。在靠近梅拉斯河濱，杜綠斯密林斜坡的草原，「清晨，公雞一啼，她就起床，走到牲畜棚，給動物喝水、擠奶。白天，如果下雨，就留在房內紡織毛線，天晴，就在田野奔逐，和同伴玩，……」

3.法國文學史的希臘迷

　　法國文學史上最早心儀古希臘文學藝術，當屬十六世紀的「七星詩社」。十六世紀初，近鄰義大利的法國城市里昂，最先感染如火如荼的文藝復興運動，成立了「里昂派」的詩人集團；在京城巴黎的詩人群，不甘勢弱，搶在1549年由詩人杜柏雷（Du Bellay,1522～1560）撰文〈法語的維護與發揚〉，作爲詩社的宣言。七星詩社的興起，主要動機是中心／邊緣之爭，其宣言中師法古代詩人作家，與「里昂派」有不謀而合；所謂古代詩人作家即古希臘羅馬（拉丁）文學藝術，七星詩社的盟主洪薩（Ronsard, 1524～1585）學習希臘詩人品達（Pindar）和阿納克勇（Anacrean）最成功的一位。

　　十七、十八世紀古典主義盛行，文類中的戲劇當道，高乃依（Corneille, 1606～1684）、莫里哀（Molière, 1622～1673）、拉辛

（Racine, 1639～1699）三位戲劇大師，均有取材希臘的劇本。拉辛的《勃里塔尼古斯》、《費德爾》就是佳例。十八世紀末的詩人謝尼葉（André Chénier, 1762～1794），母親爲希臘籍，在血緣上自然有所認同，其牧歌詩體的寫作，也極力師法古希臘的幾位田園牧歌詩人，如戴歐克利特（Theocritus）、莫斯居（Moschus）、畢雍（Bion）等。

　　十九世紀前葉，浪漫主義氣燄最旺，1850年之後，由於濫情與無病呻吟，知識界的科學精神，逐漸以沉靜冷澈的理智取代之。這群主張客觀冷靜的詩人群，即「巴拿斯派」（Parnassiens）。巴拿斯（Parnass）山原爲古希臘東北的山名，希臘神話中九位文藝女神（Muses）皆居此，巴拿斯派詩人們心儀古代心儀希臘，因而以此爲名。跟巴拿斯派有淵源的前導詩人波德萊爾（Baudelaire, 1821～1867），1850年代寫的〈我喜愛裸體時代……〉一詩，表現對野性奔放充滿青春氣息的嚮往，亦即對古希臘活動場域的心儀。

三、《比利提斯之歌》成書的初貌

　　1894年由法國水星出版社（Mercure de France）出版的Les chansons de Bilitis，當時，標明「彼埃・魯易由希臘文翻譯」，因爲譯（作？）者自稱是他發現並譯自沙弗（Sapho，西元前六世紀古希臘著名女詩人）之後現代希臘著名女詩人的作品；且註明「抒情小說」（Roman Lyrique）的文體。在〈比利提斯的生平〉乙文末尾，道出考古家發現比利提斯的地下墳墓，在墓室裡，看到比利提斯所寫的詩鏤刻在四壁的黑石板上，其三首墓誌銘則爲石棺的裝飾。其實，這是彼埃・魯易的假託，藉此愚弄一些專家。文獻資料也顯示，這樣的假託和僞說，還造成不容置疑的眞實，以致初始時期，《比利提斯之歌》不列入法國文學之門。1920年代，中國留法的李金髮曾將此書成中文，書名即取《古希臘戀歌》，依據Pierre Louÿs的法譯本重

譯，原作者碧麗絲，全書分「在彭飛利的牧歌」、「在美帝蓮的悲歌」、「在失符島的小詩」、「Bilitis之墓」四部分，共一百四十餘首；李金髮的譯本於1928年5月由上海開明書店出版。

在法國本土的文類畫分，直到1898年第5版（刷），仍保留原貌。何時恢復真相，尚待查考。稍晚，有些版本則標明係「散文抒情詩」（poèmes lyriques en prose），目前則通稱「散文詩」（poèmes en prose）。

四、《比利提斯之歌》與《阿芙羅蒂》

彼埃・魯易精研古希臘文化，1894年出版《比利提斯之歌》，1896年出版《阿芙羅蒂》，這兩本書有幾處共通點：《比利提斯之歌》的扉頁題詞：「這本古代愛情之書，虔誠地獻給未來社會的少女。」《阿芙羅蒂》一書有一副題：「古代習俗」。《比利提斯之歌》的第三卷描繪比利提斯當紅時的角色——紅牌交際花、高級神女；《阿芙羅蒂》全書敘述青樓豔妓克莉西絲。兩本書的兩位女主角可以當作美神的化身，同時代言了女子同性戀（女女相戀）。

五、比利提斯的生命三和絃

彼埃・魯易想像比利提斯出生於西元前六世紀東方的龐費利（Pamphli，位於小亞細亞，Lycie和Cilicie之間，東方係以希臘的地理位置而言，亞週位在希臘東方），遷居到米蒂蓮（Mytilène或Mitilini，又名Lesbos，愛琴海上的希臘島嶼，現在的名稱為Lésvos），認識了著名的女詩人沙弗，沙弗教她寫詩和歌詞，整部《比利提斯之歌》就是以比利提斯為主角，為核心人物，描繪她三階段的生活：16歲之前純情的鄉村少女時期、16至26歲青春佳麗時期、26歲至約40歲都會豔女與離世哀傷的遲暮時期；全書也依此分成三

卷：龐費利地區的牧歌、米蒂蓮地區的哀歌、塞浦路斯倒的碑銘及三首比利提斯臨終前自擬的墓誌銘。

　　第一卷「龐費利地區的牧歌」（第一階段生活）共44首（原缺2首，第1～46首），具備極明顯的牧歌特性，牧歌（bucolique），亦譯作田園詩（和pastorale等義）；bucolique，古希臘詩歌形式之一，最初指祭典儀式進行時，牧人用以競賽的歌詞，後人模擬其形式，亦創作之，多自稱牧羊人，或假偽牧羊人互相問答之詞，但所記者不盡與牧事相關，大都以描寫山野風景田園生活為主；拉丁詩人維吉爾（西元前70～19）著有《牧歌》（Bucoliques）一集10首，寫於西元前42～39年間，是最早以bucolique為詩集名的詩人；先前，西元前3世紀古希臘詩人特奧克里拖斯則著詩集《田園詩》（Pastorale）30篇，維吉爾即受其影響。在這一卷裡的詩篇，傳達少女比利提斯生活於鄉村田園的純真，和同伴利卡斯萌生短暫的純情，以及對愛情與婚姻的期待。第1首〈樹〉，描述少女比利提斯童年爬樹，沐浴在大自然的欣喜，將此美妙經驗傳染給讀者，一同感受古昔或希臘式「阿卡笛」田園牧歌的悠閒；相同主題者尚有第9首〈雨〉、第13首〈森林小河〉、第32首〈酒杯〉、第33首〈夜玫瑰〉等。

　　第二卷「米蒂蓮地區的哀歌」（第二階段生活）共47首（原缺5首，第47～98首）。哀歌（élégie），此字源字希臘的elegeia, elegos，拉丁的elegia，意即哀傷、悲哀之歌，均與悲傷、難過有關；標題「哀歌」，並非整卷充滿哀傷，而是僅卷尾時才出現感傷的氛圍。在這卷裡，有相當多的篇章表現比利提斯與女友姆納吉笛卡之間的情愛，也就是同性戀。米蒂蓮島又稱列波（列斯波斯，Lesbos），是著名的女子同性戀島嶼，法國詩人波德萊爾（1821～1867）詩集《惡之華》最初預告的集名即為《列波女子》（Les Lesbiennes，意即：女子同性戀），波德萊爾也有同題的詩，收進1857年初版的《惡之華》，因妨礙風化遭到查禁。彼埃·魯易將比利提斯安頓在米蒂蓮（列波），也是朝「女子同性戀」的傾向發展的。在這島上，比利提斯與姆納吉笛卡

有著精神與肉體的愉悅。「她出去，走遠了，但我仍看得見，因為在室內，一切都充滿著她，一切都屬於她，而我只是其次。」（第76首〈不在〉）女友外出不在，比利提斯僅能從她使用過的每一件物品，揣摩她的形體；第77首〈愛情〉有更直接的表白：「要是看到她，我的心會戛然停止，雙手顫抖，雙腳發冷，……」。第80首〈海邊散步〉和第82首〈火邊夜晚〉則流露了兩人情真意摯的親近和貼身。

第三卷「塞浦路斯島的碑銘」及結尾（第三階段生活）共55首（原缺5首，第99～158首）。標題雖有「碑銘」，僅限於末尾幾篇，大部分是比利提斯來到塞浦路斯島之後，成為美豔交際花，真實身分是高級神女，或者聞名遐邇的妓女，也是當時的一份聖職，享盡受寵與榮華。第121首〈比利提斯的凱旋〉描繪比利提斯當紅的盛況：「遊行隊伍一路上凱旋似的抬著我，我，比利提斯，全身赤裸的躺在貝殼車上，奴隸們漏夜採擷萬朵玫瑰裝飾了這部座車。……十二位孩童肩膀裝著翅翼，服侍女神般的侍候我；有的拿陽傘，有用香水淋濕我，或者在前端焚香。……」

六、欣賞《比利提斯之歌》

《比利提斯之歌》整本書共146篇（剃除有題無詩的12首），每首（或每篇）均為4段，形式工整，單篇閱讀，每一篇都是優美的散文詩；全書架構是比利提斯的生命由童年到暮年，一生（四十歲）三活動地區三階段的三和絃：從純情少女彈唱淺淺的牧歌與淡淡的戀情，到成熟美豔佳麗的同性戀與紅牌神女，轉入哀傷的遲暮，彷彿彼埃·魯易雕塑的比利提斯，就是阿芙羅蒂的人間版；這位美、愛與生命之神，原本飄浮於群山的古希臘女神，謫降凡塵，到人間瀟灑走一回，純真過，美豔過，哀怨過，感應活生生有血有肉的苦樂人間，體驗真實情慾的喜憂愛怨。誠如作者在扉頁的題詞：「這本古代愛情之書，虔誠地獻給未來社會的少女。」

《比利提斯之歌》三卷的卷末幾首詩，均與感傷和死亡有關，第一卷爲第46首〈河神之墓〉，一方面尋找牧神另一方面有哀悼將逝的純眞年華；第二卷爲第98首〈葬曲〉，「這個男人是我見過的，在這塊平原上第十個秋天死去的人。也是我銷亡的時刻了，……」第三卷爲第155首〈眞死〉和結尾第158首〈最後墓誌銘〉。死亡與虛無畢竟是生命最後的歸宿，如何看待，端賴當事人的態度。少女時期的比利提斯衷心膜拜阿芙羅蒂（第25首〈給女神的供品〉），晚年（未及40歲）還是仰慕這位歲月摧殘者的「殘酷女神」（第155首〈眞死〉），甚且，深感不枉此生：「陽間生命的回憶是我陰間生命的喜悅」（第158首〈最後墓誌銘〉）。

　　從社會學角度看，《比利提斯之歌》這本文學書籍，記錄比利提斯的一生，自然有西元前六世紀地中海沿岸，歐亞不同種族居民及其社會背景的顯露。第一卷有當時童玩擲骰子的遊戲（第28首）及其他活動，包括供祭林澤女神和河神等自然界萬神崇拜的虔誠與敬畏（第25、27等首），少女讓男友用黏土做成乳房般的酒杯（第32首），顯示女性在肢體上的開放。女性賣淫似乎很正常，不僅本地女子從事此行業，還有外地來的淘金女，甚至規劃營業特區（第105首〈埃及妓女〉）。

　　曾經是沙龍攝影的照相師大衛‧漢米爾頓（David Hamilton），於1977年將《比利提斯之歌》導演成電影，取名《比利提斯》，由法國出品。該片因裸體鏡頭太多，無法修剪，在台灣遭禁演；香港演出時片名翻譯爲《少女情懷總是詩》。19世紀末，一位阿芙羅蒂般的女性，經過20世紀現代科技的藝術處理，平面遐想的詩情畫意，製作成一部賞心悅目、栩栩如生、唯美寫實的動態電影，彷彿人間美女，絕代佳人，當非原作者始料所及。

彼埃・魯易年表

1870年　12月10日，彼埃・魯易（Pierre Louÿs）出生於比利時的剛城。
　　　　雙親爲法國籍。
1887年　進入巴黎亞爾薩斯專校。
　　　　結識同校的紀德（André Gide,1869～1951）。
1891年　創辦《螺號》雜誌，提倡唯美文學。
1894年　出版《比利提斯之歌》（Les chansons de Bilitis）。
1896年　出版《阿芙羅蒂》（Aphrodite）。
1898年　出版《女人與木偶》（La Femme et le Pantin）。
1900年　出版《波宙爾王奇遇記》（Les Aventures Roi Pausole）。
1925年　6月4日，逝世於巴黎。

《波光瀲灩──20世紀法國文學》發表時間

節錄刊登2003年《國語日報・5・少年文藝》（主編：湯芝萱）

編號	類別	作家	時間	順序
01	簡史	諾貝爾文學獎得主群	10月30、31日	21
01-1	女作家		11月13、14日	22
02	思潮	後期象徵主義、立體派、達達主義、超現實主義、抵抗運動、戰後	11月27、28日	23
03	文論家	羅蘭・巴特（Roland Barthes, 1915-1980）	9月11、18日	18
04	小說	羅曼・羅蘭（Romain Rolland, 1866-1944）	10月02日	19
05		紀德（André Gide, 1869-1951）	3月06日	5
06		普魯斯特（Marcel Proust, 1871-1922）	7月10、17日	14
07		莫里亞克（François Mauriac, 1885-1970）	8月14日	16
08		沙特（Jean-Paul Sartre, 1905-1980）	7月31日	15
09		徘徊家鄉的異鄉人——卡繆（Albert Camus,1913-1960）	2月06日	3
10		羅伯格利葉（霍格里耶）（Alain Robbe-Grillet, 1922-）	4月17日	8
11	詩	鄉村詩人愛驢子——賈穆（Francis Jammes, 1868-1938）	1月23日	2
12		湧動生命的詩哲——梵樂希（Paul Valéry, 1871-1945）	5月01日	9
13		阿波里奈爾（Guillaume Apollinaire, 1881-1918）	6月12日	12
14		佩斯（Saint-John Perse, 1887-1975）	8月28日	17
15		綠茵上的歌者——裴外	4月03日	7
16	戲劇	阿努伊（Jean Anouilh, 1900-1987）	5月15日	10
17		伊歐涅斯柯（Eugènelonesco, 1909-1994）	6月26日	13
	散文	阿蘭（Alain, 1868～1951）	（原計畫撰寫）	缺
18	兒童文學	巴紐（Marcel Pagnol, 1895-1974）	5月29日	11
19		在群星間浪遊——聖修伯里	1月02、09日	1
20		貓，呼風喚雨——埃梅	2月20日	4
21		互傳訊息的秋波——本納	3月20日	6
22	推理小說	法國推理小說與西默農	10月16、17日	20

波之光

　　對法國文學一直情有獨鍾。既感動魚貫銜續的美麗浪花，也仰慕引介者映鑑的豐采身影。然而，「瀚海遼闊，我的船渺小」，我所知者，微乎其微，僅能一點一滴的刻留印痕。

　　2002年10月間，負責《國語日報‧少年文藝版》主編的湯芝萱小姐，e-mail一則短箋，詢問是否可以為她企畫的週四專欄，介紹法國二十世紀重要文學家及作品，搭配國內閱讀狀況，提供少年與家長增廣視野。我衡量自己的興趣、能力、時間，以及參考用書，主要還在於接受挑戰和自我充實。思慮一番，初步擬訂了撰寫類別與人選，並著手準備。

　　受制篇幅，我又不想短減完整；因而決定寫作方式：先依自己的認知完稿，再加以刪減節錄，仍留存原樣。首篇《波光瀲灩──20世紀法國文學》介紹聖修伯里的〈在群星間浪遊〉於翌年1月登場，隔周登載乙篇，有時內容稍多，則分兩次刊登，至11月底，共23篇30天。寫完，也告別2003年。一個年份，可以用一本書來揮霍，似乎隱喻某種意義。

　　此刻回想，較之多年前在同一版面撰寫「新詩解讀」和「小詩風采」，對我而言，從能力、語言、資訊來看，這項作業的確壓力很大。最後，總算告一段落。換新年度，由好友林盛彬教授接手「20世紀西班牙文學」，再，轉交熊宗慧教授接續「20世紀俄羅斯文學」。

　　僅能說說「告一段落」。整個20世紀法國文學家豈止本書介紹的這些？甚至連當初計畫的散文家阿蘭（Alain, 1868～1951），因未購

得其書而作罷，還有構想中的補助資料，如〈20世紀法國文學活動年表〉與〈20世紀法國文學家小辭典〉，都遲滯不前。記錄在此，聊表備忘。

　　儘管執筆這些文稿初期，另一部編輯過的舊稿，以《塞納河畔——法國文學掠影》和《凱旋門前——法國文人剪影》出現書市，我仍期待《波光瀲灩》有機會呈現出完整貌樣，因而，將之先行張貼在個人新聞台「菊花院的水鏡」網頁上。

　　三十年前，1977年，高雄三信出版社接納我最初的兩本書：譯詩《法國古詩選》和詩集《無語的春天》（出版延後），間接催生寫作動力的續航。三十年間，印刷出版型態，書市銷售方式，整體閱讀環境等，都起了劇變。然而，手持一卷的模樣神情，仍被懷念。從南方高雄出發，在文學園地遊走多年後，今年，2007年，北方的秀威，同時接納我的三本書：詩集《第一道曙光》、文集《台灣詩人群像》和《波光瀲灩——20世紀法國文學》。感謝之外，我相信長期的信念：在自己的土地上，埋希望的種籽，開鮮豔的花朵。

（2007.02.10.）

國家圖書館出版品預行編目

波光瀲灩：20世紀法國文學 / 莫渝作. -- 一
版. -- 臺北市：秀威資訊科技, 2007[民96]
面；公分. -- (語言文學；PG0132)

ISBN 978-986-6909-81-8(平裝)

1. 法國文學 - 作品評論

876.2   96010644

語言文學類　PG0132

波光瀲灩 — 20世紀法國文學

作　　　者 / 莫　渝
發 行 人 / 宋政坤
執行編輯 / 賴敬暉
圖文排版 / 張慧雯
封面設計 / 莊芯媚
數位轉譯 / 徐眞玉　沈裕閔
圖書銷售 / 林怡君
法律顧問 / 毛國樑　律師
出版印製 / 秀威資訊科技股份有限公司
　　　　　台北市內湖區瑞光路583巷25號1樓
　　　　　電話：02-2657-9211　　傳眞：02-2657-9106
　　　　　E-mail：service@showwe.com.tw
經 銷 商 / 紅螞蟻圖書有限公司
　　　　　台北市內湖區舊宗路二段121巷28、32號4樓
　　　　　電話：02-2795-3656　　傳眞：02-2795-4100
　　　　　http://www.e-redant.com

2007 年 7 月　BOD 一版
定價：350元

讀 者 回 函 卡

感謝您購買本書，為提升服務品質，煩請填寫以下問卷，收到您的寶貴意見後，我們會仔細收藏記錄並回贈紀念品，謝謝！

1.您購買的書名：＿＿＿＿＿＿＿＿＿＿＿＿＿＿＿＿＿

2.您從何得知本書的消息？

　□網路書店　□部落格　□資料庫搜尋　□書訊　□電子報　□書店

　□平面媒體　□ 朋友推薦　□網站推薦　□其他＿＿＿＿＿＿

3.您對本書的評價：(請填代號　1.非常滿意 2.滿意 3.尚可 4.再改進)

　封面設計＿＿＿　版面編排＿＿＿　內容＿＿＿　文/譯筆＿＿＿　價格＿＿＿

4.讀完書後您覺得：

　□很有收獲　□有收獲　□收獲不多　□沒收獲

5.您會推薦本書給朋友嗎？

　□會　□不會，為什麼？＿＿＿＿＿＿＿＿＿＿＿＿＿＿＿＿＿＿＿＿

6.其他寶貴的意見：＿＿＿＿＿＿＿＿＿＿＿＿＿＿＿＿＿＿＿＿

　＿＿＿＿＿＿＿＿＿＿＿＿＿＿＿＿＿＿＿＿＿＿＿＿＿＿＿＿＿

　＿＿＿＿＿＿＿＿＿＿＿＿＿＿＿＿＿＿＿＿＿＿＿＿＿＿＿＿＿

　＿＿＿＿＿＿＿＿＿＿＿＿＿＿＿＿＿＿＿＿＿＿＿＿＿＿＿＿＿

讀者基本資料

姓名：＿＿＿＿＿＿＿＿＿＿　年齡：＿＿＿＿　性別：□女 □男

聯絡電話：＿＿＿＿＿＿＿＿　E-mail：＿＿＿＿＿＿＿＿＿＿

地址：＿＿＿＿＿＿＿＿＿＿＿＿＿＿＿＿＿＿＿＿＿＿＿＿＿

學歷：□高中(含)以下　　□高中　□專科學校　　□大學

　　　□研究所(含)以上 □其他＿＿＿＿＿＿＿＿

職業：□製造業 □金融業 □資訊業 □軍警 □傳播業 □自由業

　　　□服務業 □公務員 □教職　□學生 □其他＿＿＿＿＿＿

To：114

台北市內湖區瑞光路 583 巷 25 號 1 樓

秀威資訊科技股份有限公司　　收

寄件人姓名：

寄件人地址：□□□

- -

(請沿線對摺寄回,謝謝!)

秀威與 BOD

BOD（Books On Demand）是數位出版的大趨勢，秀威資訊率先運用 POD 數位印刷設備來生產書籍，並提供作者全程數位出版服務，致使書籍產銷零庫存，知識傳承不絕版，目前已開闢以下書系：

一、BOD 學術著作—專業論述的閱讀延伸
二、BOD 個人著作—分享生命的心路歷程
三、BOD 旅遊著作—個人深度旅遊文學創作
四、BOD 大陸學者—大陸專業學者學術出版
五、POD 獨家經銷—數位產製的代發行書籍

BOD 秀威網路書店：www.showwe.com.tw
政府出版品網路書店：www.govbooks.com.tw

永不絕版的故事・自己寫・永不休止的音符・自己唱